我的男友是巨星

WO DE NAN YOU SHI JU XING

凤青钗 著

江西高校出版社
JIANG XI UNIVERSITIES AND COLLEGES PRESS

图书在版编目 (CIP) 数据

我的男友是巨星/ 凤青钗著. — 南昌：江西高校出版社，2012.10
ISBN 978-7-5493-1445-4

Ⅰ. ①我… Ⅱ. ①凤… Ⅲ. ①长篇小说—中国—当代 Ⅳ. ①I247.5

中国版本图书馆 CIP 数据核字（2012）第 208045 号

我的男友是巨星
凤青钗　著

责任编辑	邱建国　陈启辉
美术编辑	杨　青
排版制作	邓娟娟
出版发行	江西高校出版社
社　　址	江西省南昌市洪都北大道 96 号
邮政编码	330046
总编室电话	(0791)88504319
编辑部电话	(0791)88595397
发行部电话	(0791)88517295
网　　址	www.juacp.com
印　　刷	北京友谊印刷有限公司
经　　销	全国新华书店
开　　本	890mm × 1240mm　1/32
印　　张	8
字　　数	240 千
版　　次	2012 年 10 月第 1 版第 1 次印刷
印　　数	1~8000 册
书　　号	ISBN 978-7-5493-1445-4
定　　价	19.80 元

赣版权登字—07—2012—902

目 录 Contents

Contents 目录

引子

七号助理金熙子工作的第一天

“金熙子，恭喜你啊，能抽中这个头奖，不过呐，看来你在公司，也只能再待半个星期了吧。”“就是，月城大人的七号助理前前后后已经换了十几个了，你大概已经可以排到 20 名以后了吧？”真是冷嘲热讽啊。

然而，金熙子无暇气愤或是恐惧，她看着手中的纸张，全神贯注地思考着一个问题——

七号助理，到底是做什么的呐？

是真的吗？金熙子用力咽下一口口水，害羞似的捧着17岁少女那特有的，本来就带着红晕，现在几乎是通红的脸蛋，激动地看着眼前那个头发卷曲，还特意扎了一个高高的马尾巴的胡子拉碴的经纪人，一叠声地问："真的吗真的吗真的吗？"

经纪人见怪不怪、爱搭不理地说："当然是真的，你以为我有什么特殊的心情或者是时间来给你讲这种一点都不好笑的冷笑话吗？"说完，他摆出一副"不想再和你多说"的表情，转身就离开了。

哇噻！一定是最近坚持素食、拒绝肉类而感动了上天啊，马上就能亲眼目睹韩国第一巨星李月城的真面目了，而且，嘿嘿，说不定是24小时都可以随时看到哦！这可是无数少女之心迷恋的第一金牌偶像啊！金熙子双手抱拳，虔诚地闭着眼睛，就差双膝跪倒来感谢上天了。旁边的人都故意用金熙子能听见的声音在假装窃窃私语："还真不是盖的！原本走投无路的17岁高中未毕业女生，居然被大名鼎鼎的天皇巨星李月城格外垂青看中，转眼就成了他身边的事务助理。""可不是嘛，那些明星的事务助理不可一世、走路都能刮起八级大风的拽样子，可是看在大家的眼里呐！金熙子居然能成为他们中的一员，还真是了不起呢！""我们平时没有惹到金熙子你这家伙吧？将来一定要罩着我们哟。"

突然，一个"S"身形的女人皱着眉头走进办公室："金熙子是哪个？"她双臂抱怀，不耐烦地用丹凤眼扫着在场的这些影视公司的员工们。是李月城的私人秘书兼公司人事主管安吉拉！她可素来是公司上上下下都忌惮几分的人物，脾气和名声一样坏得出奇。除了金熙子，所有在场的人都自觉主动地向后退了一步。

想到以后就要和安吉拉这样的麻辣美人一起工作，金熙子瞬间从喜悦状态坠落到残酷的现实中："那个，安小姐，我，我，我就是……"

安吉拉高傲地看了她一眼，仰着下巴说："从今天开始，你就是月城君的第七号助理了。"她把手里捏着的一张纸"啪"地一声甩过来，按到金熙子胸口，口气很坏地说："这是你今天的工作，下午4点15分要准时向我汇报你的完成情况和行踪。哦，还有，手机要保证信号畅通、电源充足，只要有一次我打不通你的电话，你的工作就算完蛋了，知道了吗？"说完，她头也不回地扭动着纤细的腰肢，离开了房间，高跟鞋发出的清脆的"哒哒"声，渐渐远去。

呃？这就是成为大明星李月城的七号助理的开幕式吗？没有掌声和鲜花，也根本见不到李月城？金熙子看着那张写得密密麻麻的纸，瞬间额头开始瀑布汗……突然，"噗嗤、噗嗤、噗嗤、哈哈哈哈哈"，四周的人都捧腹大笑。原来，刚才他们都是故意装成很羡慕很嫉妒的样子，只有金熙子是傻傻地认真了。

"金熙子，恭喜你啊，能抽中这个头奖，不过呐，看来你在公司，也只能再待半个星期了吧。""就是，月城大人的七号助理前前后后已经换了十几个了，你大概已经可以排到 20 名以后了吧？"真是冷嘲热讽啊。

然而，金熙子无暇气愤或是恐惧，她看着手中的纸张，全神贯注地思考着一个问题——

七号助理，到底是做什么的呐？

顶着首尔这个经常阴云密布的盆地里难得一见的大太阳，金熙子额头扎着一条手帕，满脸汗水，丝毫不顾及形象地扛着一个大大的木箱子在人群中穿行奔跑："借过借过，我在赶时间，请不要挡我的路啊！大婶，你的鞋带开了，不用客气，但是请你到旁边系，不要挡我的路啊……前面那位大叔，借过借过啊！"ORZ，足有 15 斤的戏服箱子啊，还要在 15 分钟内沿着汉江，在这条不允许任何机动车、非机动车通行的倒霉道路上奔行到影视公司大楼，就算是从小蹲马步、练举重出身的金熙子也觉得时间紧迫、任务艰巨呀！

下午 3 点，火速把从泰国邮寄来的数百个等待李月城挑选的剧本送到公司的剧本审读室之后，金熙子嘴里叼着已经勾去了 15 项的工作任务单，带着安吉拉准备好的、李月城已经签字的合同，烽火连天地冲进了公司楼下一辆刚打开门的车，难得不近人情的安吉拉也会因为时间紧迫而特地打电话为她安排了公司的车。

金熙子一边把任务单火速塞进脖子上挎着的包里，一边热情而有礼貌地说："大叔，请到粳米亭的新约影视制作中心，月城大人的一份合约要尽快送到呢！"咦，竟然没有人回应？金熙子诧异地抬起头来，只见胡子拉碴的经纪人正从前面副驾驶位上瞪着她，脸臭臭的！呃？金熙子莫名其妙地和他对视："那个，经纪人大人，您还要亲自送我去新约影视制作中心吗？安吉拉小姐似乎没告诉我。您真是太好心了！"她完全没意识到自己钻进的车是加宽加大、前后三排座、内部奢华的加长轿车。又会有哪个公司的家伙脑袋秀逗掉，用这种车去送新员工去办事情吗？

"呵。"她旁边突然传来好听的一声笑。

金熙子这才发觉身旁原来还有一个人，她茫然地转过头去，咻，啪嗒啪嗒啪嗒，她的心在短暂地停跳后，以街舞中倒地翻滚的姿势狂飙不止，韩国连续20年的永恒神话人物、全球公认最富有东方魅力、横跨影视歌的三栖巨星、今天早上刚确定为她新任老板的……李月城。此刻，他正带着笑容、饶有兴致地看着她。哎呀呀，这英俊的样子也太有杀伤力了吧？

金家人在应对突发情况时，是永远会存在着大脑暂时脱线、行为不受思维控制的情况的，于是金熙子带着还没从震惊中恢复的傻笑、利索地伸出了右手："李月城，你好，那个……"

李月城并没有端巨星的架子，他亲切地微笑着，回握住她的手："你好，年轻漂亮的小姐。"真是绅士味十足、平易近人呀！

哎？年轻漂亮的小姐？还真的是让人听了心花怒放呀！金熙子忍不住笑得合不拢嘴……"我说，"脾气暴躁的经纪人忍不住叫了起来，"你还挡在那里干什么，月城大人要下车啊！"

金熙子这才反应过来，慌忙跳下车去，忙不迭地鞠躬："对不起，对不起。"

李月城微笑着钻出车门（真是高大挺拔的身材，比金熙子小姐我高出了整整一个头呐！），他不失礼貌地对她点点头，就在经纪人的陪同下一起走向了公司的大门。经纪人小声地和他道歉："实在是，新来的这些人啊，都是毛手毛脚的……"

"喂，月城大人，我是你的新的第七号助理呀！"不过金熙子才没那么大的胆子叫出来呐，她只有小小声地嘀咕着。许久，她突然抬腕看了看那个卡哇伊的电子表："哇，要迟到啦！"

第一章

金家武馆的继承人和尹承恩

在一旁旁听的金熙子眼睛不由瞪得很大,MMJ 每年只从全韩国的上千个演艺备选人才中挑选 10 个作为实习生,然后留下其中的 5 个,这是淘汰率高得惊人的、令人毛骨悚然的地狱规则。眼前这个平平常常、毫不起眼的家伙难道没听说过这个吗?但是,说不定这家伙真的有什么超越常人的地方呢?

"请再来一碗，谢谢！"金熙子高举着饭碗，可右手拿的筷子根本就没有停，她饥不择食地把辣白菜上的蒜蓉和辣椒粉都收集起来放进了嘴里。那副吃相简直是……

金英子把盛好的饭递给她，又为她添了一份豆腐味噌汤，嗔怪地说："已经是第五碗了哦！"

金熙子辩解说："可是，我正在长身体的时候嘛，又做了这么辛苦的工作。"

老式时钟的悬锤不紧不慢地左右摇晃，室内的花瓶里，大簇大簇的金达莱正在悄无声息地怒放，真是个美妙的春天的夜晚啊！金英子收拾着自己面前的空碗和碟子，若有所思地问："说起来，你到底在做什么辛苦的工作啊？你不是在学校那家快餐店里打工吗？有那么辛苦？是洗菜还是洗盘子？"

……只有一直喜欢在工作之外温柔地待在家里操持家务的金英子才会完全忽略了现在正在放春假的事实吧？学校餐厅怎么会还在开业？要把那些很难吃的东西卖给过路的鬼吗？金熙子瞬间就想到了她这个谎言里的几个巨大的漏洞，她马上把最后一口饭和着最后一口汤吞入嘴里，含混不清地大喊了一声："我吃饱了。"然后一溜烟地逃离了同时兼作起居室和客厅的餐厅。

哈哈，她实在是太了解姐姐的为人了，现在她的注意力肯定已经在那些刚被她喷到桌面上的那几粒米饭上了，哇咔咔，金熙子得意地大笑。果然，金英子柔和的抗议声从餐厅里传过来："看你的吃相，以后怎么嫁得出去呀！"嘿嘿，猜中！

跑到自己的卧室，关上门，金熙子翻出自己包里新的一页纸，上面密密麻麻地列满了明天的工作，嘻嘻……不管怎么说，就算是挑剔苛刻到人神共愤程度的安吉拉，也对她第一天的工作勉强表示满意啦，第二天可千万不能放松哦！英子姐姐说过，学习也好，工作也好，一件事做好了，就意味着下一件事必须做得更好才行，因为别人对你的要求已经提高了呀。虽然听起来很累，但金熙子笃信，唯有这样积极的人生态度才能让她更快地成功啊！

咦？早上 7 点去首尔机场接尹承恩？东京到首尔的最早航班？然后，带他到公司见安吉拉……这家伙的名字看起来是韩国人，却需要去接他，这算不算是特别对待呀？金熙子开始浮想联翩，这个家伙是谁呀？帅不帅呐？不过，既然是到影视公司，又是从那么时尚的东京来的，应该是那种又帅又时髦的家伙吧！嗯，说不定是公司安排出去留学的家伙回来了呢！嘻，越想这人越觉得他应该是很帅很有气质的未来新星呢！

“哗”，卧室的门突然被拉开，金英子在门口说：“熙子，我要和你说说关于武馆的事情了！”

金熙子把纸揉成一团，马上装着困得不行的样子说：“那个，英子姐，明天再说吧！我好累哦。”这出戏码从很小的时候就开始上演了，所以金熙子轻车熟路地就拒绝了。她背对着姐姐一头钻进了被子，摆明了不想再谈。武馆，金熙子简直就不清楚家里怎么会有个武馆，再说，那里还能被称之为武馆吗？虽然有很大的房间和铺没了木板的场地，但空荡荡得连个鬼影子都没有，除了放着一些陈旧的武术器材，说它是仓库也没有人会反对吧？总之，她不关心就是了。武馆什么的，和金熙子的梦想是没有半毛钱的关系，热爱戏剧是她的梦想，她想要在韩国最好的影视公司——MMJ 工作，去亲眼见证那些伟大戏剧和伟大演员们的诞生！可是这个梦想，对于一心想匡复家传武馆生意的姐姐来说，也是无聊而怪异的吧？

金英子叹了口气，默默地关上了妹妹房间的灯，又拉上了那扇门。轻轻而均匀的脚步声慢慢地消失了。大概姐姐又是准备说“父母去世，武馆只剩下我们俩"之类的话吧。金熙子听着窗外唧唧的虫叫声，静静地想："姐姐爱武馆，所以去安保公司做了职业安全顾问，这也是我所不能理解的梦想啊！"想着想着，夜的静谧让她不由自主地闭上了双眼——住在繁华的首尔近郊，虽然上班时显得交通不便，但永远能够安静地入睡，这是最大的好处吧！

翌日，金熙子不到6点就悄悄起床，然后灰头土脸地赶到了机场，看看时间还早，她就没精打采地啃着姐姐做的菜饼，蹲在首尔机场的国际航班出关处，写着尹承恩名字的牌子七扭八歪地靠在她旁边的柱子上，陪她一起等待着7点整的到来。

"那个，您是MMJ公司来接我的吗？很抱歉，我改乘了大阪6点半到达首尔的飞机，所以，已经等您一会儿了！"好标准的韩国口音，好磁性的男中音哦……

呃，金熙子差点没被菜饼给噎死。一向被姐姐说吃相很差的她居然被对方抓了个正着，失礼可是件大事，万一真的是个英俊帅气的家伙，那她不就更显得狼狈不堪了？她慌忙把菜饼放进了口袋里（汗，那里不是随便可以放吃的东西的地方吧？），站起来的金熙子充满期待地转过头去努力微笑："您好，我是MMJ的……"

眼前是一个头发乱蓬蓬、戴着遮住半张脸的大黑框眼镜的少年，穿着一件黑色T恤，外面乱七八糟地穿着一件牛仔衬衫，脏兮兮的牛仔裤下面是一双同样脏兮兮的球鞋，他居高临下地看着金熙子，木讷的脸上看不出任何表情。更绝的是他背的那个大包，那分明是至少十年前已经被审美正常的人类所淘汰的双肩旅行包嘛。真是土出了国际水平啊！

金熙子完全被眼前这个脏不拉唧、不修边幅的——"东西"给震惊了，她咕咚咽了下震惊的口水，才结结巴巴、不知所云地说："MMJ的金熙子……是我……"然后她突然放松地掏出菜饼，一边专心致志地吃一边用轻松的口气说："真是伤脑筋啊，为什么要私自修改了自己的航班又不通知我们，万一你迷路了该怎么办？走吧走吧，我们去赶机场大巴。"还是赶快回公司交差吧！安吉拉小姐交代的事情，可是不能有一点儿差池的，是不是准时这种事情，她更是介意。

两个人买票上车，虽然座位是在一起，可一直到大巴驶上机场高速，实在不熟的两人都很长时间没有说话。大巴快速行驶着，路面中央的绿化带里，大丛大丛的金达莱被不时经过的车带起的风吹得东倒西歪，尹承恩看得出神。金熙子被他的专注神情吸引，忍不住随着他的目光看了出去，可是，那些不是最常见的植物吗？她问："有什么特别的吗？"

尹承恩凝视着那些粉红色、白色、吐着长长花蕊的金达莱，说："如果一直是在身边，就不觉得有什么特别的，可是离开那么久之后，真的很想念啊！"

离开很久？果然是在国外生活的韩国人吗？是留学日本很久呢，还是出生在日本的韩裔？金熙子这才对他有了一点点点点点点的好奇："你的韩国话说得很好，再从名字来判断，你不是日本人吧？"

尹承恩依然出神地看着那些飞快地与他们擦身而过的花花草草，似乎并没有满足金熙子小小好奇的兴趣，而金熙子脑海中的好奇却开始疯狂地生长，比如说，这个人为什么会说流利的韩国话，为什么他离开韩国那么久等等。可是尹承恩一个字的回答都没有，他甚至都没有摇摇头，示意他不是日本人。

切，真是傲慢无礼，我只是出于礼貌在寒暄呢！遭遇冷遇的金熙子扭过头去看另一边的风景，虽然，出现在她眼中的，还是不停闪过的金达莱。

MMJ十七楼的办公室里，李月城的私人秘书兼公司人事主管安吉拉不苟言笑地看着尹承恩带来的介绍信，说："东京电视台的影视剧创作中心主管下藤君既然会写这样一封恳切的推荐信来，想必……"她看了看介绍信上的名字，才轻描淡写地说："尹承恩是吧？想必你还是有特点的，半年的交换实习时间说长不长，说短不短，暂时安排你到最渴望去的编剧室，加油吧！"说完，安吉拉将介绍信放在一旁，顺手拿起一本娱乐杂志坐到了一旁的沙发上，这表示她说完了，也表示尹承恩可以识趣地跟着金熙子去编剧室报到了。

然而，尹承恩好像根本没看见金熙子的示意，静静地站在那里，看着安吉拉。

安吉拉不耐烦地问："还有什么事吗？"

尹承恩语调平缓地说："这里有一点点出入，下藤老师希望我在半年后返回东京电视台，而我，希望留在 MMJ。"

在一旁旁听的金熙子眼睛不由瞪得很大，MMJ 每年只从全韩国上千个演艺备选人才中挑选 10 个作为实习生，然后留下其中的 5 个，这是淘汰率高得惊人的、令人毛骨悚然的地狱规则。眼前这个平平常常、毫不起眼的家伙难道没听说过这个吗？但是，说不定这家伙真的有什么超越常人的地方呢？

安吉拉看着神色坦然的尹承恩，对他的说辞不置可否，只是轻描淡写地说："金熙子，带……"她显然没记住他的名字，又瞟了眼信纸："带尹承恩君去后面的宿舍，让管理员给他安排一个……"

"不用了，谢谢安小姐，我已经租有一套房间。"尹承恩彬彬有礼地对安吉拉说，"我先去整理一下，明天一早，我会作为实习人员，来公司报到。"说完，他完全无视金熙子的存在，自顾自地出门而去。

于是，金熙子独自回到位于 MMJ 大楼 6 楼的助理办公室，无意间，她从窗口望出去，却正看见尹承恩缓缓走出大门口。看着尹承恩颀长挺拔的身影和那个巨大的背包，金熙子的心头突然生出一丝同情，是啊，既然他是租的房子，那么肯定是独自一人生活在这个城市里了。那种凄凉的孤独感，金熙子并不陌生，她的脑海中，还牢牢地记着父母双亡后，忙于奔波丧事与生计的英子姐姐无暇顾及自己，三岁的她因家中空无一人，躲在衣柜里瑟瑟发抖时的惊惶与恐惧。一种同病相怜的冲动让她突然趴在窗台上大喊起来："尹承恩，要到我家做客吗？"

尹承恩僵住脚步，转过身来，看着趴在窗口的金熙子，愣了好一会儿，慢慢地摇了摇头。

第二章

绝密！月城大人的世纪演唱会

如果换做其他公司的其他明星，应该在这种大型演唱会的一两年前就开始鼓足了劲儿大肆宣传吧？而MMJ居然会把这件事情严格保密，可见MMJ是信心满满的，董事们完全知道，月城君是怎样地被民众欢迎着——就算是没有铺天盖地的宣传、就算是没有提前兜售门票，最终这次演唱会也会大获成功。

不管注意到还是没注意到，日子总是过得很快。一天又一天，金熙子依然以李月城第七号助理的身份穿梭于 MMJ 大楼中。

“喂，我说，其实她是安吉拉的亲戚吧，不然以安吉拉那种超级挑剔的鬼性格，怎么会一点儿都不为难她？”“可不是嘛，大大地超过了前面二十几个七号助理‘存活半个星期’的时间极限呢。足足四天了还没被开除掉！”“按照常理，这怎么可能嘛？也看不出她哪里优秀啊！就是运气好而已吧？”“是安吉拉脾气变好了？哎，早知道，我应该努力去争取这个位置的，我肯定比她做得好多了……”

这样的窃窃私语，总是响在金熙子的背后，可当她回头去看，那些人却又看起来像是在各忙各的，彼此连视线的交集都没有。

总是把别人得到的认可归结于好运气，全然看不到别人为之付出的心血和努力；总是把别人所做的事情看成是世界上最简单的，一厢情愿地认为只是因为自己没去做，才让别人占了一个大便宜。

如果换一个人，大概忍不住会反唇相讥，毫不客气地和这些刻薄讨厌的家伙翻脸吧?！可是金熙子才不会呢，还记得小学时，同学们挖苦得了好成绩的自己，说她是老师的亲戚、说她抄袭、说她运气好，和眼前发生的事情几乎一模一样，可是，当金熙子委屈地带着满脸的泪水跑回家去时，金英子却没有劝慰她。金英子表情轻松地说：“唉，你怎么忍心和那些可怜的人计较呢？”

是的，英子姐说过，这些背后说人闲话的人是很可怜的，他们自卑到只会诋毁别人，他们自负到看不清自己，他们从没意识到，把注意力放在别人身上的人，浪费了自己本来就很宝贵的时间，这样的人，是注定不可能取得任何成功的。而且，被这样的人嫉妒，就说明，肯定有什么你做到了，而他们却做不到。

金熙子很庆幸小小的自己当时就听懂了，后来，这给她节省了大量的时间，也不再有不好的心情——自己坚定而脚踏实地地去实现自己的梦想就好了，干吗去理会那些连梦想都没有的生活旁观者？加油！

金熙子带着微笑，信心满满地冲向自己的下一个任务。

又一天下午，按时完成了任务的金熙子回到了公司，面对着她及时准确、条理分明的工作汇报，安吉拉终于露出了几秒钟赞许的表情——一个人对生活、对工作是不是用了心，周围的人绝对是看得出来、感受得到的。不过，像平常一样，安吉拉很快板起了严肃的面孔，把厚厚的一叠文件丢在了她的面前："这是月城君世纪演唱会的整体计划，你好好阅读一下，看看有没有什么特别的想法。"

哎？传说中的月城大人世纪演唱会是真的？这次演唱会的计划书不是公司绝对的机密吗？何况是整体计划书？据说连一号助理都刚刚拿到不是吗？安吉拉小姐怎么会这样轻轻松松地丢给我？

啊！这是不是说，我得到了安吉拉小姐的认可？这说明我真的很棒吗？金熙子高兴地把文件抱在怀中，大喊一声"是"，就要走出办公室，安吉拉突然说："等一下。"

不会是她反悔了吧？金熙子有点儿紧张地转过身来，紧紧地把那份文件抱在怀里。

安吉拉把她的小动作看在眼里，却没有说破，只是难得地微微一笑："记住，你抱着的，是MMJ公司本年度最大的商业机密，请好好保管它，不要辜负公司对你的信任和期望哦！"

"是。"金熙子认真地回答，然后开心地笑了。

是的，认真努力的人，在命运的角逐中，总是会有优先权。

MMJ应该是韩国最大也是影响力最大的私营影视制作公司了，但在旗下数量达五百之众的一二三流明星中，李月城无疑是MMJ唯一的顶梁大柱。MMJ那个垂老的董事长总会在开会时无限感慨地说："我纵横影坛五十年，只有李月城和早逝的姜珍娜是真正的大明星，真正的金童玉女。”

当李月城从20年前红极一时的偶像剧明星，走到如今称尊的三栖巨星，这棵不老的常青树早已经具有了除却娱乐或影视之外的意义，他工作勤奋、形象健康、行事低调、为人亲和，牢牢地占据着韩国国民偶像榜的第一位，远远地把那些哗众取宠、凭借造型变化和绯闻上位的大小明星们甩在身后——真正的成功，其实是没有捷径可走的，唯有坚持不懈和持之以恒。

金熙子雀跃地抱着计划书回到助理办公室，还没来得及坐下来翻看，内部电话已经响起，助理室的负责人向大家宣布，一年一度的MMJ大会在礼堂举行。第一次参加这工作盛会的新进员工，包括金熙子，都不由自主地激动起来。天哪！这可是全国影视业内和传媒、大众都极度关注的大会，自己真的要亲临会场了吗?

然而，注重效率高过注重形式的MMJ，并没有为这些新员工粉饰出歌舞升平的美好。

MMJ的执行董事神色严肃地说："最近世界的经济都不景气，这种不景气同样影响到影视和唱片行业，所以在今后的两三年中，公司不会在重点培养人选以外的艺人们身上花钱，更不要说普通的工作人员了。我希望在座的诸位都要好好地认真努力，不然我担保下一份离开公司的名单上，会有你的名字。"他看也不看礼堂中在台下议论纷纷的人们，翻开了一个厚厚的笔记本继续说："不过，为了显示我们MMJ能与经济危机相抗衡的实力，我们决定在三个月后为李月城君举行一次大型的跨年歌会，每个部门具体的企划书和执行方案会陆续分发给相关负责人，请各部门的负责人不要互相打听其他部门的任务，也请公司高层妥善保存整体计划书。"

如果换做其他公司的其他明星，应该在这种大型演唱会的一两年前就开始鼓足了劲儿大肆宣传吧? 而MMJ居然会把这件事情严格保密，可见MMJ是信心满满的，董事们完全知道，月城君是怎样地被民众欢迎着——就算是没有铺天盖地的宣传、就算是没有提前兜售门票，最终这次演唱会也会大获成功。

MMJ，果然是影视业的巨无霸；月城君，果然是影视业的常青树。

在执行董事严厉的声音背景下，金熙子继续想得入神。我也可以加入到为月城大人尽一份力量的行列中吗？金熙子想，三个月后，我还能在 MMJ 吗？嗯，只有好好加油才行。为我所喜欢着的月城君。她终于结束了胡思乱想开始东张西望——哈，整个公司的人都出现在这里，那么多见都没见过真人的明星，如今本尊就坐在自己的周围，多难得的机会。请原谅我的不淡定，我才 17 岁好不好！金熙子正在为自己辩解，忽然发现了一张熟悉的面孔——尹承恩，他同样也坐在千人大礼堂的角落里，正抬头看着主席台。此时，他的衣服好歹是穿得干净多了，可那副看起来很别扭的黑框大眼镜，还是牢牢地卡在他皮肤白皙的脸上。

似乎察觉到了她的视线，尹承恩敏锐犀利的目光瞬间看了过来，发觉是微笑着的金熙子后，他略显紧张，很快恢复了脸上木讷的表情和无神的目光。

真是乌黑明亮的眸子和炯炯有神的目光！金熙子在一瞬间出了神，忍不住又打量起尹承恩来。可是，呃，怎么看他都不像是会有那样有神眼光的人，刚才一定是错觉吧，说不定是想象中的月城大人的脸和这家伙的脸重合啦。哈哈。

这时，台上的执行董事终于结束了训话，介绍说："下面，请月城君给大家说几句吧。"李月城微笑着站起来，对着台下深深地鞠了一个躬："那么，就拜托各位了，我们一起努力吧！""哗"，掌声雷动。就算没有那个唠叨个没完的执行董事，大家也会为这样敬业而亲和的月城大人拼命努力吧。

尹承恩坐在角落里呆呆地看着台上的李月城，一副在思考着什么的表情。

散会后，金熙子要抓紧时间处理剩下的工作了，她捧起安吉拉给她的整体计划书向礼堂外边走去，却突然被人拉住，金熙子抬头一看，原来是尹承恩。他很认真地说："我听说，你是李月城的助理？"

嗯，虽然是第七号助理，迄今为止都没有单独进过月城君的办公室，甚至只是那次错上了车才有机会与月城君面对面，但，这么说也没有错吧。金熙子微笑着点头说："是啊，我就是月城君的助理。"想了想，她又补充道："七号，我是月城君的七号助理。"

尹承恩推了推快要滑落下来的沉重的大黑框眼镜，一边思考着什么的样子一边慢吞吞地说："我想问一下，昨天你邀请我去你家做客，这个邀请现在还算数吗？"

有这样迟钝的人吗?那已经是24小时前发生的事情了啊。不过看眼前这家伙现在说话都是慢吞吞的样子，也许……金熙子心里想，也许他的神经反射弧就是比别人的长吧。到底是独自一人在异国他乡，需要别人的关心和家庭的温暖哟！金熙子微笑着说："当然算数啦，那么，下班时我们在大楼门口见哦！"

尹承恩点了点头，把手插进裤兜，和金熙子一起朝会议大厅的出口走去。熙熙攘攘的人流在旁边说着各种各样的话题，说得最集中的，还是月城大人的演唱会。是啊，有不少工作人员都是听着月城君的歌、看着月城君的电影长大的，现在有机会身临其境地观摩巨星的演唱，并且能够参与到幕后的准备当中，这的确是不可多得的机会呀。

这时，瘦高的陌生实习生尹承恩因为挺拔的背影而意外地被很多窈窕时尚的女孩子们注意到了，在MMJ，女孩子们从来都有发现帅哥的敏感观察力，然而，当她们转到前面偷偷瞄了一眼尹承恩的脸之后，就都"扑哧"一声笑出来。是啊，在MMJ大楼里，罕见的不是穿着入时的美女帅哥，罕见的是尹承恩这种又老土又木讷的家伙呢！以貌取人，在其他地方或许是很不好的习惯，但在MMJ却是司空见惯的生存法则。

尹承恩完全没有觉察到一样继续向前走着，步伐有力而稳健。金熙子却恼怒起来，她忍不住嚷着说："喂，不要那么没礼貌好不好，这家伙刚从日本来，这完全是东京的穿着时尚和品位你们知道吗？"金熙子虽然说得底气不足，可却充满了急切和真诚。然而在那些女孩的眼中，这都是金熙子勉强而心虚的掩护，不值一提。可是，她们也没必要和月城君的七号助理撕破脸，于是她们带着轻蔑的表情，嘻嘻哈哈地笑着跑掉了。

出了会议楼，暮春那种已经渐渐火热起来的阳光瞬间洒落下来，尹承恩抬起一只手挡住火辣辣的阳光，眯着眼睛看金熙子："有必要为一个刚刚见面，都谈不上熟悉的人去辩解吗？"

金熙子笑着打开淡紫色的蕾丝太阳伞，高举着，也替尹承恩挡住了些许阳光："并不花费很多力气地去帮助一个人，你不觉得会是一件很愉快的事情吗？"

尹承恩不动声色地脱离太阳伞的遮蔽，推了推眼镜，略带些刻薄地说："邀请我去你家做客，也是因为不要花费很多力气才帮助我吗？怕我一个人人生地不熟的，会孤单？"

金熙子灿烂地笑着说："是凭着自己的本能在做事情吧，我没想过到底为什么要那么做，可是，只要我这样做是愉快的，而接受的你也是愉快的，那就足够了吧？"她看了看手表，抬头看着他莞尔一笑："啊，就要来不及了，承恩君，我还有很多事要做，那么，晚上见咯！"说完，她对尹承恩摆摆手，风风火火地消失了。

尹承恩目送她远去，这才回到了 MMJ 主楼的实习编剧室。眼睛长在头顶上、穿着整齐西装的主管把一叠剧本放在他面前的办公桌上，看也不看他就说："泰国送来的剧本，这个似乎是爱情片什么的，今天负责把它看完吧，请在下班前把你的审阅日志填好交上来。辛苦了！"他嘴里虽然说着辛苦，眼睛却不知道看着什么地方，完全是目中无人的表情。

尹承恩淡淡地答应了一声，就坐了下来，修长的双腿蜷在了冰冷苍白的办公桌下，慢慢地翻阅起眼前的剧本。吱吱嘎嘎的空调在这个拥挤的办公室里吐着冷气，四周都是伏在案头看着剧本的人。等主管出了办公室，确信没有人注意到最角落里的他时，尹承恩摘下了眼镜，按了按挺拔鼻梁的两侧，轻轻把手扶在了额头上，深深地吐了一口气。

淡淡的晚霞给奔流不息的汉江染出了很多金黄或火红的波光，金熙子坐在双层巴士的最上面，出神地看着那条时而清澈时而深邃的江水，说："东京应该也有这样的一条江吧？看，那些波光，真的好美。"

尹承恩把胳膊撑在前面座位的靠背上，也看着外面江水，却声音涩涩地说："同样一条江水，我看上去却觉得它是那么的丑恶。这个城市的很多污水都会排进这里，我想，那里面有着太多的垃圾。"

"怎么会？"金熙子瞪大了眼睛看着他，"你是看了什么地方的不实报道吧？所有排放到汉江中的水都是经过处理的，不会有任何有害的东西的。"

尹承恩说："你有没有看过一则报道？水是有生命的，你给它听轻音乐，它的分子结构就会变得美丽动人；给它听暴躁的音乐，它就会回赠带有组成的恐怖图案。这些被处理过的水也一样，它们已经被污秽的东西给污染了内心，又经历了被反复过滤、沉淀、消毒的处理过程。这些过程都是非自然的，这种经历的恐怖和痛苦让它们已经不再是最开始的纯洁迷人的水了，它们的心灵中已经有毒。所以说，汉江里的水看上去再怎么清澈迷人，也不过都是些自己厌恶着自己的垃圾。"

"不对，"一向表情平和的金熙子用充满抗议的语气说，"不是这样的，承恩君，如果真的像你所说的那样，水是有着生命、有着自己的好恶的，那么它们一定会努力让自己经受的创伤和磨难成为一种经历，会努力地把更美好的感觉带给其他人，因为那是纯洁善良、乐于为其他生命而奉献的水所追求的，它们不会因为自己的痛苦，就把痛苦强加给更多的人的。"她指着车窗外波光粼粼的汉江，"你看啊，即使是在人们匆匆回家、没有谁去注视它们的黄昏，它们还是快乐的。"

蜿蜒流淌的汉江在两岸的车水马龙声中欢畅地奔腾着，远远近近的桥梁上已经亮起最初的路灯，那些灯光在水中晶莹的倒影也闪耀跳跃着。虽然隔着厚厚的空调车玻璃完全听不到任何声音，可是那些水花、那些漩涡、那些小小的涟漪在金熙子的解读下，忽然充满了快乐与积极。

尹承恩呆呆地看着窗外的风景，很久很久都不说话。

金熙子这才意识到，自己的语气有些激昂了，她歉意地说："那个，我……"

尹承恩摇了摇头，没再说什么。他自顾自地陷入了某种沉思。

金熙子看着尹承恩的侧影，忽然觉得，言辞刻薄时的尹承恩有种发自骨血的冷冷愤懑，而沉默思考时的尹承恩，在不十分明亮的车内光线中，竟然有些希腊神话中那些神族的安静气质。金熙子当然没见过任何神族，可此刻的尹承恩，就是给她这样的感觉。

金熙子挠了挠头，仔细看看尹承恩，分明就是土土的家伙，怎么会给她这样的感觉呢？是幻觉吧。太累了，一定是这几天太累了，哇哈哈。金熙子抱紧整体计划书，继续去看窗外的风景，让尹承恩沉浸在他自己的小世界里。

一口气坐到巴士的终点，走在有些黑漆漆的小巷子里，金熙子才想到一个很严肃的问题，她急忙斟词酌句地说："呃，那个，要牢记，你是才从东京转学到我班上的同学哟，不要提什么 MMJ 之类的话题，什么影视剧啦、歌曲什么的都不要提，我姐姐并不知道我实习的事情。"

"可是……"

"没有什么可是，"金熙子有点气急败坏地说，"按照我说的做就好了，我姐姐一天到晚都说什么武馆啊继承啊之类的老生常谈。好，别想要打断我，武馆什么的故事以后我再讲给你听好了，总之，就是姐姐想强加给我的理想我真的很不喜欢，我有自己的理想。"她看着尹承恩欲言又止的样子，说："喂，你不要和我说什么姐妹情深之类的话，我和姐姐感情很好，只是在这件事情上无法达成一致而已。"

"可是你至少先把手上的文件藏一藏吧？"尹承恩抢在她发火之前指了指她手上的文件，他所说的，正是安吉拉递给她的那叠整体计划书，金熙子这才发现，计划书那厚厚的书脊上居然有大大的“MMJ”字样。

呃……自己怎么没有发现，还以为把封面牢牢地贴在胸口就行了呢，好险好险。金熙子打量了一下自己的小包，就飞快地把文件塞进了尹承恩那个土土的却容积超大的大背包里，坏坏一笑。

因为早就在下午的电话里说有客人要到家里来，金熙子一进玄关也就不意外就闻到了喷香的烤五花肉和鳗鱼饭的味道。好客的英子姐永远是慷慨大方的，就像她对金熙子说的那样，真心实意地对待你的客人，客人也就会给你真心实意的感谢。这种真心实意所带来的福气，是超出一般人想象的。

听到关门声的金英子微笑着走了出来，看着和金熙子年龄相仿的尹承恩：“你就是承恩君吧？请进。”

简单的寒暄后，三个人坐在了简单的餐厅里，可他们面对的绝对是丰盛得不得了的美味佳肴，金英子就是有本事把最简单的食材做成最顶级的料理。金熙子用生菜包裹好夹着洋葱丝、蘸满辣酱的五花肉，大口大口地吃着，大呼小叫地说：“姐，你真是了不起啊。”

金英子吃着饭，打量着默不作声喝汤的尹承恩，突然问：“熙子，承恩君的父母也从日本回到韩国了吗？”

啊，完蛋了，之前完全没有时间、也没有想过要打听一下尹承恩这家伙的事情，谁叫自己根本没有撒谎的天赋和一颗八卦的心呢。金熙子语塞，大脑几乎停转。

“我是单亲家庭长大的，父亲很早就离开我们了。现在，抚育我长大的家母还在日本工作，来帮我提供在韩国的费用。”尹承恩停住筷子，推了推眼镜，很自然地回答，“说起来真是惭愧，都已经快成年了，还要让一直操劳的母亲辛苦工作。”

原来是这样，怪不得我对承恩君会有这样的好感，原来他的身世和我差不多呢……可是，这是真的吗？金熙子盯着尹承恩的眼睛，却找不到他在撒谎的痕迹。

金英子连连道歉："对不起，对不起，提到了不该提的话题。"

尹承恩微笑了一下说："没什么的。"他突然想到了什么一样，问，"伯父伯母一定工作很忙吧，经常像今天这样不回来吃晚饭吗？"

金英子和金熙子同时停住了筷子，很快，金英子平静地说："父母在熙子还很小的时候就因为交通事故离开人世了，所以……"

这下换成了尹承恩连连道歉了："实在是失礼了……"

然后，三个人默默地吃饭。

金英子很快就吃完了，她仔细打量着尹承恩，问："现在学校在放春假吧？既然是独自一个人在韩国，你还是住在学校的宿舍里吗？"她忽然想到了什么似的，"熙子，学校现在在放春假，餐厅还在营业吗？"

惨了，金熙子被问了个措手不及，她不由得瞠目结舌："额……"眼看谎言就要被揭穿，尹承恩却落落大方地说："那个，其实，英子姐姐，我和熙子君正以假期实习的名义在一家宾馆里做实习服务生，我吃住都在那里。因为出入的场所太过于奢华，担心姐姐会不同意还未成年的我们去那里，所以，只好撒谎了。不过，主意是我出的，请姐姐不要怪熙子君。"

正点！到底是在编剧室实习的家伙，竟然能在完全没有准备的情况下瞬间想出这样滴水不漏的借口来，还真不是盖的呐。金熙子煞有介事地连连点头："是啊，很抱歉，英子姐，我不是故意要撒谎的，请你原谅我。"

金英子点了点头："哦，原来是这样。"她想了想，微笑着说："我已经吃完了，不过还有一些公司的文案要做，就不陪承恩君了。吃过饭的话，让熙子送你到公交车站去吧。"说完，她点一点头，起身上了楼上的房间。

金熙子看着姐姐的背影，心头升起了疑云。

奇怪，一向最有礼貌的姐姐竟然会半路把客人丢在饭桌上吗？另外，对初次拜访的客人，就算是客套一下，也应该有请求客人留宿的言辞吧，姐姐居然直接说让自己送承恩君去公交站，姐姐这是怎么了？难道真的是工作太忙了吗?

吃过饭,尹承恩并没有多待的意思,他帮金熙子收拾完碗筷,就彬彬有礼地和金熙子告辞,连金熙子说要送他去车站,他都坚决地谢绝了。他礼貌地说:“回来的路上路灯很少,很多地方都那么黑,熙子君自己走的话,会害怕吧。”呵,看不出表面木讷冰冷的他,还会体贴关心人呐,应该是值得交朋友的人吧。金熙子心里暖暖的,在门口对着那匆匆消逝在黑暗中的背影喊了一声:“请小心脚下。有空常来哟!”

然而尹承恩一离开,金英子就从楼上下来了。咦?姐姐不是工作很忙吗?金熙子说:“英子姐,你去忙吧,厨房我来收拾好了。”懂事的孩子,不就是这样体谅家人、愿意主动分担家务的吗?这可是英子姐姐从小就对她的教导呢。何况,有什么比家人为此回赠的,感恩的微笑更动人的呢?那是一直会让你觉得幸福的微笑呢。

金英子却只是柔和地笑笑,一边和金熙子一起清洗着碗筷,一边说:“熙子,以后不要让他来家里了,也不要多和他来往。”说这句话时,金英子收住了笑容,简直就是表情严肃。

为什么?金熙子迷惑地看着从来没有过这样严肃表情的姐姐。

金英子一边在水盆里涤清着已经洗过的盘子,一边说:“玄关里的日历上清楚地标明着父母的祭日,他却故意要问我们的父母为什么没回家吃饭,这分明是在报复无意中问到他家庭情况的我。再说,你们根本不是同学吧?他却那么自然而然、不动声色地说出很多谎话来,不是很可怕吗?”

金熙子不以为然地说:“又不是每个客人都会盯着日历看,说实在的,这个年代,还有谁会有看日历的习惯,至于谎言,”她突然语塞,“呃,什么谎言?有什么是谎言来着?”她心虚地哈哈笑了两声,“没有什么谎言啊。”

金英子停下了手里的活儿,认真地看着她,语气严肃地说:“我知道我的妹妹不是一个会做出坏事的人,我也知道我的妹妹有自己的梦想,所以,虽然我很不愿意你放弃恢复武馆的事,但我愿意你为自己的梦想去试一试——是的，你偷偷去MMJ应聘面试的事，我是假装不知道，我也没有拆穿你说的‘学校餐馆打工’之类的谎，因为我知道你是怕我担心而说出那样的话，我不觉得你有什么不对。但是他不同，他说出的谎言并不是为了怕我担心，而是在欺骗刚刚认识的我，那样自然而然地欺骗着，就像一个天生的说谎者。”她补充说，“总之，这是一个让我都捉摸不透的奇怪家伙，请不要再和他来往了。”

呜呜呜，到底是继承了父母的敏锐基因、在安保公司从事安全顾问工作的高智商姐姐啊，完全瞒不过她呐。金熙子只好老老实实地说：“是，姐姐。”

金英子这才放心地点点头，姐妹俩相视一笑，一起默契地把洁净的碗碟擦干，放回壁橱。

整理好房间，金熙子开始洗漱。她与镜子里的自己对视着，忍不住想到了尹承恩。是的，姐姐不喜欢他，可是自己为什么没办法对他产生一丁点儿的厌恶感呢？诚然，他有时是阴郁的，有时是偏激的，但他不是坏人啊，就连他对姐姐说谎，也是因为自己进门之前的拜托。姐姐是不知道前因后果，才把所有的错怪到他的头上，这对承恩君是多么不公平的事情。又或许，就像书上说的那样，他们的气场不合吧！嗯，一定是的。

应该找个合适的机会，破除姐姐对承恩君的成见。想到这里，金熙子下定决心般对着镜子里的自己点了点头。

一切整理完毕，金熙子打算像平时一样，总结今天的工作、拟定明天的计划——嘻，挑剔的安吉拉小姐所给出的认同，就是建立在这样努力的基础上的。不过今天出了点儿小差池——金熙子预备上床看文件时，这才看着空白的桌面，绝望地叹息了一声：真是不该发生的惨剧，月城君世纪演唱会那个厚厚的整体策划案，完全忘记在承恩君的背包里啦！而且，糟糕的是，她居然没有尹承恩的电话号码，根本没办法联络他，他该不会凑巧又把计划书弄丢了吧？那就惨了……呜呜呜，自己怎么会这么粗心啊，真是太对不起安吉拉小姐的信任了！

第二天一大早，从来早早上班的金熙子刚冲进 MMJ 大楼，就看见站在电梯口的尹承恩，看样子他已经等了一会儿了，他应该是专门在这里等她的。因为，他像她昨天一样，紧紧地抱着那本整体计划书，封面紧贴在他的胸口，甚至，他的手还盖住了书脊上“MMJ”的字样。

他的保密意识比她还要强呢！而且，他一定也考虑到了保护她，不想被其他人觉察她乱放计划书这件事，所以才早早等在第一时间会见到她的地方……这样细心的承恩君，真是一顶一的好人，英子姐姐真的错怪他了。

四顾之下，无人注意，金熙子迅速地接过尹承恩递来的计划书，紧紧地抱在怀里。她感激地对他微笑着。

两人一起走进了员工电梯，尹承恩将手插进裤袋，取出了手机，很自然地说：“昨天想打电话告诉你放心，我会好好保管文件的，却发现，竟然没存你的号码呢。”

金熙子仰头看着他，开心地笑着说：“是，我的电话号码是……”

春天是最适合存在于首尔盆地的季节了，盆地里温润柔和的天气，仿佛就是为了让春天绽放最生机勃勃的百花而设计的。在春这个季节里，空气里始终有细小得肉眼几乎看不见的水珠在飘散着，粘到人的肌肤上，就飞快地被吸收入表皮细胞，给人一天的神清气爽。这种滋润不止是对身体的滋润，也是对精神的放松。

在这样身心放松的环境中生活，人对艺术，很难没有敏锐的捕捉力。

或许，这就是韩国的影视和音乐始终在全球娱乐业中保持着重要地位的原因。

可爱而纯净的首尔春天呀！尤其是这空气里弥漫着淡淡樱花香的清晨，可是……

“借过，借过……”（真是违背春天的舒适和闲散精神的声音呀！）金熙子托着一个超大的封闭托盘在 MMJ 上班的员工中飞快地穿行着，焦急的表情让人情不自禁地吓一跳，产生“那个托盘里该不会有什么危险的东西吧”的感觉，然后就自然而然地闪出一条路来。金熙子就一溜烟地跑进大厅，然后迅速地挤进原本已经人满为患的电梯，踮着脚尖、高举着托盘保持平衡。

终于，一个老员工忍不住吸着鼻子说：“我说，金熙子，你拿的该不会是……便当吧？”

金熙子微笑着眨眨眼睛：“猜中了哦！”

周围的人迅速尽力离她远一点儿，抱怨着说：“真该死，在上班高峰期的电梯里拿便当盒，弄脏我们的衣服的话，你就死定了！”

金熙子连连道歉：“对不起，害大家担心啦，不过请放心，是全封闭的托盘呢，请放心！”

嗯，幸好助理办公室所在的6楼很快就到了。金熙子出了电梯，大大地喘了口气，一直在电梯的人群里保持着踮脚、举手的芭蕾舞动作，可不是谁都能做得到的，幸亏她小时候被姐姐逼着什么都练过一点儿，不然还真撑不下来呢。她调匀了气息，正准备拔腿跑向办公室，手上高举着的托盘突然被人拿走。

“喂喂，”金熙子又紧张又搞不清状况地叫起来，“不要妨碍我的时间啦……”她突然把后面那截话吞回了肚子——微笑着端着她的托盘的，正是从旁边的专用电梯里走出来的李月城。虽然不是第一次面对面，可看着英俊到光华四射的李月城，金熙子还是心跳偷偷地停了一下，懵了好一会儿，才终于调整了一下脸上不自然的表情，鞠躬说：“月城大人，早。”

“月城……大人？”李月城爽朗地笑了起来，“难道我们回到了朝鲜李氏王朝的年代了吗？”

金熙子被李月城给逗笑了。

这时，托盘上的纸盒里传来阵阵扑鼻的香味，李月城微笑着说：“唔，我猜猜，”他闭上眼睛吸了吸香味，“是猪扒盖浇饭吧？”

金熙子极其痴迷地看着他，哇，近在咫尺，亲近平和，又是电梯口这种朴素的环境背景，可依然是光芒璀璨得让人睁不开眼睛的大明星啊！她说："是的，月城君，就是猪扒盖浇饭呢！"忽然，她如梦初醒般，忙不迭地说："请还给我吧，月城君，有点重呢。"

"嗯，有8盒那么多。这么重的盖浇饭，怎么不让饭店给你送过来呢？"看起来，李月城并没有把托盘交还给金熙子的意思，他只是看着金熙子，关切地问着。

真是体贴又温和的月城君，丝毫没有大明星高高在上的架子。金熙子爽快地回答："因为我仔细研究过整体策划书了，我发现，等到您的世纪演唱会正式开始的时候，一切非本公司幕后工作人员都是不能进入演出后台的，呵，甚至是本公司的演艺人员都不行呢……额，跑题了……那么，也就是说，工作人员的盒饭只能由助理团队运送进来，我觉得应该预先演练一下呀。幸好我有这个念头，真的，不然还真的很难发现，如何把便当快速又稳当地端起来运送，还真是个技术活。我一定要多加练习才行呢，不然到时，那么多工作人员要吃便当，一定会在忙碌的后台出错误的。吃饭对一个人来说，可是很重要的，万一因为饿到了工作人员，影响到演唱会的效果怎么办？那就惨了。"

现在这个年代，还会有这么勤奋而细心的工作人员甘心从底层做起了吗？不是各种各样的选秀节目都培养出了眼高手低、傲慢无礼而又在演艺圈无法存活多久的家伙吗？李月城若有所思地看着这个曾经大咧咧地跳进他的车里的小姑娘，忍不住问："你是哪个部门的？负责什么工作？"

嗯，大人……这个问题，回答起来貌似有些尴尬哦，我可是你的七号助理呀。金熙子心想。可是月城君那么诚恳地看着自己，应该不是故意问这种难回答的问题的吧？金熙子只好老老实实地回答说："我是……月城君的……七号助理。"

李月城显得很惊讶，是啊，不管对谁来说，自己居然有一个不认识的助理，都应该是这副表情吧。等等！金熙子忽然瞪大了眼睛——悲剧了，该不会是在MMJ根本没有什么月城君的七号助理这种职位吧？

难道自己是被骗了在打黑工吗？等一等，哈哈，这种事太离谱了吧？跑题了跑题了！

李月城想了想，说："七号助理……应该是处理一些紧急事务的吧？"

月城君对七号助理的工作有印象呢！金熙子心里一阵激动，她连连点头："是的是的，比如递交一些不方便外人接触的合同啦，寻找一些罕见的道具啦……"

这些很多新人都不屑于或者耻于去做的琐碎事，这个女孩竟然能这样骄傲而愉快地说出来。

李月城目光柔和地看着说得开心的金熙子，好像看到了很多年前的那个女孩。她拄着陈旧的拖把，却目光明亮。她一边用脸颊暖着被冻得通红的手指，一边俏皮地说："只要是为了心爱的电影，我做什么都会开心的。"

李月城闭了闭眼睛，想轻轻地停止那段回忆。可看着眼前还在快乐地说着的金熙子，他忽然忍不住了，鬼使神差地问出了那个很多年前他曾经问出过的问题："你做这些琐碎的小事，不会觉得委屈吗？"

金熙子都还来不及说什么，从另一端的走廊尽头，尹承恩慢慢地走过来，声音冷冷地说："金熙子，你去了那么久，我们都以为你携带购买便当的钱出逃了呢！"

真是傲慢而不知道感恩的家伙，我可是不计较一切地为大家跑腿购买早餐呢！再说了，有人会因为8盒猪扒盖浇饭的钱款而起贪心吗？就算是可怜巴巴地乘坐大巴车出逃到距离首尔最近的城市，这点钱都不够路费的吧？亏得这家伙还能做出这样丰富的联想。而且最重要的是，为什么编剧室的家伙要大模大样地跑到助理办公室享受送餐服务呀？就因为很不幸地办公室在同一层吗？哼，要不是看在你为我乱放策划书的事保密的份上，我才不买什么猪扒盖浇饭给你呢！

金熙子对尹承恩翻着白眼，根本不知道该怎么回答这家伙刻薄的话。

尹承恩完全没有把这些沉重的便当从李月城手里接过来的意思，

而是看也不看李月城和金熙子，拿起一盒便当，边原路返回边掀开饭盒吃了起来，颀长的身影很快消失在走廊的尽头。

真是个自私的家伙！金熙子对着他的背影做了个鬼脸。

李月城皱了下眉头，却不是因为生气，而是带着好奇，他问："这是谁？"李月城觉得，虽然一瞥之下，这个少年的面容平常无奇，但那挺拔的背影却流露出一种漫不经心的贵族气质。这种外貌与气质的错位……是自己的错觉吗？

金熙子回答："是从日本东京电视台过来实习的尹承恩。"哎呀呀，演艺圈的道德伦理已经荡然无存了吗？这个叫做尹承恩的家伙不但自私，居然还对月城君这样光耀亚洲的巨星视而不见，真不知道那家伙到底是目中无人，还是根本就没有做好娱乐圈的功课，不知道月城君是谁。

原来是那种日本演艺圈中最常见的那种漫不经心的味道！李月城微笑了下，说："我帮你把便当送到助理办公室吧。对了，是哪间？"

哎？金熙子这才意识到，她居然还在傻傻地让顶级天王巨星帮她拿便当托盘呢！刚才自己还在心里偷偷怪尹承恩不懂演艺圈的伦理道德，原来自己也没什么觉悟嘛。不管是被麻辣的安吉拉小姐看到，还是被坏脾气的经纪人大叔看到，自己都得灰头土脸地离开 MMJ 大楼吧?！不要呀，我的演艺圈之路刚刚开始呢！

鉴于处于后怕状态，金熙子已经完全不顾礼貌啊什么什么的了，一把夺过便当托盘，小声喊了一句"辛苦月城君了"，然后就准备逃跑。

这时，她忽然想起因为尹承恩出现，而没来得及回答的李月城的问题。

"你做这些琐碎的小事，不会觉得委屈吗？"

金熙子没头没脑地对李月城说："只要是为了心爱的电影……"说出口的刹那，她忽然觉得这句话很煽情。她又心虚又不好意思，就硬生生地吞下了后面的句子，看也不敢看李月城，一溜烟地跑向助理办公室。

只要是为了心爱的电影……

只要是为了心爱的电影，我做什么都会开心的。

金熙子没看到，在她背后的李月城，忽然僵直了背脊。

整个早餐时间，金熙子都懊恼地检讨自己的胆小和狼狈……到底是从小练武出身的家伙啊，单纯到傻傻的，换个其他的女孩子，至少应该假装害羞或不好意思地扭捏一下吧，顺便再多聊一点别的什么话题，这是个多么好的接近月城大人的机会啊，能让新人少走很多弯路呀！该死的下意识啊！

嗯，下次再见到月城大人，无论如何要镇定一些！不过说起来，为什么月城大人会到六层的助理室来呢？

正想到这里，一个比金熙子早入职几个月的助理神神秘秘地说："喂，月城君又到这层楼来了呢！"

另一个和他年纪差不多的助理小声说："又去那个秘密房间了吧？上次有家很有名的报纸提到了这个秘密房间，说那是月城君……"

一个老资格的助理马上打断了他们的谈话，不耐烦地说："不要说这些有的没的的事情，快点吃吧，吃完了还要工作呢。"对话的那两个助理就都吐吐舌头，不做声了。

这样说起来，金熙子真的对那次的报道很有印象呢，好像是以MMJ七大不可思议的地方为题目进行报道的。据说在六层某个地方，还藏着一个秘密的房间，那里是月城大人的专属空间。报道也猜测说，那是月城君与他的神秘女友约会的地方，而这个神秘女友的身份，外界则众说纷纭，嗯，安吉拉小姐也在被猜测的名单里……

"胡编乱造的。"

金熙子被这耳语般的声音吓了一跳，却发现尹承恩已经端着饭盒坐在她的后面，同时还毫不客气地把筷子伸到金熙子从家里带来的便当盒里，去夹英子姐姐独家秘制的好口感泡菜。这家伙，总是喜欢神出鬼没地吓唬人，不过他对美食的口感，真是一流的！

金熙子没听懂他的话："什么胡编乱造的？"

尹承恩不慌不忙地推了推大黑框眼镜，慢条斯理地说："你在想的MMJ七大不可思议的地方那篇报道呀！关于月城君的秘密房间是用来约会的说法，是假的。"他看着金熙子迷惑的样子，冷笑一声说："如果真的是秘密约会，知道的人越少越好吧，这一整层都是助理和经纪人……说起喜欢出卖艺人隐私的不可靠程度，还有比助理和经纪人更可怕的吗？"

听起来还真有道理呢！金熙子连连点头，可她忽然想到了什么，瞪大了眼睛，说："这篇报道出来的时候，你还在日本吧？"

尹承恩忽然好像说不出来话了，盯着她的眼睛，想了很久似的，才慢慢地点了点头。

金熙子有点儿气愤，她小声说："也就是说你关注过MMJ，也就理所应当地应该认识月城大人，那刚才你为什么……"

尹承恩忽然站起来，慢慢地说："开工了！"说完，他看也不看金熙子就走出去了。

懒得回答，这算什么啊？英子姐姐说的至少有一点是对的，就是这真的是个不可捉摸的奇怪家伙！

埋头吃过便当，金熙子又好脾气地把同事们和前辈们乱丢的便当盒收集起来，拿到垃圾间去丢。金熙子把垃圾丢进蓝色的塑料大桶，转身正准备走，耳边却突然传来"嗤嗤"的笑声。

哎？黑黢黢的垃圾间角落里居然还站着三个人，其中两个"嗤嗤"笑着对起话来，正是刚才提到月城君和秘密房间的那两个新晋助理："居然被你这个才来几天的家伙说中了呢！""不过也是，在MMJ大楼里，只有这个丑丫头会干这种事情吧？哈哈。"他们乐不可支地离开了，随着他们推开垃圾间大门的动作，外面的光线暂时地透进了垃圾间，又瞬间消失了。

是在……取笑我吗？在我辛苦地买来便当、细心地帮助大家清理之后，这些家伙居然以这样的口吻来取笑我的好心和善良吗?！金熙子沉默地站在那里，看着依然站在黑暗中的、剩下的那个家伙，等待着那个家伙可能会有的冷嘲热讽。

不过，那家伙没开口。

刚才的一瞬间，金熙子虽然很生气，但此时已经克制住了愤怒——从小练过一点儿武术的人，比其他人要坚强很多，总是能及时控制住自己的不良情绪。她礼貌地说："这里虽然被打扫得很干净，但是因为不通风，还是有很多有害的气体，不要在这里待太长时间，否则对身体很不好的。"

"你为什么不生气？"

好熟悉的声音，是……

尹承恩站到了她的面前，从门的细小缝隙中透出来的光线在他炯炯有神的眼睛中，反射出神秘莫测的光芒。对比于一点都不生气的金熙子，尹承恩的声音听起来却很生气："你为什么不生气？在你辛辛苦苦地帮助他们之后，反而被嘲笑、被愚弄，你为什么不生气？"

金熙子勇敢地仰头看着他，在这漆黑光线中，唯一能被看清的，是他那双愤愤的眼睛，平静地问："为什么要生气？"

尹承恩一字一顿地说："他们没有丝毫感激你的意思不是吗？你为什么要干这么作贱自己的事情？你没有自尊心什么的吗？你这没心肝的家伙。"

金熙子盯着他，平静地说："那你觉得，我应该怎么办？"

尹承恩的语气有些激动："你应该抓一把垃圾，狠狠地砸到那些嘲笑你的人的脸上。"

金熙子微笑着说："奇怪，我为什么要因为别人的无礼，而降低自己的道德标准呢？"她的话，说得很慢，却充满了某种神秘的力量。

现在换到尹承恩沉默了。

好安静的空间啊！喝剩的咖啡的味道，便当盒上各种油渍混合在一起的味道，桔子皮在自然发酵的味道……垃圾间对面的电梯间里，同事们都等在电梯口准备上下，寒暄聊天和嬉笑打闹的声音时不时传来，只有这里面，好安静！

“喂，”金熙子试探性地叫了一声，“承恩君，你在……”

尹承恩的身子一震，似乎从冥想中回过神来，他一把推开站在他面前的金熙子，有力而迅速，他走出了垃圾间，飞快。

金熙子跟着走出来，却只能看见尹承恩一个模糊的背影，而且马上消失在走廊的尽头——他到底是要去哪里？难道这家伙忘记实习编剧室就在这个楼层吗？再说，他这奇怪的情绪又是怎么回事啊？

“再次证明，姐姐说的话，至少有一点没错，那就是，真是个奇怪的家伙哪！”想着早晨尹承恩对李月城的视若无睹和刚才他莫名其妙的愤怒，金熙子耸了耸肩膀。

第三章

和英子姐姐一起去游乐园

两个小时后，穿着防弹衣、戴着遮住整个脸的防护镜和头盔、手里握着一把仿真步枪的金熙子哀号着说：“喂，故事的发展不应该是这样的吧，对娇小而美丽的我来说，应该玩旋转木马或者摩天轮什么的极其淑女的游戏吧？为什么要穿得傻乎乎地趴在泥地里？”

“啪”地一声，一颗子弹在金熙子眼前的泥地里炸开了水花。

真是美妙的假期，虽然对很多上班族来说，这只是一个再普通不过的周末，可对凭借彪悍体力和笨鸟先飞的觉悟，终于顺利通过了第一周实习期的金熙子来说，这可是让酸痛的筋骨恢复青春活力的最好时光呢。

喷香的酱汤的味道传到房间里，“哇，好美味！”睡得迷迷糊糊的金熙子条件反射般起了床，闭着眼睛穿上粉红色的睡衣，穿着木底拖鞋咔哒咔哒地走下楼来：“英子姐，辛苦了。”这时，准备大快朵颐的她才算真正睁开眼睛，只见丰盛的餐点五颜六色地布满了席地的餐桌，而金英子在她对面正襟危坐，清澈美丽的大眼睛正盯着她。

……

金熙子完全清醒过来了。糟糕，似乎是姐姐她要开始宣扬什么“武馆是金家祖传的”、“姐妹俩必须重新振兴金家的家族事业”这种大道理的架势！“啊，突然头晕、头晕……好想睡呀，姐姐你先吃，我再去睡一下下。”嘿嘿，还好我金熙子脑筋转得够快，来了个金蝉脱壳。

“熙子，快点吃饭，今天我要带你到新开的首尔游乐园玩哦，我请客呢！”

啊?！这笑眯眯的声音真的是从姐姐那家伙的嘴里传出来的吗？这个周末真的不用郑重其事地为了家族的武馆事业而吵架吗？而且，那么吝啬的姐姐，居然还会把钱花在和家常开支无关的事情上？去游乐场玩哎……她不是宣称，除了吃饭，一切的开销都是浪费吗？

金熙子将信将疑地回过头来打量着姐姐，嗯，看起来她是在说真话……金熙子眯着眼睛想了一会儿，最后开始讲条件：“喂，先说好，不许使诈哦，绝对不能在云霄飞车啊、碰碰车啊、独木船啊这种我‘失去自由'的空间里，突然说些什么'武馆'、'家传'之类的话题，不然我可是会想不开的，我可是会绞尽脑汁地跳车或者跳江的。"

金英子点了点头："好的，好的，绝对不会。"

姐，你答应得也太爽快了吧？让人不怀疑你使诈都难。金熙子转过身来，警惕性很高地说："刚才说的不算，我说的是，在任何地方，你都不能说这样的话题哦！"

金英子笑着继续点头："好的，好的，请你放心。"

看起来让人很不放心的笑啊！金熙子说："你要发誓哦，用金家所有祖先的声誉发誓哦。"

金英子说："好的，我发誓，绝对不会提到任何和武馆啊、家族啊之类的事情，只是想让我辛苦实现自己理想的妹妹，在周末轻松一下。"

金熙子终于放心了，嘿嘿，对于姐姐这种相当有家族荣誉感的人来说，祖先可是最让人敬重的，她绝不会以祖先的名义撒谎的。哇，我的快乐假期，我来啦！

于是……

两个小时后，穿着防弹衣、戴着遮住整个脸的防护镜和头盔、手里握着一把仿真步枪的金熙子哀号着说："喂，故事的发展不应该是这样的吧，对娇小而美丽的我来说，应该玩旋转木马或者摩天轮什么的极其淑女的游戏吧？为什么要穿得傻乎乎地趴在泥地里？"

"啪"地一声，一颗子弹在金熙子眼前的泥地里炸开了水花，唔，我的意思是泥浆花，金熙子的护目镜上马上布满了泥点。啊，我亲爱的姐姐，妹妹我有洁癖的好不好?！不带这么玩的。

这是首尔最新兴起的真人 CS 游戏，除了每个角色都是由真人演绎之外，游戏规则都与那个风靡世界许多年的电脑游戏一模一样。就连这些射击用的橡皮子弹，击中参与者所穿的特制制服后，弹头也会爆出血液般逼真的红色油漆，整个游戏充满了真实感。

可是，这真的不是一般女孩会热衷的游戏吧？又闷又热，又脏又臭。英子姐，要不然你还是给我讲讲恢复金家武馆的事情好了。

“喂,队长!”一个身材魁梧、语气粗鲁的大块头一边把哀叫连连的金熙子拉扯到水泥管的后面,一边毫不客气地对藏身在一丛破篱笆后的金英子说,“队长,你是从什么地方把这个丫头找来的?丝毫没有战斗力不说,还从一开始就喋喋不休地抱怨,把我们的藏身之地都暴露给敌人了。这样下去也不是办法,干脆我们直接把她毙掉,淘汰出局算了,不然我们会输的。”

旁边的一个男人也附和着说:“是啊,队长,反正规则也没规定不可以杀自己人啊。”

金熙子心里一阵狂喜,她简直喜上眉梢,几乎马上就想喊出来:“拜托毙掉我,让我退出游戏吧。”呃,就是不知道那种子弹打在身上疼不疼,不管了,就是真的打得死人,金熙子也认了——总比这种活受罪舒服些吧。

“闭嘴。”金英子那双漂亮的大眼睛,狠狠地瞪着正前方的某个位置,干净利落的声音里充满了严肃和权威,全然不是金熙子平时听到的温柔的姐姐的声音了。所以,金熙子明知姐姐是在和大块头他们说话,她还是很识相地乖乖地闭嘴了。

突然,金英子一个漂亮的前滚翻,从篱笆后面躲到了一个汽油桶的后面,几乎就在她移动的瞬间,对方反应迅速、毫无声息地发动了同时袭击,几颗子弹打得汽油桶和泥水噼啪作响。明明是场游戏,可因为太逼真了,金熙子还是情不自禁地把心提到了嗓子眼,“哎”地一声叫了出来。

可这时,金熙子看见,紧紧背靠汽油桶的金英子闭着眼睛想了一下,就猛地睁开眼睛,对着这边连着做了几个精炼的战术手势。大块头和另两个全副武装、看不清脸的家伙就服从地点了点头,悄悄地向后面撤退了,朝着不同的方向分散开来。

哎?这不是战争题材的电影里经常有的情节吗?神勇果敢的主角,机敏地躲过敌人的火线封锁,也借机探清了敌人的火力布置情况,然后临危不乱地指挥部下去消灭对方……刚才还在唠唠叨叨的金熙子突然来了精神，哎呀，这不就是传说中的美貌与智慧并重吗？姐姐真的是好帅呀！充满了领导气质，哇咔咔，怪不得会在安保公司里如鱼得水地升官发财呢！金熙子胡乱擦掉护目镜上的泥水，瞪大眼睛盯着姐姐的一举一动。

只见金英子忽然从汽油桶后面冲出来，一连串漂亮的奔跑、躲避、射击，动作快到不行，而那些差不多同时发自几个点位的子弹，更让看不见的敌人慌乱起来，一个急切的声音大喊着："他们在强行进攻了！"接着就是对方发出的、一阵暴雨般的枪击回应。嘿嘿，他们根本没搞懂，进攻的不是"他们"，而是只有一个"她"。

金熙子崇拜地看着躲在一个干草垛后面的姐姐，由衷地竖起了大拇指。金英子的眼睛在护目镜后弯了弯，也回应了同样的手势。接着，金英子时不时地变换着位置，并敏捷地向对方射击。很快，在金英子的佯攻引诱之下，对方一边彼此急切地交谈着，一边开始向前推进了。很明显，对方已经沉不住气，

没过几分钟，敌对一方的人忽然一起咒骂起来，而大块头的声音则从远处传来，充满得意和钦佩："队长，听你的没错，他们全被干掉了。"

金英子微笑着站起来，推开头盔上的护目镜，看看已经看呆了的金熙子，伸手拉她起来。从金熙子现在这样仰视的角度看上去，姐姐完全就是穿着防护装的神女呀！等等……等等……金熙子突然瞪大了眼睛——今天的游乐园之行都是姐姐预谋好的吧？特地把这种一呼百应的神一样的场景呈现在她的面前……队长和武馆的馆主一样威风八面……

才不上当呢！金熙子隔着面具对金英子做了个鬼脸，准备转身逃之夭夭。谁知金英子未卜先知地抓住她的肩膀，金熙子刚想反抗，金英子用其他人无法听到的声音，轻轻地说："你应该想怎样保护好月城君吧？"这声音虽然轻，却是那样郑重其事。

月城君？月城大人？金熙子完全被姐姐严肃的语气所震慑了，她讷

讷地说:“保护……保护……”姐姐是什么意思呢?

金英子拍拍她的肩膀:“现在是中场休息时间,15 分钟后我们将与另外一组人马较量。现在,你跟我到休息室去,我有话对你说。”见金熙子呆呆地站着没动,金英子说:“记得嘛,我以祖先的名义发过誓的,今天绝对不讲和武馆有关的事情。我只是想和你谈谈,关于月城君。”

呃,好吧。

在每个队的休息区中,队长都有一间独立的更衣室兼休息室。眼下,姐妹俩就待在这里。

金英子精神抖擞地把头发重新束紧,看着累得无精打采地坐在凳子上的金熙子,说:“如果你的梦想真的在演艺圈的话,你就应该清楚地规划自己的未来,一切,包括如何成为准新人,如何为经纪人所看重,如何发挥自己的特长与优势……相信这一周实习下来,你也应该知道了,做助理、做幕后这种工作,最终走到台前的机会实在是太少了。”

姐姐说的很有道理,可……这该不会是姐姐的另一种计划吧?说服自己放弃演艺圈的梦,自己当然也就会别无选择地回到继承家业的事情上。于是,金熙子倔强地说:“那个我当然知道,不过,我现在关心的,是姐姐刚才所说的保护月城君的事情。我为什么需要去保护月城君?”

金英子笑了笑:“月城君的世纪演唱会就在两个多月以后了吧?”

这不是 MMJ 公司严防死守、宣称绝对不能走漏风声的重大消息吗?这不是 MMJ 从策划伊始就对连内部员工都神秘隐藏的最高机密吗?而且,坦白地说,MMJ 确实做到了严格保密,连消息灵通的狗仔们都没有什么确凿的证据,只是捕风捉影地猜测着。那么,怎么和这个行业完全不搭边儿的姐姐会知道这个重大消息的?金熙子瞠目结舌地看着姐姐,忽然极其崇拜地说:“英子姐,其实我们祖传的武功是日本忍术里面的读心术,是不是?”

嘣地一声,金熙子的额头上挨了金英子毫不客气的一个爆栗子,金英子说:“我们金家的功夫是中国明代流传过来的正宗中华武功。”

啊，痛。金熙子捂着头，抗议地叫着："姐，我是你亲妹妹耶，拜托你……"

金英子说："来说说保护月城君的事吧。"她用毛巾擦了擦脸，坐在了金熙子的旁边。

这真的是金熙子非常关心的事情。金熙子立刻安静下来，闻着姐姐身上散发出的淡淡汗香，听姐姐说话。

金英子说："每次重要的演艺活动，影视公司总会雇用大量的保镖，不管是真正出于安全角度考虑，还是仅仅是为了所谓的面子和排场。月城君的世纪演唱会当然更是会做足安全和场面的双重功夫。他们这次找的安保公司，就是我们公司，而我们公司负责全部事宜安排的安全顾问，就是我。"

怪不得姐姐会知道演唱会的事情。

想到姐妹俩知道了同一个大秘密，金熙子有点儿兴奋，牢牢地盯着姐姐，等她说下去。

金英子看着金熙子，继续说："到时，肯定会抽调一些 MMJ 公司内部的工作人员，来配合我们的安保工作。你想想，如果你这个名不见经传的小助理，会在唯唯诺诺的日常工作之外展现出不一样的飒爽英姿，甚至会一些拳脚功夫，那么，不管是月城君还是影视公司，都会……"她疼爱地摸摸妹妹还稚嫩的肩膀，"都会给你敞开一扇不一样的门。"她说："如果你坚持这个方向，我只希望，你能走得稳一点、快一点、好一点。"

原来如此！金熙子紧紧地抱住了姐姐的胳膊，眼眶里有感动的泪光。

只有至亲至爱的人，才会在发觉你的真正理想后，即使开始时不情愿，最后也会大力地支持你。这才是真的亲，也是真的爱。

这时，门外传来急促的敲门声，大块头在外面喊："队长，下一场就要开始了。"

金英子站起来，用力握紧金熙子的手，拉她起来，微笑着说："刚才说的，就是我带你参加真人 CS 的原因，接下来，我要教给你很多演唱会这种场合用得上的实战经验，要记得，这是为了月城君的安全而进行的秘密特训，你一定要好好加油。”

“嗯！”金熙子的声音，透露着坚定。

临出门时，金英子忽然转过头来，轻轻地说：“哦，对了，有一点你一定要答应我。”

呃？金熙子顿时有些心慌，紧紧地盯着姐姐，希望不要听到她改变主意的话。

金英子认真地说：“你可以留在 MMJ，但你真的不要再和那个尹承恩有任何接触了。”

金熙子顿时额上竖线满满。姐姐的思路也太穿越了，怎么会在这种时候提到尹承恩？对比起刚才宏伟壮观的理想主题和温馨感动的亲情气氛，姐姐是提起这个来搞笑的吗？可看她的表情又不像。说实在的，尹承恩那家伙的确是奇怪了一点，但姐姐也没必要这样三番两次、郑重其事地提醒自己吧？何况大家只是在早上或中午一起吃个便当、聊一下八卦而已，这样的交道在不在“任何接触”中呢？

金英子盯着她：“能答应我吗？”

金熙子一边戴上头盔，一边尽量自然地表现出认真的样子，点着头说：“嗯。”

第四章

重逢的帅哥安一郎和突然出名的金熙子

必须得承认,安一郎真的是越来越英俊了,即使看的是侧面,也不难发现,十多年前那个皮肤嫩嫩的小家伙已经长成成色十足的大帅哥了。金熙子差点就想耐心地对他说:“你条件这么好,认真地找个好女孩恋爱吧,我们不适合的。”但一想到他肯定会诚恳地对她表白“我的心里只有你没有她”,一想到自己将要面对这种酸到极点的文艺腔场面,金熙子就忍不住实实在在地打了个冷战,她聪明地决定闭嘴。

周一清晨，静无一人的 MMJ 大厦中，金熙子呲牙咧嘴地扶着走廊的墙向前走着。哎，她简直想都不愿意想，刚才大门口的几个保安那努力想憋着笑却又憋不住的样子。真是糗大了！金熙子边走边回味着周末发生的一切——哼，真人 CS……现在想起来，金熙子怎么都觉得，姐姐是借着什么保护月城君的幌子，以培养她的武术爱好为真实目的，诱骗她进行了两天惨无人道的地狱式训练。虽然那些穿着防护装的家伙们，不管是队友还是敌方的家伙们，都会说什么“金家武馆的女孩子果然是金家武馆的女孩子”之类由衷赞美的话，让人听起来很舒服，但金熙子当然很清楚，这些话分明是说给英明神武的姐姐的，可不是说给不是被同伴们拖来拖去隐蔽就是被血弹印了一身的自己的。

不过，让金熙子惊讶的是，“金家武馆”这四个字，好像真的很有魔力，所有的人提到这四个字时，都是一脸向往和敬仰的神情。父母车祸离世时，自己还是个不知事的孩子，这么多年来，姐姐一提到“继承武馆”、“恢复武馆”，自己又逃之夭夭，所以还真的不知道当年的故事呢！

现在，金熙子开始对“金家武馆”的故事有了好奇，可是，她忍住了去问姐姐的念头——她才不要去问呢，姐姐好不容易对她的理想松口了，金熙子真怕姐姐会借机把话题引回去。也许，有机会时可以问问其他的知情人。

唉，说起来，这个真人 CS，还真是野蛮人的游戏，尤其是被姐姐这种职业级别的家伙带着摸爬滚打（用这四个字概括真人 CS，还真是精准！）。这种高强度运动，害得金熙子今天不得不提前出门又打车上班，毕竟，她还是有觉悟的——浑身肌肉酸痛到她恨不得死了算了的状况下，让她走路比爬快不了多少，坐公车不迟到才怪。

好不容易从电梯里一步一挪地“蹭”出来，金熙子扶着走廊的墙，打算喘口气再继续移动。当她站在那里很无聊地一抬头……

咦，距离上班时间还早着呢，编剧室的灯光竟然是亮着的，印象中，这些敲打键盘、“胡编乱造”的家伙从来都是下午才上班的，只有尹承恩那家伙才时不时地会在上午就出现，可能因为他是一个人在韩国，连个不按时上班的理由都没有吧。可金熙子真的不知道，他竟然会这么早就到公司来了。

金熙子忽然觉得，尹承恩这个奇怪的家伙，真的很可怜。是啊，一个除了上班无事可做的人，是值得同情的。尽管姐姐反复强调不许她和尹承恩来往，可是，英子姐给过的理由实在都显得有点牵强，归根结底，那应该算是女人最莫名其妙的直觉吧？

哎呀，对不起，姐姐，我要去办公室的话，必须要路过编剧室的门口啊……

这样想着，金熙子就没有对不起姐姐的叮嘱的感觉了，她慢慢移动到了编剧室的门口。

门是敞开的。

果然是尹承恩。果然只有他一个人。整个寂静的房间里，灯光明亮惨白，而尹承恩正背对门口，双手插在裤兜中，面对着窗外的世界沉思着什么。从金熙子此时的位置看过去，尹承恩的背影真的是太帅了，那简直是偶像剧中男主角一样匀称挺拔的身姿呀，只可惜……金熙子试探地叫了一声：“承恩君。”果然，哎呀呀，果然！！！——这家伙扭过来的脸，活像老掉牙的卡通漫画中那些晦气的主人公们的脸一样，又老土又滑稽可笑，与他玉树临风的身材极端不般配。金熙子气馁地收回了渴望看到美少年的期待，以平常心微笑着说：“那么早就来上班了呀？”

尹承恩没有什么表情的脸又转了回去，金熙子只看见他傲慢的后脑勺，同时他刻薄的话传过来：“你又不是什么了不起的人物，干吗说出这种领导和长辈才会说的话。让我自己安静地待着。”

真是个让人不愉快的怪物，就连一点点想和他继续聊天的念头都没有了。英子姐，你完全多虑了，就算我想和这家伙有什么接触，看起来，这个性格恶劣的家伙也是没有什么兴趣的。金熙子对着他的背影做了个鬼脸，慢慢地走进了助理编辑室。

整整一个上午，金熙子都以乌龟爬行的速度工作啊、上厕所啊，好在由于安吉拉对她上周的工作非常满意，这周用新的七号助理取代了她。现在，金熙子再不用出去跑腿了，她的工作职位正式更改为月城君的六号助理，而工作内容，也正式安排为整理打印各种资料文档，她只要安静地坐在电脑旁边就好了。呜呼呼，这简直是拯救她于肌肉疼痛的水火之中。金熙子实在爱死了发明电脑的那个家伙了。

然而，她怪模怪样的姿势还是被发现了，那些幸灾乐祸的前辈们又有了足够调侃她的材料。不过管他呢，哪个新人没被欺负过啊，自己就当没听见好了，只当是在上职场必修课。

我忍！

去吃午饭的路上，金熙子不得不硬着头皮继续龟行。走到MMJ的员工饭堂门口时，尹承恩从后面跟了上来。他双手插在上衣口袋里，从大黑框眼镜后面斜着眼睛看她，上上下下观察了一会儿，才猝然开口道："你重温了那部叫《忍者神龟》的老电影吗？在模仿谁？达芬奇？还是米开朗基罗？拿双节棍的那个？"

他的话立刻引起了其他过路者心照不宣的嘿嘿笑声。

真的想爆掉他这张刻薄的嘴，喂，有哪位好心人肯提供一支枪吗？金熙子以僵硬机械的脚步一寸寸地挪动着，犹自嘴硬："你走你的呗，干吗嫌我慢？"喂喂喂，这家伙居然立刻就大步流星地走个踪影全无，亏我还曾请你回家做客，亏我还曾给你买早点……你的心是石头做的吗？就当是在发善心，搀扶个老人家都不可以吗？

就在金熙子呲牙咧嘴地迈动脚步时，忽然有人在她的肩膀上重重地拍了一下。

啊，我那可怜的、酸痛的肌肉和骨头，不要啊。金熙子差点翻着白眼昏过去，这种如同麻麻的筋被戳中的折磨，简直不是人类该去承受的。看起来会干这种讨厌事情的尹承恩，不是已经走过去了吗？这会是谁呢？金熙子僵硬地转动脖子，想回头去看看是谁，一个阳光般肆意流淌的声音响在她耳旁："熙子！"

这热情洋溢的声音、这磁性的男中音……

金熙子简直顾不得疼痛了，她猛地转过头去。

这张英俊的脸和这星光般璀璨的笑容……

没错，只会是那个人……

金熙子"咕咚"一声大咽了一口口水，差点把自己呛到。她飞速扭回头，惊恐地瞪大了眼睛，开始小声嘀咕："幻觉，劳累过度产生的幻觉，一定是劳累过度产生的幻觉……"她用尽了吃奶的力气，打算飞快地向前走，但是上身拼命前倾，脚却没能同步前进。唔，其实这姿势还真的挺滑稽的。

"熙子，是我，一郎啊！"高大英俊的安一郎绕到了她的前面，高兴地笑着，"真的是你，刚才我一眼看到你的背影，就知道，就是你呀！"晕，你完全看不出眼前的金熙子拼命想躲开你吗？就像十几年来这样……

事到如今，金熙子也只有硬着头皮，干笑了两声："那个，你好！"

安一郎捧着她的脸（这不是大庭广众之下该做的动作好不好?！这位小哥，你这是要闹哪样啊？），继续保持着高兴的笑容："还是那个美丽迷人的我的小新娘啊（谁允许你这么自说自话的），你小学一年级搬家为什么没有告诉我呢（可能就是因为你时常这样莫名其妙地跑来和我告白……）？我问了很多同学，他们都说不知道你搬到哪里去了（亲爱的同学，你们很够义气呀！），我父母也不肯派人帮我找你（替我谢谢伯父伯母啊！），我一直苦苦寻找你到现在呢（干吗这样执着……我欠了你很多钱是吗？）！"

喂喂！像话吗，从幼儿园毕业起就十几年没见面的人，居然可以凭借一个背影认出一个人来？这真的是正常人类可以做到的事情吗？

安一郎毫不控制的音量和俊朗洒脱的外表一样引人注意，而他说话的内容，更是惊世骇俗。最重要的是，他还深情款款地捧着她的脸……这位大人，请问你是在演偶像剧吗？看着来往人群狐疑的表情，金熙子的脸色苍白难看："那个……"

"不过没关系，"安一郎深情地看着金熙子，"上天又让我们重逢了，真是缘分啊！"

又是自说自话。真搞不懂这些企业家的阔少爷们，能够一直沉浸在自己的世界里，看不到其他人的反应吗？另外，真的拜托你啦，不要一直阴魂不散地拿幼儿园里的新郎新娘的故事当真好不好，大家一起扮家家酒而已，用不用记了十几年这么投入啊。金熙子的脸色越来越臭了："一郎同学……"

"你会伤我的心的，叫我一郎，叫我一郎就够了啊！"安一郎俊朗的脸上充满了期待。

这时，一个很不耐烦的声音从金熙子的面前传来："姓金的家伙，你还要磨蹭很久吗？"

金熙子一抬头，只见尹承恩正从饭堂门口的台阶上走下来。见她看他，他继续保持着不耐烦的语调说："公司饭堂的空位是很难找的你知不知道？我已经打好饭菜了，但是请大小姐你动作快一点好吗？我可不想丢掉座位，更不想吃些冷掉的东西。"

原来这个冷面孔的家伙……金熙子心里一暖，又忽然想到，哎？他应该也能充当救星的角色啊。

想到这里，金熙子急忙说："马上就来了。"她把脸从安一郎的手里挣脱开（真是一点儿都不浪漫的场景），干笑一下，就要闪。

安一郎看着几乎和他身高差不多的尹承恩。面对除了金熙子以外的其他人，他那种亲切中带着距离感的贵族做派立刻显露出来："你是熙子的什么人？"

尹承恩冷冷地看着他："饭友。"

喷……茶……

正常人会回答“同事”或者“朋友”吧？金熙子准备抓狂了。“饭友”是什么意思？吃饭的搭档？喂喂，你该不会是因为我总是会带来英子姐做的好吃泡菜，才决定蹭上我的吧？你那种眼神是什么意思？是在说“就是这样的”吗？

安一郎不由分说地抓住金熙子的手：“她是我的未婚妻。”

未……婚……妻?！该死的安一郎，谁允许你擅作主张地使用这种吓死人的称呼的?！

“什么？喂喂，你不要胡说呀！”金熙子抓狂中，一边试图挣脱安一郎那修长的手指，一边着急地辩解道，“我们只是幼儿园的同班同学而已。”

尹承恩不耐烦地说：“看来中午有人陪你吃饭了，再见。”这家伙再次没有江湖道义地把她丢在了路上。啊，奇怪的家伙就是奇怪的家伙！关键时刻，果然指望不上。

无可奈何。

金熙子实在不想再在人来人往的路上让安一郎大说疯话，于是她紧咬牙关，一瘸一拐地走进了旁边的花园。

安一郎温顺（没错，温顺，实在找不出其他更贴切的词语来形容啦）地跟在她的后面。

直到坐在花园里的长椅上，金熙子才从纷乱的思绪中清醒过来，侧过脸看了安一郎一眼。

必须得承认，安一郎真的是越来越英俊了，即使看的是侧面，也不难发现，十多年前那个皮肤嫩嫩的小家伙已经长成成色十足的大帅哥了。金熙子差点就想耐心地对他说：“你条件这么好，认真地找个好女孩恋爱吧，我们不适合的。”但一想到他肯定会诚恳地对她表白“我的心里只有你没有她”，一想到自己将要面对这种酸到极点的文艺腔场面，金熙子就忍不住实实在在地打了个冷战，她聪明地决定闭嘴。

此时，安一郎总算从重逢的狂喜中镇定下来，他微笑着搂着金熙子的肩（那个谁，你也未免太自然而然了吧……）：“熙子，你在 MMJ

公司做什么？”

金熙子摇晃着肩膀，拿开他的手臂，考虑了一下，才回答：“唔，实习。”只有不暴露工作性质，才能有避免他“骚扰”的可能。金熙子才不希望安一郎天天跑到 MMJ 来“探班”呢。

然而，那句话怎么说来着？对，就是这句——人算不如天算。只听安一郎由衷高兴地说：“我也在实习，今天进入 MMJ 的。没想到刚报到完，就遇到了你。熙子，老天爷真是待我不薄啊。”

啊？金熙子不由得瞪大了眼睛，然后仰头看天，同时在心里大大地哀叹了一声：高高在上的老天爷啊，你不是吧？这种桥段未免太狗血了吧？你倒是给安一郎安排了奇遇，可你不把我耍得团团转你就不开心是不是？

金熙子还来不及说话，安一郎已经自顾自地说了下去：“我被安排在第一阶梯艺员室，熙子你呢？”他忽然笑了，“啊，我真是的，这还需要问吗？像我的小新娘（你可不可以停止用这个称呼……）这样风华绝代的大美女，肯定应该是第一阶梯艺员室内的才对。”

呃……

金熙子看着安一郎，是真的说不出话来了——实习第一天就进入了 MMJ 第一阶梯艺员室？看起来还真的是被 MMJ 重点培养的新人对象呢！也难怪，安一郎的外形和气质就是那么完美啊！等等，现在不是考虑这个问题的时候……现在该考虑的问题是——

——安一郎你虽然又英挺俊朗、又贵族气质、又富可敌国，但你的审美标准还真是有异于常人——我自己虽然自认清秀可爱，但和“风华绝代的大美女”有半毛钱的关系吗？！

然而金熙子实在不知道该从哪里去回答，她理一理思绪，决定换个谈话的方向：“不是从你的幼儿园时代起，你们家就打算让你继承家族企业吗？你为什么要跑进竞争残酷的演艺圈来？让自己过着自己做主的日子，不好吗？”嘻，提醒你一下，当个大家族企业的继承人可比当个艺员舒适上万倍了，只要你乖乖地回去当继承人，自然就没时间待在演艺圈了，那熙子我就可以又实现自己的理想，也不被你骚扰了。

果然，安一郎紧张地看着金熙子，俊朗的脸上充满了焦急："你不喜欢我进残酷的演艺圈？你希望我专心继承家族企业？那好吧，我立刻回去继承家族企业。"

金熙子的内心在欢呼雀跃：成功了！哇哈哈，我真是太聪明了！

然而，她实在开心得太早了，还是那句话——人算不如天算。你懂的！

紧接着，安一郎用充满感动的口吻说："熙子，你实在是太心疼我了！我发誓，继承家族企业之后，我马上会给你一个浪漫到全首尔都会轰动的求婚，给你一个盛大到全韩国都会感动的婚礼！"

……

你是在逼我逃到国外吗？

看着安一郎千依百顺的样子，金熙子再次哀怨地抬头看天：看出来了，你故意耍我的吧？

金熙子翻了翻白眼，放弃地说："其实……当个艺员也很不错！"

安一郎又顺从地连连点头："听你的，都听你的。"

金熙子身子一抖，她镇定地站了起来，看着安一郎说："那个，我打算去趟厕所……"

我会告诉你我是怎么逃离你的么？我会么？

金熙子饿着肚子，满头大汗地以龟速回到实习助理办公室，还没来得及在角落坐下，安吉拉就已经走了进来。

安吉拉的冷若冰霜和不近人情是MMJ出了名的，若非工作原因，她绝不会去任何其他办公室。当然，若非特别重要的事情，她更是一通电话就解决问题，连自己的办公室都不会出。所以，安吉拉出现在这里，就意味着这里将要有事发生。

可从安吉拉冷艳的脸上，谁也看不出，将要发生的事，是好事还是坏事。

几个主管都迎上去寒暄，安吉拉却不苟言笑，不发一言，只是把一张纸递交给专门负责幕后实习生管理的主管。

“是调换部门的通知书！”坐在金熙子旁边的实习助理忍不住小声叫了出来，她那压到最低的嗓音和紧紧抱在胸前的双手，都说明了此时她心里的焦虑。

“调换部门的通知书？那是什么意思？”金熙子发现周围那些比她早来几个月的实习助理们，脸上的表情都很奇怪，有按捺不住的忐忑，也有抑制不住的激动。于是，她忍不住小声问旁边的那个实习助理：“喂，那是……”

那个实习助理急急地小声说：“笨蛋，那是有实习生要被转正的意思。”

一个负责带他们熟悉工作的正式助理笑了笑，同样小声地说：“而且不是正常的转正。”见几个实习助理都齐刷刷地看向他，他有点儿得意地说：“正常转正的文件，会一级一级地按部门下发，哪会让安吉拉小姐亲自送来呢？”

大家都恍然大悟，紧接着，所有的实习助理都紧张而期待地看着主管的脸色——不知道谁可以提前结束身心都在受煎熬的实习生生活，拥有那张能够畅通无阻于各个楼层和各个部门的 MMJ 智能胸卡呢？

看着那张纸，主管的脸色相当惊讶，他抬头看着安吉拉，声音里有明显的疑惑，他说：“安吉拉小姐，可是，从时间上来说，这是史无前例的……”

安吉拉不耐烦地打断了他的话，毫不客气地说：“是月城君亲自安排的，如果你觉得有不符合规矩的地方，请自己去找月城君询问，或者，可以直接向公司的人事监管部门反映。”说完，她转身准备离开，然而，走到门口时，她忽然又停住脚步，转回身来，看向挤在角落里的这群实习生，接着，她逡巡的目光落在了金熙子的脸上，而后，她留下一个淡淡的微笑，这才离开。

呃？号称冷面无情的安吉拉小姐居然当众微笑？一定看错了。是安吉拉小姐的面部在抽搐吧？而且看起来，抽搐的问题还有点严重呢。可是，她为什么偏要盯着我脸部抽搐呢？莫非，我要被开除了吗……金熙子的思维惯性是临危就乱，她完全没意识到，此时，自己的思维是有多么的混乱而滑稽。

于是，在脑筋转过弯来之前，金熙子就已经莫名其妙地感受到了目光——来自其他实习生的，或是嫉妒或是羡慕或是揣测的目光。

主管一边继续看着那张纸一边走过来，直到站在金熙子对面，他才放下那张纸。他以一副觉得整个事件都很不可思议的表情，面对着金熙子，措辞混乱地说："真是意外……只有一个星期零一天……被月城大人钦点……你这家伙对月城大人施展了什么样的魔法？一般来说，成为正式员工，至少也要三个月以上的时间……哦，对了，金熙子，你被转正到服装和化妆部门去了。"说完，他依然表情茫然地走回到门边，开始和还站在那里的另几个主管窃窃私语。

呃？原来安吉拉小姐不是面部抽搐，是真的在对我微笑。那么，真的是我，居然转正了？还真的是被月城大人钦点？为什么啊？难道是因为月城大人帮我拿便当托盘时，他被猪扒盖浇饭的香味给熏昏了头脑？金熙子一边茫无头绪地思考，一边躲闪着其他人恨不得吞吃掉她的可怕目光。

"什么嘛！怎么会是她啦？肯定是安吉拉小姐的亲戚，肯定是！""可是，是月城大人钦点的啊！""哼，那是安吉拉小姐说的，谁知道到底是不是月城大人钦点的，反正又不可能有人因为这点小事去问月城大人。"

又是这种窃窃私语，可是这次，大家都没有避讳金熙子的意思。

金熙子熟悉这种窃窃私语，她在小学时就经历过这种委屈。

她曾伤心地跑回家来，找姐姐哭诉。

那时，英子姐姐平静地抱着小小的她，告诉她，一个人有了进步或是获得成就后，谣言都会来。英子姐姐笑着说，谣言，几乎就是对一个人的确优秀、的确成功的另类证明。而面对各种各样的质疑和猜测，你是必须控制自己的任何情绪的，否则，在那些别有用心的人那里，淡然就会成了心虚，解释就会成了狡辩，反驳就会成了气急败坏。

“不要给那些人第二次伤害你的机会。”

“那么，我们就一点办法都没有了吗？”

“安静地做自己该做的事，等虚假的谣言自己无聊地平息吧。”

“那要等很久吗？”

“就算要等很久，你也完成了更多的事情，站在了新的成功上，而那些造谣的人，则一事无成。所以，吃亏的绝不会是你。而且，很奇妙的是，”金熙子记得很清楚，姐姐在说到这里时，脸上有神秘的微笑，她轻轻擦去了金熙子脸上最后一点泪痕，“谣言这种东西，和其他见不得光的龌龊东西一样，只要你不去在乎它，它就完全伤害不到你，而且，你越是不在乎它，它就消失得越快。”

金英子的眼睛里有坚毅的光："记住这些。"

幼小的金熙子破涕为笑，认真地点了点头："嗯。"

现在，金熙子决定听姐姐的，她不动声色地深吸了一口气，在心里默念着英子姐姐那时说过的话，然后平静地坐在电脑前，有条不紊地做着自己上午没做完的事情，仿佛没听见周围那些越来越大声、明明是故意说给她听的话。

“怎么觉得都很可疑啊！”“就是，安吉拉小姐是有名的冷美人，听老助理说，在公司这么多年，都没见到她笑过……”

这时，那个正式助理抗议地叫出来："喂，什么叫做‘老’助理，你倒是说说，我是老在哪里啊？真是躺着都会中枪啊！"

一群实习助理都忍不住叽叽咕咕地笑了起来，口误的实习助理涨红了脸，毕恭毕敬地鞠躬说："抱歉，前辈，是我的错……"

谣言消失了，就这么快！

金熙子在心里偷偷地笑了，姐姐真的是对的。

那个正式助理继续发着牢骚说："演艺圈真的是越来越没有伦理了，你们这些……"

就在这时，以少女为主体的后勤实习助理们忽然集体发出了“咦？哇！”的声音，听着这种充满标准花痴气息的赞叹声，即使没有抬头，金熙子也忽然有了某种不祥的预感……糟了，该不会是那家伙吧？

果然，她立刻就听见安一郎那阳光而磁性的声音：“请问，金熙子是在这间办公室吗？”

刚才在花园里好不容易找了个上厕所的借口从窗子溜掉时，明明不可能留下任何线索的啊，这家伙怎么会这么快就找到这里来？……金熙子的头皮一阵发麻，她果断地贴着电脑显示器，把头埋得更低，希望可以躲过那家伙的视线。

幸好实习助理们都还处于对金熙子羡慕嫉妒中，而正式员工又向来不爱管闲事，所以竟然没人说话。

哈哈，太好了！人多的大办公室就是这点好！随随便便就可以躲过去了！

金熙子趴在显示器后面，欢心鼓舞，心花怒放。

可是……喂，你这家伙，你还是高兴得太早了，难道你居然又忘记了，今天老天爷一直在和你闹别扭吗？

站在门口的主管条件反射般地说：“是的，她在这间办公室，喏，就在那边最角落的地方。”不知出于什么原因，也许是还没从惊讶中清醒过来，他补充说，“看，这是她的转正通知，她的转正速度真是太快了。”

金熙子“咚”地一声把额头砸在了电脑桌的桌面上，偌大的一片心里是哀鸿遍野，她的内心独白是：“我亲爱的主管大叔啊，我是有哪里得罪过你吗？你有必要出卖我出卖得这么彻底吗？我爱我的电影，我刚刚入门，我不能因为这个家伙而放弃我的梦想啊！可你把我出卖给这个家伙，我还能有机会，还能有毅力待在 MMJ 吗？”

她还来不及哀叹出更多的内容，只听一阵明快的脚步声，安一郎的声音已经响在她的耳畔，小心而温存：“熙子，你在午睡吗？”

顿时，刚刚消失的窃窃私语又有了死灰复燃的趋势。

金熙子真是害怕这家伙会再说出什么出格的话或是做出什么出

格的举动来，只好干咳一声，坐直身体，努力以最正常的语气说："我没在午睡，没有，呵呵，没有。"

安一郎明亮的眼睛看着她，微笑着说："刚才听到熙子你转正了的消息，我真是太高兴了！果然不愧是熙子，居然和我在同一时刻转正，你也是得到了安吉拉小姐的正式通知吧……"

金熙子实在是吃惊到了极限，她瞪大了眼睛，想也不想，就让一句话脱口而出："可是，哎？你不是今天上午刚来MMJ报到的吗？"

只听周遭的少女们"哇"地齐声尖叫起来，根本不管这里是办公室，也根本不管现在是上班时间，而且，那尖叫的声音里还充满了百分百由衷的信服和崇拜，还有人以娇羞的声音说："真的是好厉害呢，只用了一天就转正了……一定是很有本事的人呢……"

……

喂，你们这群善变的家伙！！！

刚才听到我一个多星期就转正了，大家不是心理不平衡得快要把我吃掉了吗？为什么对这个转正速度更是快得没天理的家伙却是这样的友好态度？你们一点都不怀疑他是安吉拉小姐的亲戚吗？你们发现了吗，他真的是姓安的好不好！拜托，收敛一下那种太过崇拜、欣赏的目光好不好？……算了，我放弃。看这群家伙的表情，估计就算是拿着高音喇叭喊出来，她们也是充耳不闻。受不了这群白痴加花痴的"双痴"少女！

安一郎以礼貌的微笑回应了大家的热情和柔情，那灿烂的笑容就获得了大家更大的热情和更深的柔情。然后……然后……然后安一郎就深情款款地拉住了金熙子的手："中午都没来得及吃饭呢，我们去吃公司对面的宫廷料理，作为对我们夫妻两个共同转正的庆祝吧！"

夫妻两个?！这家伙真是经常会弄出一些骇人听闻的字句来。看看，整个办公室一片鸦雀无声了吧？真是头痛，非要每次都弄出这样的安静得可怕的场面吗？看着周遭女孩子们越来越铁青的脸和越来越凶狠的目光，心虚的金熙子想起了很多场面，"暴尸荒野"啊、"血流成河"

啊什么的，她的脸已经开始不由自主地抽搐了。她一边甩开安一郎的手，一边干笑着说："啊，哈，啊哈哈，不是大家想的那样，我们是幼儿园的同学。同学，在，在开玩笑。"

"原来是开玩笑啊！"大家一起松了口气，金熙子也就跟着松了口气，只有安一郎变得紧张起来，他说："喂，熙子……"

金熙子只好以光速拉起他的手，忍着浑身剧烈的酸痛，尽力狂奔出办公室。直到跑到走廊尽头的厕所附近，确定周围没什么人了，金熙子才压低了声音，用威胁加哀求的混合语气说："喂，不要一天到晚把'婚约'啊什么的挂在嘴边呀，那会影响到……"

"你是怕会影响到我在演艺圈的路吗？"安一郎感动地看着她。

这个自说自话的家伙！金熙子简直气结，不过她很快想到，对于这个一根筋的家伙，好像用哄的手段比用强迫的手段要有效一点。于是，她特意放缓了语气，顺着安一郎的话，友好地说了下去："恩恩，我就是怕会影响到你在演艺圈的路啊，你记得，你要努力成功才行啊，等你成功了，我就……"

"和我结婚？"

……

真不知道这个天杀的家伙脑子里到底在想什么，不要随便给别人的话加上一个根本不是那么回事的下文好不好？我想说的是"等你成功了，我就很开心"！金熙子几近崩溃，可她还没来得及补充说明，就听到安一郎说了一句更让她接近彻底崩溃的话："明天我就让老爸给MMJ打1000亿韩币投资影视剧拍摄，我当男主角。我要早点成功，这样我就能早点和你结婚。"

……这位哥哥，你想结婚的念头到底是有多迫切啊？

冷静，金熙子，现在你需要的是冷静！智慧，金熙子，现在你需要的是智慧！金熙子脑子飞快地转动着，终于找到了一个可以说服安一郎的理由，她一字一顿地说："实力，我要的是你自己的实力。不借助任何外力的、纯粹发自你自己身心的实力。这样的成功，才有价值。"哈哈，金熙子,好样的！在人才辈出、竞争残酷的演艺圈,“耐性”,绝对是淘汰很多人的最犀利手段,任何出身豪门的阔少爷,应该都很难做到一步步熬出头那么漫长的事情吧。

谁料,安一郎认真而深情地说:“熙子,为了完成 5 岁时的愿望和你结婚,我会做最艰苦和最坚决的努力。”

金熙子晕。

是啊,金熙子完全忘记了,对于追寻了她十几年、念念不忘幼儿园婚约的安一郎来说,“耐性”这种东西,不是大把大把的吗?

面对着安一郎英俊脸上那双温情的眼睛,金熙子长长地叹息了一声,承认自己有无计可施的挫败感。她该拿他怎么办呢?

就在这时,金熙子忽然听到,从旁边的厕所里传来一个略带着戏谑的低沉声音:“金小姐,原来年幼的你曾经那么有魅力呢,甚至可以让这个家伙那么渴望实现 5 岁时的愿望。不过,这种魅力大概已经随着年华的流逝而消失了吧,我在现在的你身上,可是一点都感受不到呢！”慢吞吞地,尹承恩拎着拖把从里面走出来,他脸上的表情似笑非笑,语调继续保持着刻薄和戏谑,“这真是我最有意义的一次拧拖把了,竟然可以听到这么经典的对白……不过,金熙子,你确定这人不是你为了满足你的虚荣心、花钱雇来说这些台词的艺员同事吗?”

啊,这个该死的刻薄的家伙！金熙子完全说不出话来了。

安一郎看着尹承恩,语调冰冷地说:“作为一个显然并没有什么太多交情的饭友,你说的话还真是刻薄无礼。”

金熙子发现,一般来说,面对着除了自己以外的人,安一郎就是一个把他的情绪控制得很好的人,言谈举止也会显得智慧而得体。可她同时也发现,不知为什么,这两次面对尹承恩时,安一郎的态度都并不友好,更谈不上什么“智慧而得体”了。

不过也难怪,尹承恩这家伙感觉奇奇怪怪的,不是那么讨人喜欢,不是连一向对人和气的英子姐都不喜欢他吗?

这边金熙子还在漫无边际地想,那边尹承恩已经开始展现他的

“奇奇怪怪”和“不是那么讨人喜欢”了。

尹承恩把拖把靠在墙上，看着安一郎，慢慢地说：“她到底给了你多少钱啊？老兄，拜托，拿钱说台词而已，到底要不要这么敬业啊？”

这两个人之间的气氛好像有点不正常……

金熙子还没来得及说话，已经被安一郎轻轻而坚决地拉到身后。

安一郎护着金熙子，对尹承恩怒目而视：“请你适可而止。”

尹承恩冷哂着说：“这种毫无力度的文艺腔台词，你到底还要说多少啊？应该适可而止的人，怎么看都是你！”

不正常的气氛，瞬间就升级为对峙。

喂，你们两个……

金熙子正想说点什么话来化解这尴尬的场面，却注意到一件奇怪的事情。

按照常理来说，或者是在一般人的印象中，在任何两个人对峙时，如果其中一方有贵族气质或者是英俊的帅哥，那么这一方显然应该要占上风一些，另一方无论多么理直气壮，也难免会显得有些底气不足。但眼下奇怪的是，面对着有贵族气质又英俊的安一郎，面对着他那像月亮一样完美无暇的脸，戴着黑框大眼镜，看上去老土又木讷的尹承恩竟然没有表现出怯懦的退缩，他坦然直视与他身高差不多的安一郎。

金熙子愣愣地想，如果可以用笔描绘出两个人身边的气场，那她一定会发现，这两个气场是势均力敌的。

可是，这怎么可能？这完全是有悖于常理的存在。

就在她愣神的刹那，金熙子忽然发现，这两个家伙居然各自向着对方的方向走了一步。

“喂，你们在干吗？不要这样呀！”

金熙子真的急了，因为这两个人的脸之间只有两三个拳头的距离了，这当然是个再危险不过的距离，更何况，他们正毫不客气地对视着，按照剧情发展，怎么看接下来他们都会向对方挥拳。

……

金熙子开始后悔了，后悔小时候跟着英子姐姐练功时没有认真。

否则，现在处理这种场面，应该会是小菜一碟，而且肯定会成功劝阻，立刻生效的吧？

金熙子真怕他们会打起来。她快速思考了一下，觉得实在没有其他办法了，只好大吼了一声："停止！不许打架！"

呃，还真是石破天惊的一嗓子。

是谁敢在以管理严格著称的MMJ这样放肆啊？

吼声尚在余音袅袅，走廊里已经噼里啪啦地簇拥了一堆人，尤其是实习助理室的女孩子们……金熙子一边瀑布汗一边想：你们也未免出现得太快了吧？我想，要不是几个主管站在门口，刚才你们就眼里闪烁着两颗爱心，跟着跑出来追随安一郎了吧？现在你们终于如愿了！

"哟哟哟，居然是超级新人帅哥和编剧室那个罕见的老土实习编剧……""看他们的架势……是因为那个叫什么金熙子的家伙……""哈哈哈，你完全想太多了，怎么可能？""好像是真的哦，刚才那个帅哥还拉着金熙子那家伙的手，说什么'夫妻两个'之类的话，而且你忘记了吗？那个老土经常和金熙子在一起吃饭的。""咦？这样说起来的确是，好像早上也会到我们实习助理室来吃盒饭呢……"

似乎大家都一致认为这对峙的确是因为金熙子了（自作主张的大家啊，你们有没有考虑要问一问当事人的感受啊），接着，大家就很满意地就换了一个议论方向。

"为什么会喜欢上金熙子这种平庸的女孩呢？那个"老土"戴着眼镜，可能是眼神不好、视线模糊，或者是因为有着奇怪的审美……"

金熙子忙里偷闲在心里暗暗地插了一句："有着奇怪审美的人是安一郎好不好？"

那个女孩继续说了下去："可是这个帅哥的眼睛那么亮，那么帅，肯定很聪明，是绝对不会犯这种审美的错误的……"

这逻辑……你也太恶搞了吧？因为"帅"，所以"肯定很聪明"，所以

“是绝对不会犯这种审美的错误的”，这种以貌取人的恶习——算了，这里是MMJ，以貌取人在这里，就是天经地义的，真理一样的规则。

金熙子还是决定假装没听见一切议论，她正打算把注意力放在劝阻安一郎和尹承恩动手上，忽然听见了一句让她彻底无语石化的话。

“咦，难不成是因为那个帅哥昨晚没睡好？要不干脆就是被金熙子下了蛊毒……”

……

真是太有想象力了，说这话的肯定是未来的金牌编剧……

可是，那个，原来只有没睡好或是被下了蛊毒的人，才会喜欢上我吗？我有没有混到那么惨啊！难道你们看不出来吗，安一郎之所以会追着我不放，完全是因为那家伙脑子不好……啊？555555，原来果然是只有脑子不好的帅哥才会喜欢上我。我混得还真叫一个惨！

真是让人崩溃的发现，金熙子立刻斗志全无地气馁了，她只好无可奈何地看向对其他人视若无睹仍在对峙的两人。

就在这时，金熙子忽然感觉到，就像破晓时快速散去的黑夜一样，尹承恩身边环绕的气场突然离奇失踪了，他以一种放弃了，但绝对不是屈服的眼神看着安一郎说：“我为我无意中听到了你们的谈话而道歉。”然后，他就不卑不亢地从人群中走了出去，而且居然还记得拿起放在一旁的拖把。

尹承恩一走，安一郎犀利冰冷的眼神马上就变得柔和温暖。他体贴地看着金熙子，带着微笑问：“熙子，你没被那个无礼的家伙给吓到吧？”

其实，此刻的金熙子真的给吓到了，因为……

“天啊，这个帅哥果然是喜欢着平凡普通的金熙子！还有没有天理王道和自然规律了？”

安一郎温柔的声音瞬间就引起周遭少女们的怨念和杀气。咕咚，金熙子大咽了下口水——明明你们自己刚才就是这么猜测的啊！干吗突然这么大的反应……

金熙子腿软地说:“一郎,带我离开。”

周围骤然膨胀了上百倍的怨念和杀气:“她居然还亲昵地叫他‘一郎’,连敬语都不用,是在得意地对我们炫耀吗?实在是太过分了,绝不可原谅。”

我好冤枉啊!为什么他一直叫我“熙子”,你们都不指责他,换到我就不行。

这时,安一郎终于舍得把目光从金熙子脸上移开了,他也发现了周围的情况很是不妙。于是,他拉起金熙子的手,快速从人群中挤了出去:“拜托,让一下。”

一直到电梯离开了 6 层,金熙子才觉得背上没有了那些针尖麦芒一样的目光。

幸好,嘿嘿,幸好马上就可以到服装和化妆部门去工作了,不用和这群杀气腾腾的花痴少女们待在一个办公室里了。

可当金熙子看到正带着微笑看着她的安一郎,她又混乱了。

“叮”地一声,电梯到了一楼。电梯门徐徐打开。

好吧,金熙子勇敢地把心一横:既然老天爷自有他的安排,我猜不到也改不掉,那不妨听天由命,随机应变吧。不过,金熙子心虚地想:接下来的日子,MMJ 可有荒诞戏码要经常上演啦!但愿,安一郎,你不要太离谱啊!

第五章

到处都是奇怪的家伙

哇，终于看到了……哈，是月城君在成名作《王朝的公主》中穿过的古代衣服，对了对了，还有同剧女主角姜珍娜最亮眼的那套少女公主服。姜珍娜正是穿着这袭长裙，以漫天飞舞的樱花为背景，与男主人公月城君在城门前道别的。这可是童年时代，金熙子陪英子姐重复看了无数次的桥段。英子姐说，那是人间最真的爱情，那是天下最美的场景，那是每个女人都会幻想的故事，就连精明强悍的她，也不例外。

不是每个以正常渠道进入 MMJ 的人,都能像金熙子和安一郎这样快速转正的,除非是通过选秀或是后台关系。

然而,选秀进来的人,他们中的绝大多数都没有扎实的基本功训练,却又因为成名的轻松和迅速而带有浅薄的自负、盲目的自恋以及对演艺圈的不以为然,他们常常可笑地以为,赢得了一场比赛就是拥有了整个天下。没有任何演艺公司会愿意培养这样野心远大、实力有限的妄自尊大者,即使众多演艺公司都发动了对他们你争我抢的签约之战,但那也只是为了把他们抓在手里,好去吸引着那些关注他们的疯狂而痴迷的观众。可是时间不会静止,选秀随时都有,观众的心更是多变而健忘,只要有新的选秀赢家红过他们,他们就会迅速被喜新厌旧的观众们抛弃,他们的一切都会被演艺圈那残酷的游戏规则吞噬得无影无踪。有时,甚至那些曾经那么热衷于报道他们的记者们,都会一脸诧异地询问:“什么?谁?”

而凭借后台关系进入 MMJ 的人,多数是演艺明星或达官贵人们的第二代、第三代,他们有良好的家世、不菲的身价,对于他们来说,出出唱片演演电影,是一种小众而刺激的娱乐方式而已。有时,演艺事业让他们开心娱乐的同时,也会对他们的企业或事业宣传有所帮助,那又何乐而不为呢?这类人到 MMJ,更像是来玩票或博个知名度的,他们对自己的演艺事业并不认真。当然,MMJ 对这样未来方向不稳定的人,也不会认真,这些人的演艺之路其实也走不了多远的。

进入了化妆服装部门,听到几个化妆师在闲聊,金熙子才知道,对比于自己完全凭借运气的、莫名其妙的转正,安一郎的当天转正,根本毫无悬念。

虽然安一郎也是大企业的继承人，但和那些"到此一游"的二三代们不一样的是，外形俊朗、专心刻苦又潜质极佳的安一郎，早就是MMJ在整个韩国的高中戏剧界中暗暗注意到的未来之星了。演艺圈从来不缺帅哥，但像安一郎这样出身豪门又热爱演艺事业且天分上乘的帅哥，就实在是难能可贵了。所以，所谓的实习第一天，安一郎不过是来和负责培养第一阶梯实习艺员的负责人面谈一下，就和MMJ正式签约了。MMJ这样史无前例的重视程度，显然表明，这个王子级别的帅哥，很快就将成为公司的新宠儿，那么，很自然而然的，安一郎也就顺理成章地成为大家瞩目的焦点。

金熙子当然不会受到那么多的关注，作为非艺员的幕后人员，转正了就转正了呗，哪个员工不是从实习生转正过来的呀？就算你是以超快的速度转正又怎么样，还不就是什么都不会的菜鸟一只？你就乖乖地以部门助理的身份，开始学习最基本的东西吧！金熙子被安排在服装和化妆部门，她要学的，当然就是服装搭配和化妆造型。

金熙子所在那组的服装师、化妆师和造型师以猜拳的形式决定了她的学习顺序，最后，第一个带金熙子的服装师很没好气地对她说："先从打扫和整理服装仓库开始。"谁都知道，带这种完全外行的新人是最浪费时间的，连最微不足道的细节都要从零教起，而且，说不定自己刚费尽九牛二虎之力把新人带出个意思来，对方已经受不了这个圈子里残酷的生存法则和严格的等级制度而做了逃兵，所以，在演艺圈里，当然就没有人会热情主动地带新人了，而最先带金熙子的服装师极度不满的程度，也就可以被了解了。

按照前辈给的数字，配合自己刚拿到的MMJ正式员工的IC胸卡，金熙子打开了紧挨着服装和化妆部门办公室的服装仓库的电子密码锁，她开心地想：打扫和整理……这可是英子姐从小就教给我的事情，我应该会做得轻车熟路的。

于是，金熙子信心满满地拉开了据说是整个MMJ最小的服装仓库的大门。

……

这是整个 MMJ 最小的服装仓库?!

……

好吧……

看清仓库内部情形的金熙子，瞬间就被密密麻麻、层层叠叠、铺天盖地而来的服装架子弄得头昏眼花。我的天呐，十米宽的架子共分两层、每层 2 米高，分门别类、一件挨着一件毫不浪费空间地、放置着精致的戏服，而这样的架子在这个仓库里就有二三十个。同时，金熙子还头晕目眩地想起服装师前辈刚才那漫不经心的说法——比这更大的仓库光在公司的大楼里就还有好多个，更别提外景基地那种超大的场地了。

果然是财大气粗的 MMJ。

金熙子一边嘀咕着，一边想该怎样进行整理。

其实，呃，不得不说金熙子实在是单纯到可爱了，MMJ 每个剧目的戏服在拍摄使用完毕之后，都是用统一型号的塑料衣套封装编号，而后由各个剧目的服装师亲手登记并按原位置入库的。按照 MMJ 的工作流程，这是一项必须及时完成的工作，怎么会有活儿留下来？“打扫和整理服装仓库”的说法，只是服装师消遣新人，让新人别来烦自己的台词而已。

幸好金熙子没有动“把所有衣服先拿下来”的傻念头，而是很快就发现了衣服均为按号入库。唔，整理方面是无事可做啦，金熙子认真地想了想，打算开始处理边边角角的卫生。可是，连窗户都没有的全密封仓库，排气扇上都装着高级进口滤尘网的仓库里，到底是需要打扫什么卫生啊?

金熙子转了一圈，发现实在是无事可做，只好锁了门跑回办公室去。服装师看见她一脸茫然地进来，就很不耐烦地扬了扬手：“休息，不想休息就到安保人员那里去拿大楼的楼层分布图，把每个仓库都打扫整理一遍。”然后，他一字一顿地说：“两、个、星、期、内，请、你、别、来、烦、我。”

金熙子只好张了张嘴，坐回到自己的位置。

无聊也是一件很累人的事情啊。

百无聊赖中，金熙子一边用铅笔在打印纸上乱划，一边没精打采地想：因为爱着电影，所以才来到了 MMJ。终于留在了 MMJ，应该很开心吧？可是，却只能无聊地坐在电脑前发呆，而不能为心爱的电影贡献力量。说到心爱的电影……

就在这时，金熙子一愣，她想起那个碰到月城大人的早上，月城大人问她的问题和她对月城大人的回答。啊，月城大人钦点自己转正的谜团解开了，肯定是因为自己嚷出的“只要是为了心爱的电影”……

是的，肯定是因为自己对电影的爱，打动了月城大人。而自己，既然是被月城大人亲自安排在这个部门的，那么，这里就一定有什么是月城大人想让自己学到的。是学会精妙绝伦的化妆术？还是制作华丽唯美的戏服？还是创造出最符合艺员气质的整体搭配？又或者，月城大人是希望自己全部掌握？

金熙子忽然挺直了身体，精神振作起来。是，为了月城大人，好好努力！

中午，金熙子独自一人坐在饭堂餐桌前吃着豆子饭和肉汤。这时，两个一脸兴奋的工作人员路过她的桌边，金熙子不小心听到了她们的窃窃私语：“没想到一郎君上镜会那么帅，镜头感又那么好……”“可不是嘛，导演喊‘停’，给他换差一点的妆容和衣服，还不就是怕他这个刚试戏的龙套新人抢了原来主角的风头……”“你没看到原来主角的脸色有多臭呢！”“嘻，到底是 MMJ 看中的新人王，真是前途无量呀……”

那个一根筋原来还蛮受欢迎的呐！有实力的一郎君，加油！

“是不是有点吃醋的感觉？”

这种让人不舒服的刻薄腔调……金熙子猛地转身，看着正在津津有味地吃着叉烧饭的尹承恩，她很客气地警告说：“请你不要乱说话哦，我会翻脸的！”

尹承恩却笑了，端着托盘坐在了她的旁边，继续刻薄："果然是转正了的人，变凶了呢。"遭到揶揄的金熙子刚想反击，尹承恩却已经很正经地开始说其他的话题了，"那个，MMJ 的服装仓库应该让人大开眼界吧？不知能不能带我这个标准的实习生去参观一下。"

面对别人的刻薄和讽刺，金熙子的反应总会慢半拍，可面对别人的请求，金熙子总有一种想竭力立即满足对方的天性。真是被这家伙看穿了！尹承恩诚恳的请求的目光，瞬间就打败了刚被教育"严禁闲杂人等进入服装仓库"的金熙子。

呃，他是实习编剧，为了创作需要而去看服装，应该不是闲杂人等。

为自己开脱了一下，心情果然好得多了。

尹承恩这家伙就是有与众不同的奇怪地方，明明是他主动要求来看服装仓库的，可等他真的进来了，面对着铺天盖地的服装，他竟然无动于衷。他只是双手插在衣服口袋里，迅速地扫视一下整个仓库，然后就懒懒地向门口走去。

"喂?!"金熙子摸不到头脑地对着他的背影说，"你不是说要看看的吗？"

尹承恩懒懒地伸着腰，慢吞吞地说："我不是看了嘛！"倒，思维奇特的家伙。

接下来的日子，金熙子快乐地研究着服装分类和摆放的方法，一点也没有无聊的感觉了。而安一郎，则越来越多地在各种场合，被八卦的 MMJ 员工们兴奋地谈论起。

条件实在太优秀的安一郎，想不被人注意都很难，虽然他只是作为新晋艺人，在一些正在拍摄的影视剧中客串一些小角色（MMJ 培养新人的原则，可是很严格而平稳的，绝对不会走单纯的、主推新人的偶像炒作路线），但已经开始有内部工作人员假公济私地去探班了。呃，用"看帅哥"的说法也许会更恰当些。

当然当然，他绝对没有时间来找金熙子了，而他还没来得及打听金熙子的电话啦什么的。换作别的女孩子,有个英俊阔少陪在身边,多少会有些虚荣的快乐吧?而他突然消失时,内心也会有隐约的失落吧?不过,这两种情绪好像都不曾出现在金熙子的心中,她只是快乐而努力地学习着点滴的知识,除了偶尔在内心为安一郎打打气,几乎完全忘记了他的存在。

同时,呃,奇怪的尹承恩似乎对金熙子的工作着迷了,经常要求跟着她去各个仓库看各种服装,可真去了,却还是像第一次那样,没几秒钟就会找个借口溜之大吉。真是个怪人的怪嗜好!金熙子觉得,尹承恩所谓的“看”,不是停留着鉴赏,而真的是视线接触过就算完了。

金熙子一连很多天的埋头学习,终于打动了苛刻的服装师。他再也不忍心戏弄这个认真踏实、毫无怨言的女孩子了。这天午饭前,他假装板着脸,语气却温和得很:“今天下午看完经典陈列室之后,我就开始教你如何按照人物形象设置进行服装搭配。”

“谢谢前辈。”金熙子的眼睛,快乐得闪闪发光。

对于每个影视制作单位来说,永远会有一些弥足珍贵的回忆以经典道具或服装的方式保存下来。比如好莱坞的梦工厂和迪士尼,就有这样类似博物馆的藏品陈列室,而这些东西的拍卖更是影迷们的超级福利。

MMJ 大楼里同样有一个这样的经典陈列室,只是,这是很多 MMJ 员工都不知道的秘密,就连大楼的楼层分布图上,这里也只有一个简单的标号——服装仓库 19 号。

直到在饭堂吃饭的时候,金熙子的耳边还回响着服装师前辈自豪的声音:“那里面,放着 MMJ 最珍贵的回忆哦。不,应该说,里面放着的,是整个韩国最珍贵的回忆呢。”

“很快乐的样子嘛。对了,今天又准备去哪个仓库?”似乎已经形成了习惯,尹承恩又端着餐盘坐在了金熙子的旁边,漫不经心地问。嘿嘿,不告诉他,反正这家伙只是看看而已。金熙子想:对于这种对服装完全不太感兴趣的人来说,搞不好把自己兴奋的原因告诉了他,还会被他嘲笑成“没见过世面的乡下人”呢!

然而,金熙子想错了。

当她打开标号为“服装仓库19号”的陈列馆大门——

当她欢呼尖叫——

当她兴奋地去看尹承恩是不是像往常一样,已经准备离开——

尹承恩呆呆地站在陈列馆的门口,脸色苍白、眼神无助,两臂木然地垂在身体的两侧,身子有些微不易被觉察但确实存在的抖动或是痉挛。随后,他的眼眶突然红了,脸在瞬间扭曲得近似狰狞。

一直木讷或是刻薄的他,脸上怎会有这样可怕的表情?!

金熙子吃惊地看着他表情的瞬间变化,紧张地轻声叫道:“承恩君。”

如同雷击,尹承恩的目光猛地与金熙子对视——那是几乎燃出火来的眼神。一接触到金熙子清澈关切的眼神,尹承恩的脸部表情忽然僵住了,但金熙子从他闪烁的眼神看得出来,他是在很努力地控制着自己的情绪。很久,尹承恩的表情才勉强恢复成正常。他的嘴唇微微动了动,好像要说什么,却又似乎在顾忌着什么,最终,他慢慢后退几步,突然一个转身,跑掉了。

到底是怎么回事?

陈列馆里,有什么不对吗?

金熙子茫然地走进馆内,扫视着那些曾在风云一时的黄金剧集中出现过的最经典的服装。这几十件华美的衣服,应该是从MMJ创立开始,就一代代收藏起来的。

真奇怪,这些这么美的衣服竟然会把尹承恩那家伙给弄出那样的表情来。

哇,终于看到了……哈,是月城君在成名作《王朝的公主》中穿过的古代衣服,对了对了,还有同剧女主角姜珍娜最亮眼的那套少女公主服。姜珍娜正是穿着这袭长裙,以漫天飞舞的樱花为背景,与男主人公月城君在城门前道别的。这可是童年时代,金熙子陪英子姐重复看了无数次的桥段。英子姐说，那是人间最真的爱情，那是天下最美的场景，那是每个女人都会幻想的故事，就连精明强悍的她，也不例外。

金熙子忙不迭地掏出手机，“咔嚓”一声拍照留念。嘻！回家去给英子姐看！就算冷静如她，也会忍不住尖叫一下吧？

在这周接下来的几天里，忙于学习的金熙子都无暇顾及其他，只有在饭堂匆匆忙忙地吃午饭时，她才会打量一下四周，看看尹承恩在不在……不管怎么说，尹承恩也应该解释一下那天失态的原因吧，但这家伙似乎和安一郎一样，消失了。

尽管时刻警惕着姐姐会以“武馆馆主”和“CS 队长”一样威风的说法来做诱饵，尽管这种高强度的特训会让接下来的一两天都很难熬，但一连几个周末，金熙子都选择了和姐姐一起去玩真人 CS。

姐姐说的对，做月城君飒爽英姿的女保镖真的是很不错的事情，就算不是为了出风头，就算只是为了和心爱而亲和的偶像加恩人月城君多接触，金熙子也觉得，作为参加特训的理由和动力，这也已经足够了。

看着妹妹着装完毕，金英子立刻进入了队长的角色，进入了实战准备。

经过几次参与，金熙子已经知道，英子姐带队的蔚蓝 CS 组已经是首尔最顶尖的真人 CS 战队了。各地慕名而来的战队都愿意和蔚蓝 CS 组较量一番，但对于绝大多数战队来说，只要能把己方被全部歼灭的时间拖到 20 分钟以上，就是很了不起的胜利了。只有三两个由退伍军人和在职警察组成的 CS 战队，才能和蔚蓝 CS 组勉强抗衡，偶尔获胜。

今天有三场对抗赛，前两场对抗都毫无悬念，迅速地以蔚蓝 CS 组的胜利作为结束。第三场对抗赛刚一开始，金熙子就感觉上周曾经对抗过的、技术水平稀松平常的对方很不一样了，就像一把钝了的宝剑突然变得锋芒四射——即使她只是个初学者，也能清楚地感觉到。

果然，不过三分钟，大块头从一棵大树下探头观察对方阵营时，被对方一枪击中了护目镜，气愤又沮丧地被淘汰出局了。紧接着，是和英子姐配合默契的另一个家伙，试图从建筑物旁边冲进树林时，被一枪击中了护目镜。

接着，第三个人被淘汰出局。

即使对抗还没结束，已经能听见对方此起彼伏的欢呼声。

转眼间，蔚蓝 CS 组的有效战斗力（金熙子什么的，完全是被忽视的家伙）就只剩下金英子单独一人。她敏捷地转换着位置，不给对方任何可乘之机。这时，战场上突然死一般地寂静起来。

金英子眉头紧锁，她迅速转身，一个鱼跃离开了矮墙后的潜伏地点，恰好躲过了一颗从矮墙上的砖头缝隙中穿过来的子弹。那颗子弹“啪”地一声碎在矮墙后的巨石上，留下猩红的油漆印——如果刚才金英子没有躲开，那么这颗子弹就应该恰好击中她护目镜的位置。

金英子忍不住轻声说：“准确又歹毒，好枪法！”

金熙子瞠目结舌地看着那个缝隙，那是只有两指宽的缝隙呢，那人开枪的位置不会就近在咫尺吧？她好奇地想探头看看，可刚伸出头去，只听啪地一声，一团大红色的东西在眼前晕染开来。我中弹了吗？太夸张了吧？哎，不对，哎呀，好痛……金熙子捂着脸坐在了地上。

原来，金熙子为了看得更清楚，在探头出去的同时，她不自觉地将护目镜的玻璃罩掀开了，一颗子弹毫不客气地击中了她毫无遮蔽的脸部。虽然子弹都是橡皮做的，可在极快的速度下，依然杀伤力十足，将金熙子的鼻梁上方打得鲜血肆意流淌——幸好没有打中眼睛。

“停！有人负伤。”场地里的大喇叭发出监视台的警告声，金英子飞快地向金熙子跑去，对方的人也关切地从隐蔽物后面走了出来。为了让声音清楚地传出来，金英子习惯性地打开了护目镜。让人意想不到的是，就在她快跑到金熙子旁边时，一颗橡皮弹“啪”地一声打中她护目镜的边缘。

红色的油彩沾染在头盔上，也飞溅到金英子的脸上。她愣了一下，立刻愤怒地转过头喊道:“已经停止对抗了!而且,为什么要打护目镜已经没有保护功能的头部?真是岂有此理!”

对方的几个人也愣在原地,面面相觑,一起将单手拎着的枪举过头顶,示意他们并没有开枪。

金英子迅速把金熙子带回队长专用的更衣室,快速清理掉她脸上的油彩,幸好,只是皮肉受伤。她对闻讯赶来的驻场医生简单交代了几句,就走向了对方的更衣室。

她愤怒地抓住一个人的领口问:“开枪的人在哪里?”

开枪的人,是这个战队的新队长。在一连几个晚上的夜战对抗中,枪法超群的他被大家心服口服地推选为新队长。此刻,他所在的队长更衣室的门紧紧地关闭着。

金英子飞起一脚,“啪”地一声,木屑飞溅,门把脱落,门开了。金英子满脸怒火地快步走进屋内,然而,狭窄的更衣室里,迷彩服静静地放在长椅上,枪放在桌子上。人已经不在了。

下手又狠!走得又快!

金英子狠狠地擂了一下桌子,愤怒地问:“那家伙是个什么样的人?”

没有人认识他。他专玩夜场,今天是应这个战队昨夜的邀请,第一次来参与日间档。今天,那个高高的家伙比所有人来得都早,当其他人到场,他已经穿好全套装备等在场地里了。刚才他也没有洗澡,只是趁着其他人还没下场,迅速地换成日常服就离开了?所以,其他人只记住他护目镜下有双乌黑明亮的大眼睛。

金英子冲出更衣区,去问游乐园 CS 场所的看门人,刚才是不是有一个一直喜欢玩夜场的玩家独自离开了,见看门人在点头,金英子马上急切地询问,他是否还记得那人的样子。

看门人毫不迟疑地说:“啊,当然会记得了,很精神很帅的一个男孩子,非常时尚。啧啧,那种气质啊,真是让人过目不忘。一定是哪个财团的公子。”

原来是财团豪门的纨绔子弟，怪不得会为了自己游戏的快感，而做出这么危险残忍的举动。金英子竭力平静一下情绪，把自己的名片递了过去："如果再看到他，请他无论如何给我打个电话。"

看门人看着名片："咦，怪不得大家都说蔚蓝队长你非常厉害呐，原来是安保公司的高级安全顾问。好的，我一定会帮你留心。"

回到家里，惊魂初定的金熙子面对着洗手间里的镜子傻笑："鼻梁上贴一块纱布，很像是小丑呐！"她虽然笑着，眼睛里却还是泛着泪花。

金英子知道，金熙子是怕她担心，所以故意忍着痛装轻松呢。真是个懂事的傻妹妹。金英子心疼地看着她，阴沉着脸说："再遇到那小子，我一定……"

这时，门铃突然响了。

金英子过去打开门，只见一个穿着时尚的俊朗少年微笑着站在门外："请问熙子她……"金英子迅速目测一下，发现眼前这家伙和战队的人所描述的人身高是如此接近，她压着怒火问："你玩 CS 的？"

"玩呀！"英俊少年莫名其妙地看着金英子，补充说，"我水平还不错的。"

你这家伙，伤了我的妹妹还不够，还敢上门挑衅吗?!

金英子火大了，突然抓住对方的手腕就要来一个柔道里的过肩摔。少年的反应能力和爆发能力似乎也不弱，他顺着金英子的力道灵活地翻了个身，跳到一旁，又敏捷地躲过了金英子的反手一抓。"英子姐！"见金英子一愣，他急切地说，"英子姐，我是一郎，安一郎啊！"

金英子一愣，还没来得及说话，听到声音的金熙子已经接近崩溃，捂着鼻梁连跑带跳地冲出来看了一眼，就哀号着说："你怎么找来的呀？"

安一郎微笑着说："到人事部门的员工档案处查来的呀！"

金熙子捂着脸带着哭腔说："MMJ 的员工档案处不是管理严格，号称可以和国防部作战室相媲美吗？"

安一郎微笑着不说话。

唉，没错，就算真的是国防部作战室的家伙，只要是异性，应该也会对微笑的安一郎网开一面吧？

这时，愣在一旁的金英子已经想起来了：很久以前，那个穿着华丽、曾经哭着追在金熙子后面的安一郎了。她陷入美好有趣的回忆中，忍俊不禁地说：“当时搬家，金熙子很麻利地就同意了，唯一的要求就是不能让一郎你知道我们的住址呢！想不到……呵呵，快进来吧。”

这时，金熙子的手一放下，安一郎就被她脸上的纱布给吓了一跳：“啊？你的脸……”

金熙子没好气地说：“是啊是啊，我已经被毁容了，你最好有多快就跑多快。”

金英子看了妹妹一眼，这才想起另外的话题，她紧盯着安一郎：“刚才你在首尔游乐场的 CS 场所吗？”

安一郎说：“没有啊，我刚从 MMJ 的摄影场出来，我玩 CS 的场所在日本的北海道，那里……”他突然停下，关切地看着金熙子，“要不要我找狎鸥亭最好的整容医生来？”

没那么大惊小怪吧？金熙子白了他一眼，就“噔噔”地跑上楼去。

安一郎的第一反应就是要跟上去，可是他欲行又止，有些不好意思地看着金英子笑。

那个人，应该不是他！是的，金英子非常肯定，安一郎绝不是那个人。

不仅是因为安一郎的话，也因为安一郎那温暖阳光的眼神。

一个目光清澈宁静的人，是不会做出阴暗歹毒的事情的。

中国人常说“相由心生”，金英子相信这句话。

而且，不知道为什么，从小时候起，看到熙子和一郎在一起，金英子总会有种很心安的感觉。现在，即使是在和安一郎十多年没有来往的情况下，金英子觉得，这种心安的感觉也没有消失。

金英子温和地看着安一郎说：“熙子太任性了，请你原谅。以后，熙子就拜托你了。”

“姐，不要随便说这种会让那家伙产生别的想法的话。”金熙子抗议的声音从楼上传来。

“可是，如果姐姐她都同意我们的交往，熙子你会反对吗？你忍心不听这么温柔可爱的姐姐说的话吗？”安一郎已经换好了鞋子，他对金英子笑了笑，然后疾步向楼上走去。

看着安一郎颀长挺拔的背影消失在楼梯口，金英子温柔地笑了。

当转脸关门时，金英子已经收住了脸上的笑，她冷冷地想：“开枪的混小子，我不管你是谁。抓住你，我要你好看！”

虽然进化论这个学说，已经遭到了全世界很多科学家的质疑，但很多人还是认为，“适者生存”这一理论是很符合人类社会的现状的，所以人们时不时就会提到这一点。同样被人们广泛接受、用来比喻人类社会的，还有“食物链”这一自然理论，但是……喂，总是用禽兽之道来引导人类，你不觉得有些不妥吗？人类的智慧不就是为了让自己不像野蛮的野兽吗？

好吧，我承认我扯远了……我只是想用“食物链”这个词语，来说明在 MMJ，原本像金熙子这样没什么资历的新员工，就是给大家嘲笑奚落的对象——是的，她就在食物链的最底端。何况，此时她的脸上又可笑地贴了一块张牙舞爪的纱布。

可是，当她身边站了一个安一郎这样体贴的帅哥时，大家就没办法嘲笑她了。超级的帅哥啊有木有，未来的新星啊有木有，大企业的继承人啊有木有……要不你把他让给我，你来嘲笑我试一试？那得需要多好的演技、多强的心理素质才能做出嘲笑的表情啊！

虽然金熙子很努力地一再澄清，可任谁都看得出来，新人王安一郎对这个看起来平平常常的小丫头，可不是幼儿园的同学那么简单。据说他专门请了一天假，就是为了守候在她身边，照顾她。

有没有那么夸张啊？

就连结婚很多年的化妆师都忍不住偷偷说：“金熙子，你真的很好命啊！”

金熙子认命地苦笑，埋头在草纸上画着服装草图。被她威胁不许打扰她学习后，安一郎安静地坐在旁边的位子上，目不转睛地看着她。

午饭时，安一郎不断把菜添进金熙子的饭碗，金熙子也就认命地乖乖吃着。见金熙子吃得差不多了，安一郎决定再去给她买一份额外做的热汤。安一郎离开位子不久，金熙子就听见——

“怎么弄得像头猪？”

……

金熙子一扭头就看到了橘红色运动上衣配咖啡色裤子的尹承恩。这一刹那，吸引金熙子注意力的，已经不是他刻薄的话了，她的眼睛直勾勾地看着尹承恩的穿着。ORZ！这真是天雷滚滚的颜色搭配啊！正在学习颜色搭配的金熙子已经被彻底震惊了。真是溢出了新花样的搭配！

尹承恩大大咧咧地坐下来，一边吃东西一边含混不清地说：“帅吧？”

居然会有脸皮这么厚的人……金熙子依然保持震惊状态地看着他。

尹承恩问：“到底怎么弄的？是不是小脑不发达，走着走着就摔倒在街上了？”

这时，安一郎的声音传来，他保持着礼貌说：“对不起，这是我的座位。”

尹承恩漫不经心地回头看了看，又转过来问金熙子：“到底怎么弄的？”

哎呀，你感受不到安一郎的目光冰冷下来了吗？火药味很重啊。为了息事宁人，金熙子飞快地回答：“那个，和姐姐去玩 CS，被人打的。”

尹承恩瞪着她：“CS？那种暴力血腥的游戏……”金熙子等着他的安慰，却听见尹承恩慢悠悠地说，“……真是活该你被打。”

“你！”

然而尹承恩似乎没有继续让她发火的打算，揶揄完这句，就端着盘子离开了。

安一郎坐下来，轻轻地说："真是个让人不愉快的家伙。"

"一郎君，他就快被开除了，相信我。"一个坐在旁边的员工突然说，还诡秘地眨了眨眼睛。像所有八卦的人一样，等不及安一郎和金熙子反应，他就紧接着说："听编剧室的主管们说，安排给这家伙的工作，他从来没好好完成过，和同事相处得也不好。据说，安吉拉小姐正在和推荐他来的下藤君联系，打算提前结束他的实习期，让他回日本呐！"

承恩君要提前返回日本？不知道为什么，金熙子的眼前突然浮现起第一天见面，她接他到公司的路上，他凝视着那些金达莱时的神情，执著、深情、忧郁。承恩君对韩国，或是对首尔，应该是有着深深的感情吧。否则，留在 MMJ，怎会是他来报到的第一天，就坚定说出的愿望？

就这样离开，他肯定会心有不甘吧。

金熙子的心里有些小小的疼痛，她扭过头去看坐在不远处的尹承恩。他孤零零地一个人坐在那里埋头吃饭，依然是没有表情的脸，不知在想些什么。

下午，金熙子一直呆呆地看着窗外，安一郎问她怎么了。金熙子犹豫了一下，说，她想要吃甜点。安一郎立刻决定去首尔最大的蛋糕店买。等到他离开，金熙子悄悄去了 6 楼——只有用这样的方法，才能支开与承恩君水火不容的安一郎吧。

金熙子站在编剧室门口向里面张望着，她一眼就看到，人人都在电脑前勤奋写作，而尹承恩正若无其事地靠在椅背上转铅笔。

"承恩君。"金熙子小声叫道，"承恩君。"见他仍没有反应，她只好给他发了条短信。

尹承恩看了看手机，又看向门口，想了一下，才慢吞吞地走出来，脸上有着不耐烦的表情："什么事？猪鼻子。"

金熙子决定暂时不和他计较，她很快地把中午听到的话告诉给尹承恩，然后认真地说："承恩君要想实现留在 MMJ 的想法，就要好好努力才行呀！”

尹承恩盯着她，带着讥讽的笑容：“到底和你有什么关系呢？这是我的想法和我选择实现想法的方式，这一切都与你无关！你是想来看我的笑话吧？如果想看，那就闭起嘴，安静地看着不就好了吗？”他这种刺猬一样说话的态度，就是为了激起每个人对他的厌恶与憎恨吗？

看着他涌现着不屑笑容的脸，金熙子却没有生气，她好像从他随时与人敌对的态度中，看出了什么。那是一种，一种熟悉的、冷入骨血的悲伤。她呆呆地看着尹承恩，忽然喃喃地说道：“我能体会得到……是因为，是因为失去父爱的缘故。你才这样仇视每一个人，把每一个人接近你的用意都想得很坏吗？”

尹承恩的脸色在刹那间变得异常难看，双眼就像喷出了火焰燃烧在金熙子的眼前，他的语调却是冷冰冰的：“妄自揣测别人的内心，你还真是个不可救药的多事婆！”他狠狠地捶了一下墙壁，一个字一个字地说：“离我远一点，你这个丑陋的多事婆！”

他返回办公室，门“砰”地一声被关上了，这突如其来的巨响，引起室内很多人的抱怨和斥责。

金熙子呆呆地看着还有些轻微抖动的门，心里有个柔软的地方在发冷、发痛。她体会得到那种感觉，那种失去天伦之爱的伤感与自卑，甚至自责。她记得小朋友们聚在她的面前嘲笑她：“没爸没妈，没爸没妈，熙子是个怪物……”只有一郎会勇敢地冲上去保护她，一次又一次大声地说：“熙子有爸有妈，熙子和我是共有同一个爸爸和同一个妈妈的。”然而，曾经的自己不是依然固执地讨厌着所有拥有正常家庭的小孩，包括一郎吗？不，应该说，是尤其讨厌像天使一样完美、品德高尚、出身富贵又家庭幸福的一郎啊！

在刹那间，她回忆起隐藏在记忆深处的、逃避一郎的原因，却也更加了解了尹承恩可能遭受过的和她一样的屈辱与痛苦。“会过去的，承恩君，你和我一样，也会长大的。”金熙子含着泪水，握着自己的手，喃喃地说。

她缓缓地、吃力地走着楼梯，回到学习服装搭配的办公室的门外。恰好，安一郎带着蛋糕从电梯出来，他柔和地笑着说："买来了。"

金熙子看着他希腊雕塑一样俊美的脸，想着他对她各种执着的好，她的眼睛里满满地涌出了泪水。"一郎。"她轻轻地握住了安一郎修长温暖的手，"你……就像是守护我的天使。"

安一郎微微愣怔了一下，就微笑着回握住她的手："每个善良的人的身边，都该有个天使在守护。"

金熙子轻轻闭上眼睛，慢慢地靠在了安一郎有着稳健心跳、温暖宽阔的怀里，她想：承恩君呢？承恩君的天使在哪里？还没到来吗？

安一郎温暖地拥抱着她，也轻轻地闭上了眼睛。金熙子，这个曾经孤僻自卑的小姑娘，一直用热情和积极来伪装自己，终于在这一瞬，勇敢地选择打开自己封闭的内心，勇敢地选择解开绵延多年的心结，勇敢地选择完全长成善良柔和的女孩子。也许，这就会是真正的、青春的恋爱的开始，自己期待已久的开始……他的脸，微微红了。

电梯门无声地打开，脸上略带悔意的尹承恩正准备走出电梯，就看见这一幕。他愣在那里，直到电梯门，慢慢地关上。他站了许久，才按了6楼的按键，让电梯缓缓地下行。

找不到最确切的原因，但尹承恩分明感觉，自己刚刚开始有些温暖的心里，有什么东西在迅速地变冷、下沉。

第二天，安一郎返回剧组继续客串角色，仿佛什么都不曾发生，但他始终微笑的唇和充满神采的眼神，出卖了他所有青春的秘密。就像克制着自己不去找金熙子的这些天一样，就像从小学到高中他把所有的课余时间都用在戏剧社里一样，他怀揣着为了热爱电影的金熙子而成功的终极理想，抓紧每一分每一秒地、努力地学习着、工作着。他仿佛看到自己，作为韩国最有成就的巨星，握着金熙子的手，深情地说："这一切，都是为你。"

他，犹豫过，但最终还是没有把这一切告诉给金熙子。他害怕这份太过华丽的深情，会给金熙子压力。

另一方面，不知情的金熙子也同样努力。她在努力学习的同时，也在努力不去想可能已经被开除的尹承恩，毕竟，每个人都有各自的性格和想法，每个人的命运，都不应该由别人去掌控。

几天后的一个中午，伤口拆线、“完好如初”的金熙子返回公司时，忽然在电梯口看见了搬着大纸盒的尹承恩。那不是搬家时会用到的打包纸盒吗？她的心跳有点快，跑过去仰头看他，眼神中带着满满的担心：“你……你被……？”她很难过，再也说不出“开除了”这三个字。

尹承恩那双隐藏在大黑框眼镜后面的眼睛，像看一个陌生人一样冷冷地看着她，并不说话。

站在旁边等电梯的，是编剧室的一个资深编剧。他忽然侧过头来，以赞赏的目光看着尹承恩说：“承恩哪，你是我带过的、最有潜质的编剧啦。待会儿你帮我把这些资料送回历史资料档案处之后，就到21楼的编剧中心办理转正手续吧。位置嘛，就坐到我的对面吧！”

尹承恩毫无表情，淡淡地“嗯”了一声。

“真的？”金熙子比他本人都高兴地在心里大喊了一声。原来，尹承恩只是从外面办事回来，而不是准备收拾东西走人的呢。这家伙，虽然脸上冷冰冰的又嘴硬，但还是开始为自己的梦想而努力了呢！

金熙子把由衷的喜悦化成明媚的笑容，送给了尹承恩。

尹承恩并没有看她，深邃的目光仿佛穿透了电梯的外壳，穿向了某个不明位置的地方，冷冷的。

金熙子刚想说些祝贺的话，电梯已经来了。站进空荡荡的电梯厢里，金熙子就说不出祝贺的话了——人再多一些或者再少一个（没错啦，我就是在说资深编剧你啦！），随便说什么都不会觉得突兀，可三个人的空间里两个人说话……真是显得很不礼貌呀！

沉默中，电梯已经到了金熙子的楼层，她对尹承恩笑笑，就走出了电梯。

尹承恩的声音从背后传出来：“很让你失望吧？我居然没有被开除。”

呃?

金熙子转过头去,就看到尹承恩那冷冷的目光正盯着她,可没等她说话,电梯门已经徐徐关上了。

喂,正常人都能看懂我那充满欣喜与祝福的表情吧?

尹承恩,你这个奇怪的家伙。

转眼又一天,诸事皆如意,神清又气爽!

真是令人愉快的清晨啊!

金熙子伸了个懒腰,懒洋洋地穿上带着粉红色百合花图案的睡衣外套,习惯性地打着哈欠拉开了与卧室相连的小阳台的门。唔,茂密的槐树叶在透明的晨光和微风中轻轻抖动,发出只要细心聆听就能听见的那么清晰动人的声音。

金熙子闭上眼睛,陶醉在清新的空气和淡淡的光线里……

"啊,熙子小姐,请不要这样,您的睡衣外套还没有扣整齐。"一个毕恭毕敬的、急切的声音从近在咫尺的围墙边传来。

呃?金熙子吓了一大跳,循声望去,只见一个穿着韩国传统长裙的中年女子,正站在一辆银灰色的高级轿车旁边,仰头看着她。旁边居然还站着一个完全是电视剧里那种保镖打扮的黑衣男子。金熙子条件反射性地跳回房间,"哗啦"一声拉上窗帘。

"喂!"金熙子急急跑出房间,又啪嗒啪嗒地踩着楼梯跑到客厅,顺着飘来饭菜香气的方向冲进了厨房,"喂,喂,那个叫金英子的家伙,你实在太失职了吧?亏你还是什么安保专家呢,有奇怪的家伙在监视你的家哎,你居然无动于衷?"

金英子一边从勺子上尝着锅里酱汤的浓淡,一边慢条斯理地说:"凌晨5点就来了。可我有什么办法?人家的车是停在围墙外的法定停车线内,又不是堵着我家的大门口。再说,人家也没做出什么妨碍我们家的举动来。"

金熙子说:"喂,刚才,他们骚扰你清纯可爱、温柔靓丽的妹妹哎!"

金英子继续慢条斯理地说："嗯，我倒是有一个妹妹，但是和你形容的完全不像……"

啊，怎么会有这样的姐姐？金熙子翻翻白眼，黔驴技穷地收起嚣张气焰："啊，那个，拜托英子姐出去看看嘛，他们叫出了我的名字呐，搞不好是要绑票……"

"绑票……"金英子严肃地放下汤勺，说，"那我倒要出去看看。"

嘿嘿，有个功夫超级厉害、身为高级安全顾问的姐姐出面过问，还真的是让人又放心又很有面子呢！金熙子偷笑着躲在门背后，看着英子姐走出了大门……

"安管家，怎么会是您哪，真是的，赶快进来坐吧！"

呃？金熙子从观察镜后面看了出去，只见英子姐正在礼貌地鞠躬，让那个端庄微笑的中年女人到房间里来。

3 秒钟后。

"什么？"金熙子叫着跳了起来，指着安管家，"你是安一郎家的管家？你你你……"

安管家微笑着说："是啊，熙子小姐您知道的，安家怎么说也是国内的一个大家族，作为家族企业唯一继承人一郎少爷的未婚妻，您的安全和礼仪实在是很了不得的大事情。所以，虽然知道少爷的姐姐，啊，也就是您的英子姐是安保公司的重要人物，但是，既然老爷吩咐下来了，我们当然要按照他的吩咐做——为您的安全而尽力。那么，从今天开始，我们就来好好照料熙子小姐生活中的一切吧。"

也太离谱了吧？就算安一郎脑子坏掉了，没必要这么多人都一起陪他脑子坏掉吧？安家的上上下下还真的是智商都有问题。真不知道安家的企业是怎么做到那么大的。

等到大家都在客厅坐下，金熙子才从震惊中恢复过来。她努力想表现得很冷静，据理力争道："重要的是，未婚妻什么的，都是无稽之谈。"

安管家微笑着说："这是昨天晚上少爷回家后，亲口对老爷说的，当时我也在场。”

金熙子瞪大了眼睛：“安一郎这家伙，未免太爱自说自话了。”

安管家意味深长地笑着说：“啊，可是少爷说，昨天，你们拥抱了……”

呃？金熙子的脸颊瞬间绯红，她有些做贼心虚，声音顿时低下来了：“可是……”

金英子那双锐利的眼睛立刻看向金熙子，里面的目光让人捉摸不透：“熙子！”

金熙子胆怯地低下了头，小声说：“那个，的确……可是……”

金英子提高了声音：“金熙子！”

金熙子只觉得血液滚烫，她几乎把头埋到桌子下面，好一会儿才满脸通红地说：“是有拥抱一下，可是，那是……”金熙子发现自己无法界定那个拥抱的性质。是友情？是感激？是一时的情绪变动导致的失控？难道真的不带着一点隐约的青春情愫？

不过看起来也没人要听后面的内容，金英子已经笑得很开心了，她亲切地拉着安管家的手说：“我从小就喜欢一郎这孩子，那么，熙子就拜托给你们了！”安管家连连点头。

金熙子张大了嘴巴，完全不顾礼貌地大叫起来：“英子姐，不要胡说八道了，这种事我是不会允许它发生的。”

依然没有人要理金熙子。金英子和安管家说笑着进厨房去继续准备早餐，那个保镖则规规矩矩地站在玄关，以和他的魁梧身躯极不相符的微笑，友好地和金熙子对视着。

被你们打败了！

大家一起吃完早饭出门后，等到金英子再次拜托过安管家他们，回屋关了屋门，金熙子说：“我要坐巴士，请无论如何不要跟着我。”

金熙子说得斩钉截铁，安管家和保镖也并没有要反驳的意思，都笑眯眯地看着金熙子直点头：“嗯，好的，好的。”

然而……

金熙子绝望地从巴士的后车窗望出去，只见那辆银灰色的高级轿车在后面紧跟不舍，她长长地叹气一声："有没有这么夸张啊？"

虽然在韩国来说，这辆银灰色轿车是难得一见的高级货，但停在MMJ的街对面时，似乎并没有引起MMJ的职员们的太多注意，毕竟嘛，公司的财大气粗导致了员工的见多识广。可是，MMJ的职员们不得不对以下情景侧目——带着一看就是受过严格训练的管家和保镖上班的小员工，还是真的不多见咧。

服装师假装拿图纸，偷偷在金熙子耳边说："喂，你确定你不是哪个富豪的私生女？"

金熙子瞠目结舌："前辈，你其实是个卧底的编剧吧？这桥段也太狗血了。"

服装师挠了挠头，又悄悄低声说："那……你确定你没有偷人家的什么东西？"

……

这是什么话。金熙子想反驳，可心烦意乱的她实在是没有耐心和力气辩解了。她唉声叹气地说："哎，人生不走运而已。"她回头看看房间外面站着的那两个礼貌十足、引人注目的家伙，那两个站姿端正的家伙都为她送上了由衷的微笑——这两个形影不离的家伙，居然还持有MMJ的VIP通行证。

唉，英子姐居然对这样无厘头的安家保持那样足够的耐心和信任，不可理喻。

午饭时，安一郎微笑着出现在金熙子的座位旁边："熙子。"

金熙子一脸苦相地看着他，连和他算账的力气都没有了："让他们走开嘛，我已经成为公司的怪物了，你见过有像我这样出行隆重的小职员吗？拜托你了，安公子，这样的保护架势，要保护也应该是保护你呀。"她回头偷看了一眼，在不远处吃饭的安管家和保镖立刻再次送上柔和的笑容。五大三粗的保镖柔和地笑出来还真是技术难度很大的动作，他的脸部肌肉明显在抖动。

安一郎替她倒好一杯瓶装果汁，耐心地说:“是爸爸决定这么做的,爸爸他说……”

金熙子已经不想和安一郎讨论“爸爸”和“你爸爸”的词义范围了,她决定直抒胸臆。

“我不管,我不管,我想让他们走。”不知不觉,金熙子对安一郎说话时开始稍微任性起来。

“可是……”安一郎无可奈何地说,“这是家族一致通过的!”

“只要他们走,你让我做什么都可以!”一个刻薄的声音传来。

金熙子吓了一大跳,和安一郎不约而同地一起回头看去,一眼就看见尹承恩那副超大的黑框眼镜。尹承恩把汤匙叼在嘴里,但依然可以清晰地说出刻薄话:“打情骂俏的台词都是这么写的啊,然后安一郎你就可以趁机要求拉拉她的小手、亲亲她的小嘴,更过分的话就可以……”

每次面对尹承恩那赤裸裸挑衅的神情,脾气一向很不错的安一郎竟然都无法克制情绪,这次,他的第一反应就是站起来一拳打过去。作为一个从小接受过名师指点的武术爱好者,安一郎的拳头快而狠。

金熙子惊叫一声:“一郎君,不要!”可是来不及了,那一拳直冲向尹承恩的鼻梁。

汤匙当啷一声掉在了地上，然而安一郎这一拳并没有击中尹承恩——他居然敏捷地向后跳了一步而躲开了。看着愤怒的安一郎,尹承恩脸上带着戏谑的笑容继续挑衅:“说中了你的内心,才这样恼羞成怒吧?”

这时，一旁的保镖已经闪电般从后面架住了尹承恩，周围 MMJ 的员工们惊呼了起来,已经有人拨打电话,甚至直接跑到餐厅门口去喊公司保安了。

在保镖铁箍一样的臂膀钳制中,尹承恩并没有挣扎,只是恶意地笑着:“这算什么?展示你作为财团少爷的优越感吗?”

“放开他!”安一郎和金熙子一起说出了这句话,但保镖毫无反应。

“放开他！”安一郎站在那里，再次强调。

金熙子紧张地看着那个保镖，这次，保镖迟疑着去看安管家，看到她点了点头，这才狠狠地把尹承恩放开。这次，尹承恩没有再针对安一郎，他只是带着那种戏谑的笑容，边后退着走边对金熙子说：“恭喜你，即将成为豪门的少奶奶。”

金熙子紧紧地拉住了握紧拳头的安一郎，看着尹承恩转身拨开围观的人群，消失了。

承恩君，你真的这样厌恶我吗？

到底，为什么呢？

……

安吉拉阴沉着脸，看着坐在对面的金熙子和安一郎，然后靠在了椅子的靠背上：“有点过分了。”她漂亮的眼睛看着金熙子，“一切因你而起？”不等金熙子说话，她已经继续说了下去，“MMJ 向来以管理严格著称，而据我所知，你们，”她又把目光挪到了安一郎的脸上，“安一郎你和尹承恩，像这样的冲突，以前就有过吧？好像还不止一次。安一郎，尹承恩是东京电视台这样重要的播放单位过来进修的，我们无法也不会追究他的责任，你呢？”

紧接着，安吉拉扶着额头说：“不经过漫长的实习考察期，直接破格转正而加入公司……这样的破例果然是有问题的。”

就要丢掉这份工作了吗？金熙子在心里默默地念叨着。就要丢掉这份自己那么喜欢并为之不懈努力过的工作了吗？就要丢掉这份最心爱的月城大人为自己带来的工作了吗？电石火光间，金熙子的念头一闪……

“请开除我吧！”

安一郎和金熙子，再次不约而同地、毫不犹豫地说出了同样的话，以同样决绝而平静的声调。

安吉拉毫无表情地审视着他们。

安一郎说：“如果要开除的话，请开除我，这件事是因为我的冲动。”

又一次，你又一次要像小时候那样，不惜放弃自己的利益，来保护弱小的我吗？

可是这次不行，我不能接受。一郎君，你这么英俊而有天赋且认真的人，一定会是 MMJ 的力捧对象的，在影视上的前途，你肯定远远胜过我，既然是为了同样的理想，那就选择成功几率更大的你吧。你的成功，或许比我自己的成功，更令我期待呢！

金熙子说：“请开除我吧，一切因我而起。”

安一郎宠溺地看着她，轻声说：“傻瓜，你是那么地爱着电影。”

金熙子与他对视着，倔强地回答：“你不是也一样吗？”

安吉拉那双目光犀利的眼睛看向了一旁，她淡淡地说：“我突然很忙，你们出去。”

……

一桩掀起大风波的事件，忽然就这么烟消云散了。

三个当事人，居然都没被开除掉，甚至，连最小的处罚都没有。这太不符合 MMJ 的规矩了，负责人事管理的安吉拉到底是怎么回事啊？

金熙子对任何前来打探口风的人都缄口不言，好啦，随便他们胡编乱造地猜测吧，随便他们添油加醋地谈论吧，反正英子姐的话总是对的——谣言就像要见太阳的露珠，不会长久。

不过，这桩事件还是给金熙子带来一个好处——安家总算同意，再不派什么管家啊保镖啦！

身边奇怪的家伙，还是越少越好呀。

第六章

MMJ 的残酷规则

而金熙子,似乎从这第一次进棚,就已经感受到了那份枯燥和折磨。

正在拍摄的这出戏,讲的是一个野蛮的千金大小姐,如何以暴力逼迫情敌离开自己的意中人。那个饰演情敌的女孩子,一定是刚刚进入演艺圈的新人,她在镜头面前显得有些手足无措,甚至在“千金大小姐”按照剧情给了她一个耳光后,她就傻掉了,完全忘记了自己要说的台词。

终于获得真正进组的机会了！金熙子推着挂满服装的落地架兴奋地朝电梯走去。

MMJ 大楼旁边就有一个很大的拍摄基地，就是普通人称作影棚的那种地方。

金熙子我，今天就要在这里，以助理服装师的身份，开始工作啦！

虽然是早上 7 点多，可服装师前辈已经在工作了，化过妆的演员们正陆续地走过来穿戏服。这是一部以二十年前的时代为背景的片子，服装和现在的时代有明显的区别呢！

金熙子正在出神，服装师吩咐她，去详细记录下所有有台词的演员们所穿的衣服和所戴的饰品号码，以及帽子的朝向啊、绷带的位置啊等等小细节。

"可是？为什么要记录这个呐？"金熙子好奇地问。

"因为一场戏可能不是一天就能拍完的，就算能拍完，以后也可能要做一些补拍，不记得穿戴的准确位置，影片就会穿帮啊。"这么懒洋洋的声音当然不可能是忙得不可开交的服装师发出来的。金熙子回头看去，只见尹承恩正靠着墙壁坐在地上，目光漫不经心地看着远处镜头前正在准备的演员们。他那标志性的大眼镜在灯光下闪着哑光。

真难得他没顺便说几句挖苦的话出来，例如"这么简单的常识都不知道"、"你有用脑子在学习怎么当服装师吗"之类的，没有刻薄话都有点不像尹承恩本尊了，怪不得金熙子回头之前都没想到会是他。

金熙子诧异："哎？怎么会有你这种做编剧的家伙出现在这里？"

服装师终于在忙碌中给她甩过来一句话："剧本、剧本，就是剧的根本，因为 MMJ 是格外尊重剧本和编剧的地方，导演从来不会随随便便就自作主张地删改剧本，所以现场要有一两个随场编剧，以便随时与导演探讨剧情的细节，编剧必须在场，这在 MMJ，可是很重要的……”

金熙子听得频频点头，然后高兴地对尹承恩说：“那么，承恩君是被认可的重要人物了。你要继续努力呢！”

尹承恩静静地看了由衷为他开心的金熙子几秒钟，之后抿了抿嘴唇，淡淡地说：“可是，这和你有什么关系呢？而且比较起来，不是安一郎那家伙才是你该为他高兴的那个人吗？”

金熙子愣了一下，就灿烂地笑了起来：“每个认识的人取得了进步或者成就，我都会为他高兴的。”那灿烂的笑容猝然击中了尹承恩眼中的某片阴影，他的嘴角不自觉地牵动了一下，似乎也在酝酿出一个笑容。但最终，他并没有回应她，只是缓缓地、木然地把头扭向了另一个方向，眼光闪烁几下，就彻底恢复了深处的冰冷。

“喂，叫金熙子的家伙，不是让你来聊天的，多少你也帮个忙好吗？”服装师提醒她。

“是！”金熙子热情地回应着，拿起一旁放别针、丝线等小东西的杂物盒子，跑过去帮演员们修改不合适的戏服。忙碌中，她下意识地回头去看尹承恩，却正好看见他缓缓地把头仰靠在墙上。整个过程，他都紧紧地闭着眼睛，轮廓好看却相貌平平的脸上，笼罩着阴郁。

承恩君到底是一个不快乐的人呐！金熙子想。

当拍摄正式开始时，整个影棚里完全安静下来，只有导演偶尔响起的命令声、机器咔咔转动的细微声音以及演员们说着台词的声音。

结束了忙碌工作的金熙子走到尹承恩的身边坐下。她扭头看了看，尹承恩还是闭着眼睛，不知道是睡着了，还是在想什么纠结的事情。不打扰他了吧！金熙子微笑了一下，屏气凝神地去注意远处的拍摄现场。她并没有觉察，此时，尹承恩已经轻轻睁开眼睛，凝视着她专注而平和的微笑。

说起来，当明星似乎是很风光的事情，那么多人认识他们，赚钱似乎也比普通人容易得多，还有许多因为知名而带来的隐性好处，比如说，随时华服丽裳地出入高级场所，获得各种商家的慷慨馈赠，拥有外出办事时的专享便利……但隐藏在这些风光背后的，则是羡慕者们所体会不到的辛酸与艰难，还有无限的枯燥。

那真的是很难被人所接受的枯燥——一个不到10秒钟的镜头，也许会在一天两天甚至几天的时间里反复不断地进行，对于演员来说，这就像你这几天的人生，一直循环往复地停留在这10秒钟里。配戏演员的一个失误、服装造型上的一个偏差等等，都会导致全体工作人员不得不一切从头来过。这还仅仅是最普通的小事情。

另外，进行影视剧拍摄时，为了赶进度，夏天拍冬天的戏，冬天拍夏天的戏都很正常，所以不管你是什么样的大牌明星，哪怕是再娇气的女明星，为了一个好角色，为了一个好作品，你也不得不咬着牙，在普通人吹空调都懒得动的夏天穿上棉袄烤火，在刺骨低温的严冬穿着纱裙在瀑布下戏水，面对着镜头，还要笑着，还要激情洋溢地表演。感冒发烧对于演员们来说，根本不算病，很多人留下的，都是会伴随余生的慢性病。至于演员们在拍摄动作片、枪战戏中皮肉受伤，那就更是家常便饭，对于那些敬业的、不喜欢用替身的明星们来说，就连骨折，也不罕见。

而金熙子，似乎从这第一次进棚，就已经感受到了那份枯燥和折磨。

正在拍摄的这出戏，讲的是一个野蛮的千金大小姐，如何以暴力逼迫情敌离开自己的意中人。那个饰演情敌的女孩子，一定是刚刚进入演艺圈的新人，她在镜头面前显得有些手足无措，甚至在“千金大小姐”按照剧情给了她一个耳光后，她就傻掉了，完全忘记了自己要说的台词。

导演对这个新人表示了最大的宽容，一次又一次地重来，但效果始终不让人满意。那个饰演千金大小姐的、小有名气的女星，在反复的重来中已经不耐烦起来，终于，那记耳光从轻轻一甩变成了毫不客气的、清脆响亮的一掴。女星轻蔑地吐出了剧中的台词:"不管怎么说,你也是一个没见过世面的乡巴佬,你没有资格和我站在同一个平台上竞争!"

影棚中安静无比,只剩下机器还在响。突然,那个愣愣的女孩子"哇"地一声哭了出来,捂着已经肿胀起来的脸,跑出影棚。导演生气地喊:"停!怎么会有这样不敬业的演员?"

金熙子被这个场面惊呆了,她情不自禁地小声说:"真是太过分了!"

服装师也很不满地说:"是啊,实在是太不懂事了,这样的人开除算了。"

金熙子连连点头,尹承恩却冷笑一声说:"金小姐,你搞错谴责对象了,所有的人都是在谴责那个跑掉的女孩子,哦,除了你。"

嗯?该被谴责的,不应该是那个借机打人的女星吗?金熙子一时没反应过来,去看服装师,服装师也正一脸诧异地看着金熙子:"当然是那个女孩不对啊,影视娱乐本来就是团体作战的行业,因为自己的失误而耽误了大家的进度,还不负责任地一走了之,这样不受欢迎的人当然是要淘汰才对。"

尹承恩看着金熙子因为震惊而睁得大大的眼睛,冷笑着说:"优胜劣汰,弱肉强食,这就是 MMJ 的规则,更是世间一切的规则。"

是这样吗?金熙子用那双充满惊讶的眼睛,看着棚内抱怨连连的人们。她陷入了深深的迷茫,喃喃地说:"规则?"

尹承恩说:"是的,残酷的生存规则,唯一的公平规则。"

在这个上午接下来的时间里,一向积极热情的金熙子咬着嘴唇,没有再说一句话,只是认真地做着手头的事情。她仿佛在思考什么很重要的事情。

尹承恩看着她沉默不语的样子,冷笑一声。

午饭时,在另一个剧组的安一郎过来找金熙子,他们肩并肩地走向饭堂,又坐在了那个几乎固定的座位上,金熙子始终垂着头,一言不发。

安一郎看着她闷闷不乐的样子，担心地问："怎么了？生病了吗？"

就像是往常一样，尹承恩站在那里，用充满讽刺讥诮的语调回答了安一郎的问题："只不过是因为见证了公正而残酷的一幕，她那种本来就毫无根据的、盲目的积极乐观被击溃了而已。接下来，她要么会退出这个地方，要么，就会和这环境一样堕落下去……"

安一郎立刻猜出个大概，他还没来得及反唇相讥，金熙子已经站了起来，她无所畏惧地仰着头，看着几乎比自己高出一个头的尹承恩，轻声但坚定地说："你错了，还有一种可能，就是改变这种恶劣的环境。那是很多人的第三种选择，但，却是我的唯一选择。"说完，金熙子匆匆离开。

安一郎追了上去："熙子？"

金熙子微笑着对安一郎说："一郎君，请让我一个人安静一会儿，别担心，快乐的信念，肯定会回来的。"

改变这种恶劣的环境。

这当然不是凭借信念和努力就可以简单做到的，何况她只是一个刚刚踏入这个圈子的普通女孩。但金熙子那坚定的语气、认真的目光，还是深深地刺进了尹承恩内心的某个地方。他飞快地走出饭堂，走进公司楼下的花园，坐在一个角落里的长椅上。

为什么，为什么自己那么渴望看到快乐积极善良的金熙子变成一个对现实失望、对别人失望、对自己失望的人？他抬起头，看着树木缝隙中隐隐现出的蓝天，他不断地问着自己："是因为那件事，是因为发生那件事，我才憎恨这世间的一切，而不自觉地，我又希望所有的人都不幸、不快乐吗？"他闭上眼睛，金熙子那清澈的眼神、坚定的神情又出现在他脑海中："改变……真的可以改变吗？难道，是我错了？"

就在这时，尹承恩的右脸忽然遭遇痛击，火辣辣的感觉，迅速在他的脸上弥漫开来。

第七章

冤家的意思就是很容易狭路相逢

尹承恩来不及防备,被金熙子推得身形一晃。那一刹那,尹承恩分明感觉到,自己心中刚刚滋生的某些细小的温暖,被推得玻璃中弹般四分五裂。怎么回事?心里,隐隐约约的,那是……疼痛弥散的感觉吗?尹承恩愣了一下,拒绝再想,紧紧地抿着嘴唇,快速离开了。

尹承恩扶好歪向一旁的黑框眼镜，缓缓站起来。他眯着眼睛，向旁边吐出因唇角破裂而沁进嘴里的腥咸血液，然后，冷冷地看着眼前的安一郎。

安一郎英俊的脸上带着极力克制的愤怒："你对熙子做了什么？"

尹承恩冷冷地看着他，用左手手背擦去嘴角残留的血迹，他带着警告的语气说："走开。"

安一郎的拳头再次迎面而来。然而，这次的拳头却没有落在尹承恩的脸上——尹承恩的左手，已经牢牢地握住了安一郎那其实并不慢也并不轻的拳头，他的眼神更加冰冷起来："走开！"

安一郎已经不想再说什么，抽出拳头准备着更迅猛的攻击。

"一郎君！"金熙子突然从一旁的树丛中跑出来。原来，她就蜷坐在那边想心事。

安一郎一愣，尹承恩的拳头就已经毫不客气地打在了他俊朗的脸上，安一郎的鼻血瞬间沾染了他那件淡蓝色衬衫的前襟。

"一郎君！"金熙子下意识地一把推开尹承恩，急切地叫着，"一郎！"

尹承恩来不及防备，被金熙子推得身形一晃。那一刹那，尹承恩分明感觉到，自己心中刚刚滋生的某些细小的温暖，被推得玻璃中弹般四分五裂。怎么回事？心里，隐隐约约的，那是……疼痛弥散的感觉吗？尹承恩愣了一下，拒绝再想，紧紧地抿着嘴唇，快速离开了。

安一郎擦了擦血迹，笑了笑，柔和地对金熙子说："没事。"

怎么可能没事？本来下午安一郎还有两三场戏要拍，可他那侧的鼻梁上是显眼的乌青，再厚的粉也盖不住。那个导演在暴跳如雷之后，只有无奈地把其他人要拍的戏提前。

更麻烦的事情还在后面。当金熙子陪着安一郎回到安家时，安家的整个别墅区乱做一团，不过倒不是担心安一郎，因为那家伙虽然鼻侧乌青，脸上却是笑得阳光灿烂的——他们完全是在为金熙子的到来而手忙脚乱，幸好安一郎的父母刚刚出国度假，否则还不知道会弄出何等更吓人的阵仗呐！

金熙子摇头大叹。这些疯狂的家伙！再一看安一郎微笑着一点都不尴尬的样子，金熙子毫不犹豫地确定了这里的疯狂根源。

第二天，有着良好家教，从来就知道敬业和守时的安一郎，还是像往常一样，准时到 MMJ 上班——虽然不能拍戏，但相信导演还是会给他安排其他一些什么事情来做吧？开始时，带他的导演很高兴地表扬了他作为新人的觉悟，呃，直到后来……导演发现，安一郎这家伙根本就是专程来分散大家的注意力的！因为，"安一郎待在摄影棚里又没戏要拍"的消息已经不胫而走，众多年轻女职员顿觉这是接近安一郎的最好机会。于是，她们以各种借口出现在摄影棚里，等导演一喊"停"，她们就围着安一郎叽叽喳喳地嘘寒问暖。虽然众多美女的轮流登场会为摄影棚增添亮丽的色彩，但……摄制组的家伙们都在无法自控地开小差呀。

导演当然没理由去责怪无可奈何的安一郎，也没有办法驱赶这些都有合理理由进棚的女孩们，他只好对安一郎说："麻烦，嗳，麻烦一郎君回 MMJ 的办公大楼去吧。"

安一郎如释重负，立刻消失。

安一郎走进自己所在的艺员办公室，却看见尹承恩正坐在里面——原来，编剧们正在为即将拍摄的一个影片挑选预备演员。虽说最后确定演员人选的一定是导演和制片人，但在讨论哪些预备演员符合角色的整体感觉时，创造了角色形象的编剧们，也是很有发言权的呢！

恰逢尹承恩抬头，两个人的目光正好相撞。旁边的人立刻感觉到，两股势均力敌的气流碰撞在一起……哎？感觉随之而来的，应该就是箭拔弩张的紧张场面吧？可他们都错了。

尹承恩看着鼻侧乌青的安一郎，忍不住扯了扯嘴角，笑了。

而安一郎看着嘴角黑紫一大块，笑容显得很古怪的尹承恩，也忍不住笑了笑。

尹承恩拍拍身边的位子，等安一郎坐下，他说："拳头很凶啊，里面的牙齿都是松的了。"

安一郎笑笑，揉了揉鼻子："你也够狠，如果打在鼻梁正中，肯定骨头就碎了。"

尹承恩伸出了右手："尹承恩。"

安一郎也紧紧地握住他的手掌："安一郎。"

虽然早知道彼此的名字，他们还是第一次这样郑重其事地自我介绍——有实力的人是敢于承认欣赏另一个有实力的人的，因为在某种程度上说，尊重势均力敌的人，就是在自我尊重。面对同样优秀的人，没有妒恨，惺惺相惜，这才是一个人自信的最高表现。

结束了并不算繁忙的下午工作后，新晋演员安一郎和新晋编剧尹承恩一同走出了 MMJ 大楼，然后，一起停住了脚步——在等金熙子吧？两个人聊着其他的话题，心照不宣。

金熙子看见这两个家伙居然站在大楼外面聊天时，着实大吃一惊，直到安一郎向她招手，她才晕乎乎地走过去。心直口快的她当然很直率地问："你们不是昨天还像两只斗架的公鸡吗？怎么今天就……"她顺便想：虽然两个人都是高高的个子，修长的腿，可是一个笑容亲和面容清俊，一个装扮老土表情木讷，他们站在一起还真的很有对比反差的效果。

尹承恩刻薄依旧："寻找不合理之处的背后原因吗？喜欢刨根问底的死心眼！聪明的人是不会问这种毫无实际意义的问题的。你果然就是个好奇又无聊的八婆。"

莫非，果然有"不打不相识"这种事么？莫非，这就是传说中的"男人的友谊"？

第八章

变数！月城大人的世纪演唱会

不！金熙子的背脊上瞬间沁出了一片冷汗，不！那绝对不是荧光棒，那是枪口，幽暗的蓝色枪口！是的，那枪口的主人等待的，就是这个时机，这个舞台上没有闪烁灯光，李月城不会舞动或行走，光线明亮到地上的发丝都会纤毫毕现，有爆炸声和欢呼声做掩护遮盖枪声，最后时刻观众忘我的激情燃烧和工作人员不自觉的放松警惕又是绝好的撤退保障……不管那枪口属于谁，他一定是在等待着这最完美的最后一刻！

转眼，MMJ 本年度最精心准备、最受人瞩目的演唱会——李月城的世纪演唱会，近在眼前了。

还有 15 天。金熙子深呼吸了一下："姐，你觉得，我这样做真的没问题吗？"

金英子带着只要在家里就会有的温柔微笑说："当然呢，这两个多月的周末特训，你完成得非常出色。虽然距离成为专业人员还差得很远，但相信作为 MMJ 的内部员工，你已经有资格成为配合我们安保工作的特别人员了。其实，对于 MMJ 来说，你们这样的特别人员才是最靠得住的。按照 MMJ 一贯喜欢的安保布置计划，你们肯定会被安排紧紧地跟在月城君周围的。好了，为了好好报答心爱的月城大人，去向安吉拉自荐吧，加油。"

是的。无论是蹲在门厅里穿鞋子，还是站在晨风中等待公交车；无论是在缓缓上行的电梯里再三思考，还是在安吉拉的办公室门外重新组织语言，金熙子都坚信，为了实现自己的梦想进入 MMJ 的花季少女金熙子一定会以最出人意料的方式，进入管理者们的视线中，最终为自己心爱的电影，贡献出惊人的力量。

一定会是这样！

所以当安吉拉小姐"请进"的声音响起时，金熙子就带着一脸的自信走进了她的办公室。呃，为什么……里面还站着……月城大人……呃？惨了，金熙子觉得，自己的勇气和智慧已经结伴消失在空气里。她完全忘记了原来演练了一百遍的台词，只好结结巴巴地说："那个，月城大人早。"

李月城亲切地点了点头，他显然还记得她。安吉拉放下手头的文件，问："有事吗？"

没有料想到会出现"有月城大人在场"的这种情况啊，我该怎么办？直接说清目的的话，会不会显得有些唐突呢？金熙子的内心进行着激烈的思想斗争，可在安吉拉看来，这个瞠目结舌的小丫头显然正在浪费她宝贵的时间。

就在安吉拉准备发火时，李月城开口说话了。

李月城并没有责怪金熙子，他温和地鼓励着她："慢慢来，先想想。想好了，再告诉我们。"

看着李月城那温暖迷人的笑容，金熙子终于镇定下来，说出了自己的想法。

安吉拉惊讶地看着金熙子："特别安全人员？你是说，你……当保镖？"她看了看不置可否、始终微笑的月城君，继续问金熙子，"你觉得你能完成这项任务吗？"

金熙子的目光坚毅起来，她回答说："我能。"

李月城忽然愣住了，他觉得，仿佛是时光倒流回那个很多年前的午后，那个女孩就站在他的对面，自信且骄傲地回答说："我能。"

她们，甚至连那因为激动而闪亮的目光，看起来都那么的相像。

她！

是因为眼前的这个女孩才一直联想到……她，还是因为在心间，本就从不曾忘记她？

此时，金熙子已经恢复了自信，她坚定地说："当得知公司将为月城君举行世纪演唱会，我就接受了在安保公司工作的姐姐的建议，进行了两个多月的特训，而且，我家以前是开武馆的。"

"武馆？"李月城若有所思地说，"你姓……"

金熙子说："我姓金。"

"姓金，金家武馆……"李月城说，"是的，我记得，金家武馆。从年龄上看，馆主应该是你爸爸吧……"看到金熙子点头，李月城继续说："我主演的第一部戏《王朝的公主》里，就是你爸爸做了我的武术替身。

金家武馆，是那时首尔最好的中华武术武馆。”

金熙子瞪大了眼睛。原来姐姐说的是真的，金家武馆真的有过让人自豪的辉煌。

李月城说：“那时，你爸爸刚刚结婚，没想到一转眼，你都在 MMJ 工作了……时间，过得很快啊……”

金熙子觉得，在说后面这句话时，李月城的脸上似乎闪过了一丝悲伤，但很快就被他用亲切的微笑代替了。李月城问：“你爸爸还好吧？”

奇怪，如果月城君不知道我爸爸去世的消息，那他脸上的悲伤，是怎么回事?!

金熙子低下了头：“我 3 岁那年，爸爸妈妈遇到车祸，都去世了……”

办公室里安静了好一会儿，没人说话。

李月城走过去，轻轻拍了拍金熙子的肩膀。

有些安慰是不需要语言的。

李月城宽厚温暖的手掌，让金熙子暂时停止了悲伤。

金熙子收敛了眼里隐约的泪水，抬头看着李月城。

李月城给她一个鼓励的微笑，然后转过头对安吉拉说：“我愿意相信金家的传人，你呢？”

安吉拉点了点头，对金熙子说：“好的，一会儿我就带你去公司保安部门的训练营地报到，也许从下午开始，就要进行更艰苦的特训了。“希望你不会让月城君失望。”

金熙子高兴地大声说：“是，谢谢安吉拉小姐，谢谢月城大人……啊，月城……君。”

午餐时，安一郎担心地说：“就快进入酷暑了，在这样的季节里去做什么特训，会不会太辛苦了。熙子，你不需要那么做的。”

尹承恩一边低头吃着冷面，一边说：“金熙子小姐，你为什么这么热衷于接近李月城？到底是因为你在犯花痴，还是因为他是世界上数一数二的韩国大明星，所以你期待他会带给你不可思议的演艺机会？”

面对他话中有话的讥讽，金熙子并没有生气，她吃着咖喱拌饭说：“的确是迷恋月城大人的啊，不过我觉得，凭借工作努力来接近偶像，这是很正面的范例呢。至于后面这一点……我承认一开始时，我有过这种想法，可是现在我想的没有那么复杂呢，或者说，我已经摒弃了这种想法，我进入MMJ是为了实现自己的梦想……”

尹承恩不耐烦地打断了她的话：“我听你这话已经很久了，可说来说去，没有外貌也没有才华的你，留在MMJ这种演艺公司，你想实现的梦想到底是什么？当一个最普通的服装师，还是做一个大明星的小保镖？还是干脆你自己就想成为一个带着无数保镖的大明星？如果是最后一条的话，以你的条件，还是死心吧。”

他没料到的是，他这一番刻薄话，居然让看起来一向很清楚自己的金熙子陷入了迷茫。

她恍惚地说：“想实现的梦想到底是什么……这个……坦白地说，我好像想不起来了。”

……

尹承恩和安一郎都被自己嘴里的东西噎住了。

一个人会迷糊到忘记自己的梦想是什么吗？

金熙子却一副认真的表情：“真的，好像是在很久以前，我就有了这种梦想，可是，那个时间久到我已经想不起来是什么时间了，而梦想……我也已经想不起来是什么内容了。我只清楚地记得，实现梦想的途径，就是进入韩国最好的影视公司MM J，然后……”她自嘲地笑笑，吐吐舌头做了个可爱的鬼脸，“然后就不知道啦，也许在将来的什么时候，梦想的内容就会像很久以前那样，又自己浮现出来了。不管了，先做好每一件我自己想做和该做的事情吧。有句中国话怎么说来着，对，‘尽人事，听天命’，我们先把自己的这部分努力好了，相信命运就会把剩下的那部分带给我们。”

尹承恩看着金熙子脸上那笃定而乐观的笑容，没再说话。他的目光，闪烁不定。

安一郎心疼地说："如果封闭式的特训太辛苦了，熙子你一定不要勉强自己，不要硬撑。"

金熙子微笑着说："放心吧。"

果然，就像安吉拉所说的那样，特训就从这天下午开始。下午1点，几辆有着深色玻璃窗的商务车带走了MMJ方面挑选出的演唱会现场特别安保人员。等待他们的，是为期两周的全封闭特训。等到演唱会的前一天，他们会被直接带到演唱会的举行地点——首尔国家体育馆，实地熟悉安保环境。

对于期待已久的歌迷和媒体来说，这绝对是漫长的两周；对于准备演唱会的MMJ工作人员来说，这绝对是时间紧张的两周。

演唱会当天的清晨，尹承恩醒过来，他半坐着斜靠在床头，顺手扭开了台灯。灯光笼罩的床边柜上面，放着一本厚厚的资料。封面上写着：李月城世纪演唱会整体策划案（绝密）。

他不应该有这本MMJ公司普通员工无法接触到的绝密资料。但他是那么巧妙而自然地从金熙子手里拿到了它。是的，他很快把它还给了金熙子，但保存的那一夜，已经给了他足够的时间去复制它。

他拿起它，熟练地翻到最后几页。

那是国家体育馆的场地剖面图，详细到每一个角落每一种建筑材料的场地剖面图。

还有演唱会的布置图，详细到每一盏射灯该如何安装和每一张海报该如何摆放的布置图。

尹承恩反复翻看着这几页，尽管，他早已看了无数遍；尽管，他早已熟记了一切细节。但他还是看得认真仔细，全神贯注。

当从窗帘透进来的曙光渐渐亮过卧室内的灯光时，尹承恩放下资料，下床刷牙洗脸。他在脑海中默默地回忆一遍图纸上的所有内容，之后，他长时间地凝视着镜子里的自己，尤其是那双乌黑明亮的眼睛。

离开舒适的单身公寓的最后一秒钟，尹承恩戴上了那副丑陋的大黑框眼镜，那副遮蔽了他线条分明的脸、遮蔽了他清澈深邃的眼神的大黑框眼镜。

他送给自己一个满意的微笑。

说起来，这还真是一个很不景气的世道。因为国际上一连串的经济危机事件，所有的行业都陷入了程度不一的低迷。各行各业的企业主们都是愁眉苦脸的，几乎每天都在盘算着该如何裁员、节约办公成本，据说，这可怕的时间段还要持续两三年呢。可是……在最近，整个首尔，不，是整个韩国的企业主们，都斩钉截铁地做了一个决定——想尽办法、不计成本地购买几张李月城世纪演唱会的门票，用来激励企业员工的上进心。当然，只有最优秀的员工，才能获得这样的福利，才能神气地走进那让人梦寐以求的现场。

算起来，月城君真的是韩国成名最早、也是最有影响力的大明星了。和他同一个时代出道的男星们，早已经成了烘托新一代明星的龙套大叔，或者干脆销声匿迹；女星们的状况也好不到哪儿去，她们中的大多数，嫁人的嫁人，过气的过气，几个还在演艺圈勉强混个脸熟的昔日花旦，也都容颜凋零、演技消弭，完全是凭借制造绯闻来赚取人气。

只有李月城，英俊依旧，风度翩翩，让人看不出他和 17 岁刚出道时有什么太过明显的不同——要是非要找出什么不同的话，也还是有的——至少他后来又长高了 5 公分，而且出道时他的笑容气质还略带年少的青涩，更容易吸引年轻族群的关注，而现在他的成熟魅力，则已经成了中外通吃、老幼皆宜的金字招牌。

当然，最能说明他无可比拟的特殊地位的，还是他这历久弥新、高居不下的人气。

就拿现在的入场来说吧，明明那么多身价不菲的企业主都拥有 VIP 贵宾席位票，可他们居然甘愿和大家一样排队入场，以显示对李月城的尊重。同时，他们也是在很坦然地承认，即使他们已经一把年纪，可他们还是为自己是李月城的拥趸而自豪。

“说起来，月城君真的是我们韩国的男性榜样啊，又帅又有才华，又敬业又亲和。”一个中年企业主感慨着说，“相比之下，女星们就……”

“可不能这么说呢，”周围抗议的声音此起彼伏，另一个VIP贵宾席的观众慢条斯理地说，“如果姜珍娜她……”他还没说完，刚才说话的那个企业主仿佛已经听懂了，连连点头地附和着他：“是啊，只可惜，姜珍娜她实在是……”

“听说当年月城君和姜珍娜有过一段感情，这是真的吗？”一个明显是95年以后出生的大学生模样的男孩子问，他又补充说，“真可惜啊，那个年代没有网络，很多资料都没能保留下来，所以现在根本没办法看到……”

不知为什么，经历过那个年代的中年人们都沉默下来，好像集体陷进了深深的回忆里，他们显然都记得当年发生的事情，可是谁都不愿意开口去说。半晌，才有一个人无限感慨地说：“那么优秀的月城君和姜珍娜，就是普通人遇到他们也会心生爱慕啊，何况他们是在最好的年华里，遇到了容貌上旗鼓相当、才华上势均力敌的彼此……只可惜姜珍娜她，唉……”那个人摇摇头，不肯再说下去。男孩还想问什么，已经轮到他检票入场了。

尹承恩和安一郎正排在他们的后面。作为这次演唱会的非工作人员，即使是身为MMJ正式员工的他们，也只得到最普通位置的观赏票，不过，这已经算是不错了——至少他们还有票。在这件事上，安一郎不愿意借助家族或是金钱的力量搞特殊化，就和那些手持VIP门票却辛苦排队的企业主们所想的一样，在李月城面前，他不是财阀集团的继承人，他不是演艺公司力捧的新人，他只是一名虔诚而普通的粉丝。

他们也随着人群慢慢地向场内移动着，终于进到了演唱会的场内。

听见周围人的议论，安一郎忍不住对旁边的尹承恩说：“说起来，即使姜珍娜没有拍过多少片子，而且在我刚出生不久她就已经去世了，但是你知道吗，我和无数韩国人一样，是把她当做最完美的女神来欣赏和膜拜的。你呢？”

已经入夜，整个国家体育馆灯火辉煌。

尹承恩直视着前方，璀璨的灯光在他的镜片上留下点点反射的光，他的眼神就躲在那片绚烂的光影后面，不可看见，无法捉摸。他不带任何情绪地回答：“我是在日本长大的，所以，并不知道姜珍娜的什么事情，我只看过一点《王朝的公主》的日语碟片，大概只有几集。”

安一郎啧啧地说：“那可就太可惜了，你知道吗，虽然《王朝的公主》是月城君的第一部剧集，虽然在后来月城君的演技有了突飞猛进的进步，但作为剧集整体而言，月城君再没有什么剧集能超越《王朝的公主》了，那实在是月城君和姜珍娜这一对天才组合梦幻般完美无暇的演出……”

“我去一下洗手间。”尹承恩似乎对安一郎的话充耳不闻，匆匆走向体育馆北侧的洗手间。

安一郎大喊着说：“喂，不要去那么远的，最近的洗手间就在旁边……”

周围所有的人都在说笑，都在交谈。人声鼎沸中，尹承恩好像没有听见安一郎的话。他没有回头，颀长的背影很快就消失在熙熙攘攘的人群中。

安一郎无可奈何地耸了耸肩。20 分钟后，面无表情的尹承恩才回到了座位上，看着安一郎询问的眼神，他淡淡地说：“人太多了。”在簇拥了几万人的体育馆里，这的确是一个可以解释“为什么上个厕所都要花那么长时间”的合理理由。

在后台，整整与世隔绝半个月的金熙子拜阳光所赐，已经黑得一塌糊涂了，可她的动作明显敏捷了不少，眼神也更加明亮了。她是负责舞台南侧秩序和安全的 40 名工作人员之一。这 40 名工作人员中有 15 名警察、15 名职业保镖和保安，还有包括金熙子在内的 10 名 MMJ 公司自行选派的特别安保人员，当然当然，除了他们这些穿着制服、带着胸牌的“明哨”，舞台周围还有一些不穿制服、没有胸卡、甚至连名字都没有写在工作人员名单上的流动人员，毕竟，这是本年度唯一一场声势浩大的、跨世纪规模的演唱会，安全，实在是太重要了。

看看新一轮轮班的时间就要到了，金熙子匆匆吃了几口充当晚餐的盒饭，就去安吉拉那里领取了对讲机，然后向自己负责的南侧区域跑去。

就在她路过一间门前冷清的化妆室时，金熙子忽然发现，这间化妆室的门缝下，漏出了一线灯光。金熙子清楚地记得，这个位于后台角落的化妆间，应该是被封闭的死角。按照演唱会事无巨细、要求严格的员工工作准则，不可能有工作人员敢擅自打开理应弃用的房间，那么，这个不应该开着的化妆间，为什么会露出一线灯光？

被反复引导和教育的警惕心瞬间上升到了第一位。金熙子轻轻扭动着房门的把手——果然是开着的。金熙子愤愤地想，这个偷进化妆室的人实在是太嚣张了，竟然连门都不反锁一下，我倒要看看你是谁。

金熙子定一定神，猛地推开门就跳了进去……哎呀，人算不如天算，她好死不死地直接一头撞在了反弹回来的门上。痛、痛、痛！金熙子痛得紧紧地捂住了额头。

独自坐在里面的人，被她吸引了注意力，抬起头来。

金熙子惊讶地叫出声来：“月城大人！”她紧张得忘记了额头的疼痛，结巴着说：“我以为是后台混进了外人。不知道是月城大人你……”

李月城将一张纸一样的东西收进衬衣口袋里，柔和地笑笑：“叫我李月城就好了。”他站了起来，“我习惯在上台前，找个安静的地方理理自己的心绪，这样演出开始时，就不会有心理负担了。”

金熙子内疚地说：“那……我一定打扰到月城君了……”

李月城依旧柔和地笑笑，没再说话。他拍拍局促不安的金熙子的肩头，就走出了房间。

金熙子关了那个房间的灯，认真地把门反锁上，然后，她侧过头去，注视着李月城那挺拔的背影。她看见，他走过了熙攘来去、忙着化妆和最后协调舞蹈配合动作的艺员们，彬彬有礼地对那些兴奋地和他打着招呼的人点头，走进了那间最大、最豪华也是最安静的化妆室，最后，他背对着走廊，反手关门。

他把一切注视他的目光和议论他的声音，都轻轻地关在了门外。

金熙子忽然觉得，虽然他的笑容是柔和的，虽然他的表情是平静的，但今天的月城君给她的感觉，是带着一点悲伤的——就像那天在安吉拉小姐的办公室，她感觉到的那样。

可是……

这样隆重而盛大的演唱会，那样狂热而忠诚的粉丝，月城君的悲伤，来得毫无道理呀！

带着深深的疑惑，金熙子一溜烟地奔向自己的工作区域。

南侧的观众席上，安一郎和尹承恩各自安静地看着在最后调试灯光的舞台，各自陷入安静的思考。与周围那些兴奋得说个不停的观众们相比，这个英俊的男孩和这个平凡的男孩，都显得这样的与众不同。

突然，整个体育馆的灯光完全熄灭了，在观众们惊喜而兴奋、充满期待的欢呼声中，舞台正上方的巨大屏幕突然亮起来，一段 VCR 正被放映出来——身穿白色西服的李月城坐在整个以白色玫瑰为背景的房间里，迷人的眼睛并没有看镜头，画面没有音乐，他淡淡却深情地说："这么多年，很多风雨，很多变化。谢谢你，来看我的演唱会。"在说到最后一句话时，他的眼睛转向了镜头，唇角绽放了一个魅力十足的微笑。"哇……"现场的尖叫声和欢呼声此起彼伏，不管什么年龄层的人们都疯狂地叫着李月城的名字。

安一郎随着旁边的人一起欢呼起来，他笑着对尹承恩说："真的是好大的排场啊，将来有一天，我想我也会站在舞台的最中央，听到这样的喝彩声。"

而尹承恩，则在旁边人群挥舞着的荧光棒丛林中，静静地、直挺挺地坐在那里。就算是周围沸腾着几万个人，尹承恩也只是冷冷地保持着安静，不动、不说、不笑，安一郎甚至觉得，他连呼吸和思考都已经消失了。

然而,容不得安一郎询问,一束烟花冲天怒放,动感十足的乐曲响起,几万人激动得齐声呐喊。

李月城的世纪演唱会,正式开始了。

李月城的第一首歌叫做《首尔夜未央》,这首舞曲风格的金曲,曾在推出当年囊括了除最佳新人奖之外的所有音乐大奖,风靡全国,至今仍被歌手们不断翻唱。以华丽的漫天焰火和这样超流行的歌曲作为演唱会的序曲,人们的激情瞬间就被点爆了,他们不由自主地随着旋律的节奏跳着,无法自控地跟着李月城的声音唱着。

演唱会刚刚开始,人们就已经"嗨"到了极点。

直到这曲终了,第二首歌柔情的旋律淡淡地流淌出来,人们的狂野情绪才慢慢平复。而这时,反倒是一直安静到极点的尹承恩有了反应,他好像才回过神来一般,长长出了口气。

安一郎说:"怎么样?刚才,是被震撼住了吗?你没在日本看过这样级别的演唱会吗?也是啊,毕竟跨世纪的亚洲男偶像并不是那么的多,日本本土产出的亚洲偶像好像都是年轻的女孩子们……"

尹承恩冷冷地说:"不必提什么日本日本的,我只是在日本长大。我是个韩国人。"说完,他挺直了背站了起来,"我去洗手间。"依旧是不等安一郎说话,他就已经匆匆地走了出去。

但安一郎注意到,这次他去的,是靠近南侧的厕所。

这家伙……不是演出开始前才刚去过厕所吗?难道是晚饭时吃了不对的东西?

安一郎瞥了一下尹承恩的背影,仿佛看到他左侧的袖子比右侧的袖子鼓起了小小的一块儿。他并没有太注意,很快就把目光转回到台上。

15 分钟后,天上缤纷的烟火、台上激烈舞蹈的伴舞者和台下由衷欢笑的人群交相映衬,整个体育馆内,又是一轮的纵情狂欢。安一郎见身边的座位还是空着的,忍不住向厕所方向看去:奇怪,怎么这次去了那么久没回来?真的吃坏了肚子吗?

而就在同时，一个喝多了可乐的男子一脸痛苦地敲着厕所的门："喂，喂，怎么搞的？已经这么久了，还没人出来？我说里面的人，不要连大门都反锁上啊。"这时，一个帽檐压得低低的工作人员打开了厕所的门，说："不好意思，刚才里面正在维修，现在已经弄好了。"

男子不满意地嘟囔了一句什么，可看看那工作人员湿漉漉的袖子和裤脚，就没再说什么，一头冲了进去。那个工作人员站在关上了的厕所门旁，虽然厕所前面空荡荡的，但他还是警惕地看了看左右，接着，他把本来就很低的帽檐再次压了压，才步履匆匆地走进了人群。在闪烁不定的场馆灯光下，他身上的水渍，就像是衣服褶皱形成的暗影，并不能引起任何人的注意。

他很快融入了疯狂的人群中。

此时，又一首旋律优美、歌词恬淡的情歌开始了，身着黑色西裤、淡淡的水粉色衬衫的李月城，带着柔和的笑容，坐在舞台正中央慢慢升起的花园布景中，深情地唱着。巨幅屏幕上，他长长的睫毛、挺直的鼻梁、薄薄的嘴唇清晰呈现，惹得痴迷的女孩子们热烈地尖叫着。

事后，有几个南侧看台的观众清晰地记得，在正对着舞台中央的观众席旁边，那个最大的舞台照明射灯组的后面，有一个年纪不大的高个子保安人员，在那里站满了整场演出。他一直一动不动地盯着舞台，看着李月城或内敛或奔放的演出。不过他也可能是在警戒吧，因为他的眼睛始终藏在压低的帽檐的阴影中，让人无法搜寻到他目光的走向。

四个小时的演唱会并不算短，可当李月城在舞台上深情款款地说出"今天的最后一首歌，送给一位很多年前的老朋友"时，看台上的惋惜声和慨叹声此起彼伏——怎么会啊，这让大家期待了一个月，不，是让大家期待了很多年的影音盛宴，这么快就要走到告别的尾声了吗？月城君，你知道我们是有多么的恋恋不舍吗？

没人注意到，最大的舞台照明射灯组旁边站着的那名保安人员，无声无息地消失了。

与此同时，金熙子站在舞台南侧的幕布后面，正一边用望远镜观察着观众席，一边通过步话机和同事们彼此交换着信息。此时，她绷住的神经和紧张的心已经偷偷准备松一口气了，是啊，现在月城君已经唱到那句“越来越远的记忆里，越来越近的爱恋”，呼呼，她在彩排时记过时间的，这句歌词过后，再有一分钟，演唱会就要完美结束了。一切顺利，看来，月城君的人品真是好到老天都不忍心和他作对……

金熙子正乐呵呵地想到这里，无意中从后台背景的缝隙里向外一瞥，她发现，就在她负责保障安全的南侧看台上，在那组射灯的正中央，在射灯背面稀薄的光晕包裹中，有一点冰冷的幽蓝，正阴森地绽放着。

金熙子清楚地记得，十秒前她扫视南侧观众席时，还没有那点幽蓝。

那不是设置彩色背景灯的地方。金熙子熟读过所有灯光设备的布置图。而且就算是临时增加设置处，也不应该只有孤零零的一点蓝色。

那不是上一首歌时留下的没有燃尽的烟火。那死气沉沉的幽蓝色是静止着的，不熄灭，也不闪烁。

那也绝对不会是观众的荧光棒。首先，它不是被挥舞着的；其次，不可能有观众会出现在那组射灯的正中央位置，那里是牢固无比的、金属材质的细密框架，高度和宽度根本不容许一个人站或坐在那里……除非，除非是爬进去，然后趴着；除非，除非是举着荧光棒一动不动……

尽管只有两三秒的时间，但金熙子的脑海中，已经风驰电掣地闪过了演唱会计划书中那精确到秒的计划——在李月城唱完最后一首歌的歌词，而音乐的旋律还没有停止时，李月城会张开双臂站在舞台的正中央，而同时，整个体育馆的四周都会喷射起璀璨硕大的昂贵礼花，那些瞬间就可以腾高十几米、密集如夏日的树叶、持续燃放时间长达一分钟的烟火，是会毫无困难地将舞台照亮得如同白昼的，而那巨大的声响和观众激动欢呼的声音，是足以掩盖一切声响的……

不！金熙子的背脊上瞬间沁出了一片冷汗。不！那绝对不是荧光棒，那是枪口，幽暗的蓝色枪口！是的，那枪口的主人等待的，就是这个时机，这个舞台上没有闪烁灯光，李月城不会舞动或行走，光线明亮到地上的发丝都会纤毫毕现，有爆炸声和欢呼声做掩护遮盖枪声，而最后时刻观众忘我的激情燃烧和工作人员不自觉的放松警惕又是绝好的撤退保障……不管那枪口属于谁，他一定是在等待着这最完美的最后一刻！

还有15秒……10秒……来不及了，来不及去那里制止凶手，也来不及通知任何人了。金熙子一咬牙，仿佛离弦之箭一样冲向了舞台正中央，冲向了刚刚唱完最后一个字、静止下来缓缓张开双臂的李月城……

那段只要10秒就可以快速跑过的距离，在这一瞬间，变得那样遥远而漫长，金熙子可以清晰地听见自己的呼吸声、自己的心跳声、自己的鞋子敲打着地面的声音……伴舞的女艺员们诧异地张开了嘴，月城君转过头来惊讶的眼神……这一切全都是慢动作，慢到如同分解了剧情的一格格漫画，机械而僵硬地接踵出现……

在火树银花绽放于夜空的瞬间，金熙子飞身而起，带着急速奔跑产生的惯性和跳跃而起产生的力道，她狠狠地撞向高大挺拔的李月城的左肩肩头。愕然的李月城被这突如其来的一撞，撞得向右一个趔趄，而就在这时，金熙子清晰地感觉到，有什么东西，“嗖”地一声穿破自己头顶上方的空气，尖锐呼啸着掠过……她的几丝头发随着气流的滚动，飞舞起来。

如果不是她的干涉，那颗不知道是什么的东西，就会恰好击中月城君的额头正中。不管那是什么，都是来势汹汹的。金熙子来不及庆幸，更来不及侥幸，因为第二颗，第三颗……不知道还会有几颗饱含恶意甚或是杀机的东西，再次到来。

她来不及思考来不及喘气，更来不及对李月城解释，她憋足了力气，一把将李月城拦腰抱住，奋力拖倒，然后，她牢牢地抱住了李月城的头。

就打在我身上吧！

十几年来，月城君塑造了无数正面的形象，这些形象，无一不是在寒冷中给人温暖、在颓废时给人力量、在绝境里给人希望的。月城君，看看这些为你而激动、而感动的韩国人吧，在他们心中，你存在的意义，已经超越了巨星这一身份，你是激发无数人“要好好努力”信念的榜样,他们需要你的存在!

那么,就打在我身上吧!

三侧看台上的观众已经都尖叫惊呼着站立起来,便装与着制服的安保人员都神色紧张地戒备着自己周边的情况,防止出现骚乱。

安一郎看着舞台上发生的一切,瞬间产生了一个让自己紧张的念头——那个扑倒李月城的人,一定是金熙子!他试图走向舞台,却被负责维持秩序的工作人员牢牢拦住。

这时,后台那几名技术能力最为强悍的职业安保人员,迅速跑上舞台,有的去拉开金熙子,有的去扶起李月城。

金熙子挣扎着叫道:“保护好月城君,刚才有人开枪……”几名安保人员闻言,立刻面朝舞台外侧,紧紧地挡在了李月城的身前。一个负责人急促地问道:“在哪个方向?”金熙子指向了那点幽蓝色出现的地方,负责人立刻举起对讲机调派人员去查看,随后,金熙子就被架下了舞台。

后台,脸色铁青的安吉拉狠狠地咬着右手拇指的指甲,她凌厉的眼神令周围的人不寒而栗。

毕竟是久经大场面的巨星,金熙子突如其来的“进攻”并没有让李月城不知所措,不过两秒钟,他已经神态平和、面带微笑地站在了原来站立的位置,对着观众频频挥手,好像刚才并没有发生任何事情——虽然他的周围,还站着几位安保人员。其实,当大屏幕上再次出现李月城那俊朗的面容和亲切的微笑时,任何骚乱都无法再影响到观众欣喜若狂的激动气氛了,那个挺拔的身影,在璀璨焰火的映衬下,已经吸引了所有人的注意。

看着观众们没有发生大的骚动又热情不减,随着散场焰火和舞台灯光的渐渐淡去,安吉拉紧张的脸色才渐渐舒缓下来,她狠狠地盯着金熙子说:“月城君谢场之后,马上随队返回公司。”

第九章

惊心动魄！需要掩盖的真相

鉴定专家还说，这种铅包弹如果击中李月城的额头，肯定不会致命地贯穿头颅，但李月城会是满脸流淌着鲜血和红色颜料，可想而知那场面会有多狼狈。虽然，只要子弹稍微偏离一点，就会射入李月城的眼睛，就会危及到李月城的生命。不过，那一定不是下手者的目的，否则他没必要煞费苦心地制作这样的铅包弹。所以，下手者很可能就是为了羞辱李月城而来，由此也可以大胆推测出，下手者必定有着高超的狙击技术——他有十足的把握正中李月城的眉心。

凌晨3点，即使是在夜生活繁华的都市里，也不是一个很早的时间了。但今天的这个凌晨3点，首尔的很多地方都热闹得像在过新年。李月城的世纪演唱会和演唱会即将结束时发生的惊人一幕，吸引了去了现场和没去现场的人们，他们急切地交谈着，渴望知道更多的内容。

“我说，这件事是真的么？”一个年轻人坐在街边的小吃摊上，一边喝着烧酒，一边问自己的同伴，“该不会是那些急着当巨星的新人们雇凶杀人吧？”

人们并不知道，那惊人一幕的背后，还有一次枪击事件。于是，年轻人的同伴毫不犹豫地嘲笑了他：“拥抱也能杀人吗？我看，那最多是一个太爱月城大人的家伙发了狂吧！”

灯火辉煌的MMJ大楼顶层会议室里，金熙子一边揉着几个小时之前几乎被安保人员抓得脱臼、到现在还在痛的肩膀，一边低头看着脚下厚厚的地毯。她旁边的位置上，坐着安吉拉和李月城。他们共同面对的，是MMJ公司最重要的六名董事会成员。

安吉拉的脸色依然很不好看，但她看向金熙子的目光，无疑是充满关切的。

两个小时以前，按照负责人的命令，两个不动声色的安保人员悄悄地接近了那组射灯，他们看到，在射灯组金属框架的正中央，静静地平放着——一把自制的狙击步枪。等到体育馆内的散场观众完全离开之后，警方的鉴定专家又在舞台的一处红色背景上找到了很不协调的红色——自制铅包弹弹射出的猩红色颜料。鉴定专家按照弹痕距地高度及弹头夹地角度综合判断，狙击者瞄准的，是李月城额头的位置。

金熙子说的是真的，有人对着李月城开枪，而她，保护了他。

于是，金熙子马上由莫名其妙的破坏分子，变成了当机立断的大功臣。不过，MMJ 公司的公关部门和安保公司一致认为，这次演唱会上的偷袭事件应该做淡化处理，否则很难说会不会有更多的心理变态、渴望出名或是有其他目的的人来破坏 MMJ 公司的剧组拍摄、其他演出，甚至再次偷袭李月城。不容冒险！他们面对的家伙可能非常危险。因为南侧的一名安保人员说，记得演出进行时，一直有个安保人员站在射灯组周围，只不过射灯后侧的灯光太暗，他并没有看清那到底是谁。事后调查证明，那里是两个固定安保位置的正中央，根本没有安保人员被安排在那里，而那两个固定安保位置上的安保人员，都以为那只是个偷懒的流动安保人员。换句话说，那个家伙能够判断出固定安保位置、洞悉他人心理、借助环境巧妙地隐蔽自己，而且有着非同一般的心理素质——他居然胆大妄为地穿着制服在那里站了三个多小时，一直等到最后那个绝妙的狙击时机。这是个何等可怕而冷静的狙击者！

但另一方面，有的警员认为，这个家伙可能不会再做出什么危险举动了，因为，自制狙击步枪旁边还有 4 发同样带着红色颜料的铅包弹，而对于一个可以在那样远的距离击中目标额头的狙击手来说，他完全可以在现场做出反应前、从容不迫地将那些子弹压上弹膛，发射而出。但他没有。

对此，警方的鉴定专家们不持乐观态度，其中一个鉴定专家言简意赅地说："那只不过是因为，李月城已经被扑倒，他失去了目标而已。"

同时，鉴定专家还说，这种铅包弹如果击中李月城的额头，肯定不会致命地贯穿头颅，但李月城会是满脸流淌着鲜血和红色颜料，可想而知那场面会有多狼狈。虽然，只要子弹稍微偏离一点，就会射入李月城的眼睛，就会危及到李月城的生命。不过，那一定不是下手者的目的，否则他没必要煞费苦心地制作这样的铅包弹。所以，下手者很可能就是为了羞辱李月城而来，由此也可以大胆推测出，下手者必定有着高超的狙击技术——他有十足的把握正中李月城的眉心。

……

会议反复讨论之后，给出了最后的决议，面对媒体和公众，MMJ会给出这样的回复：一个疯狂迷恋李月城的歌迷化装成工作人员混入后台，做出了那个荒唐的举动。

金熙子走出会议室时，脸上并没有自己当了英雄却不能被报道的沮丧，她高高兴兴地抬起还没恢复正常的手臂，颤抖着对着李月城做了一个V字型手势。

安吉拉看着这个少女兴高采烈地离开，轻轻地说："月城君，你说得很对，这的确是一个非常值得期待的女孩。"她看看微笑着的李月城，又说："但是她从今以后再也不能出现在台前了。"

保守一个秘密或者圆一个谎言，总是要有人做出牺牲的。金熙子愿意就这样放弃吗？

李月城的脸上，看不出惊愕或是反对，他没有回应安吉拉，显然，他陷入了另一种思考。

等在会议室门外的安一郎，一把把金熙子搂在怀里，紧张地说："熙子，到底是怎么回事？"

已经对公司郑重承诺会守口如瓶的金熙子在安一郎温暖的怀抱中，终于放松了紧绷着的神经，她轻松地耸了耸肩膀："一场意外。"

金熙子清楚自己放弃了什么。

可是，我愿意。

保护好月城君，让他安全且安静地继续着以后的工作和生活，大概就是我为心爱的电影，能贡献出的最大力量了吧？是的，我愿意。

不等安一郎再问，金熙子已经轻快地挣脱他的怀抱，俏皮地歪着头说："我累坏了呢，我要坐你的高级轿车回家呀！"

长达数小时的会议和金熙子的避而不谈，让安一郎知道，真相绝不会是一场意外那么简单。可安一郎没有再问，他只是看着她如春风中摇曳的花一样的笑容，千依百顺地点了点头。

只要她是健康而快乐的，就比什么都重要。

在快速移动的暗色车厢内，乘坐者可以看到飞速向后掠去的路灯拖曳着长长的、流星一样的光芒一闪而过。金熙子托着下巴，呆呆地看着那些闪烁的灯光，又好像是在盯着穿透那些光带的某个地方。她带着淡淡绯红的脸蛋显得娇羞迷人。

坐在一旁的安一郎着迷地看着不太明亮的光线下的金熙子，他漆黑的眼睛温柔无边。

金熙子脸上的娇羞却不是因为安一郎的注视，她是在想，众目睽睽之下，她竟然那样勇敢地拥抱了所有女性心中永恒的白马王子——温暖的李月城。

安一郎并不知道她在想什么，他轻轻握住了金熙子的右手。

如梦初醒，金熙子缩回手，问："一郎君，承恩君呢？"

提到尹承恩，安一郎略带气愤、无奈地说："这家伙，演唱会开始没多久就不见了，直到散场也没见他回来。打他的手机，一直是关机呢。"

"真的吗？他会不会是不舒服？"金熙子紧张起来，全然不顾安一郎说尹承恩的手机是关机状态，就掏出粉红色的手机熟练地拨通了尹承恩的号码。

"喂？"尹承恩冷冷又懒懒的声音传过来。那是睡眠被打扰之后的不耐烦。

金熙子松了口气："喂，你这家伙，原来并没有不舒服啊，为什么演出还没结束就不辞而别呢？好歹你也是MMJ的一员，怎么都不为自己的公司打气呢？"

尹承恩靠在枕头上，调整了一下自己的坐姿，叹了口气又冷冰冰地说："我总有权力选择不看自己不喜欢的演出吧。而且拜托你，现在是凌晨3点半，怎么说这也是正常人需要睡眠的时刻吧？不管发生什么，请不要在这么晚随便打别人的电话。"

金熙子听到那边传来挂机的"嘟嘟"声，嘟了嘟嘴做个鬼脸："坏脾气的家伙。"她笑着对安一郎说："唔，我觉得承恩君的审美的确有问题,居然会不喜欢月城君的演唱……"

安一郎宽容地笑笑:"也许,这正是他独一无二的特点呢。"

在门口告别了安一郎后,到了家里,金熙子发现姐姐金英子还没有睡。她皱着眉头坐在客厅的沙发上看电视,虽然声音关了,但从那熟悉到不能再熟悉的场景,金熙子还是发现……她哀叹着说:"为什么会这样啊?"电视屏幕上,一行字正滑过金熙子扑倒李月城的画面——疯狂女歌迷,冒充工作人员袭击巨星李月城……

金熙子正试图对金英子解释什么,金英子已经对她摆了摆手:"我都知道了,别忘了我也在现场。"这就是为什么金熙子晚回家这么长时间,金英子没给她打电话的原因。她目睹了整个事情的经过,并猜测到了金熙子一定是回 MMJ 参加应对紧急情况的协商会议了。

金英子皱着眉说:"我觉得我们遇到了一位老熟人。"她甩过来几张传真纸,散落在金熙子和她中间的茶几上。金英子沉思着说:"准确度和手法的干净利落,以及直打要害的方式,很像那个人。"

金熙子当然知道姐姐说的那个人是哪个人。就是在 CS 战队对抗中,枪法毒辣的那个神秘少年。她一边拿起传真纸看着,一边说:"姐姐,这家伙真是恶趣味,他实在是太喜欢这种讨厌的恶作剧了。"

金英子说:"这不是一个恶作剧那么简单。你看的是我在警方的朋友发过来的传真,是现场发现的狙击步枪的组装元件分析。你看,根据现场的调查和检测,这 8 个元件应该是被事先分别藏在体育场的某些角落里,其中可以确定南侧和北侧的厕所里藏过其中两个元件,因为那里找到了包裹元件的塑料包装。而其他元件则有石灰或是塑料碎末,所以,很可能是藏在座位下、栏杆的空心里。这些分布在那么大的体育馆里的微小地方,不是警方可以很快确定的。但毫无疑问,是有人有预谋地将这些元件藏好,因为分散,又很容易躲过安全监测,所以,他才能从容不迫地安装好这把简易的狙击步枪。"

真是个头脑清楚、镇定冷静又残酷的家伙。

一想到台下有个冷血的杀手在窥视着月城君,金熙子后怕起来:

“那月城君不是很危险吗？如果下次他再用枪……”

金英子皱着眉头，陷入沉思，片刻过后，她肯定地说：“他不会再用枪了。”

英子姐为什么这样肯定呢？金熙子想起了在公司的紧急会议上，那些乐观的警员也提到，那个狙击者可能不会再有危险的举动了，于是她问：“是不是因为他只开枪一次，而不是把子弹都用完？”

金英子摇了摇头，她看着金熙子说：“不是因为那个……而是因为，他没有带走子弹。”

金英子的话并不是太好懂，如果是在以前，金熙子一定会满脸疑惑地看着她，可经过特别安保训练的她，立刻就明白了姐姐的意思——狙击者不带走枪，是因为目标太大，他无法将它带走，而子弹，捏在手里或是不动声色地揣进口袋里都无不可。狙击者居然会丢弃费了那么大心思制作的铅弹，无非只有一个理由——他不会再用到它。

金熙子还没来得及说话，电话突然响起，金熙子接起电话，一个高中同学迫不及待地问：“喂，那个扑倒月城大人大摸特摸的花痴女就是熙子你吧？”

呃？金熙子还没反应过来，对方已经兴奋起来：“果然就是熙子你吧，我现在在《首尔娱乐》实习，请你把成功骚扰月城大人的心路历程告诉给我，我做个独家新闻。熙子你也就成名了，说不定还有机会再次和月城大人……”

啪！金熙子挂了电话，但旋即，那电话又不知好歹地响了起来。

金熙子火大了，抓起电话咆哮起来：“不要以为大家是同学就可以为所欲为哦，不要再打到我家里了，小心我告你骚扰……”

“可是，刚才你骚扰我，我并没有那么火大。”

金熙子一愣。原来是尹承恩。

尹承恩冷冷地说：“打你的手机，居然没接，还自动转接到家里的电话。我只想问问你，明天公司是不是正常上班？如果是的话，麻烦你帮我请一天假。”

啊？金熙子气愤地说："为什么让我帮你请假？"

尹承恩一字一顿地说："因为，刚才，是你打了我的电话，惊醒了熟睡中的我，我失眠了。"

金熙子气馁地说："是，承恩君，请放心。"那端没好气地挂了电话，金熙子检查了一下包包。原来，刚才给承恩君打过电话后一直把手机攥在手里，下车时竟然忘在安一郎的车上了。

真是粗心。金熙子并没有多想什么，只是嘟囔了一声，就没再打扰沉思的姐姐，疲倦地去洗澡了。

返回安宅的途中，车子无声地快速行驶着，安一郎看着那部粉红色手机上"尹承恩"的未接来电，目光有些迟疑，沉思良久，他缓慢地打开了手机的通话记录……一排拨出的电话号码中，"尹承恩"整齐地占据了大部分空间……而"安一郎"，全部是收到的电话。

三个人各自的位置，就像这通话记录上所显示的那样，不是很清晰明了了吗？

安一郎"啪"地一声合上手机，再将其紧紧握在手心，拳头抵在了前面座位的靠背上。

司机警觉地从后视镜中向后看了一眼："少爷，有什么事吗？"

安一郎瞬间恢复那种平和、亲切的神情："不，没什么事，回家吧。"

在首尔的另一端，尹承恩的单身公寓中，再也睡不着的他烦躁地起床，走到冰箱前取出一瓶橘子汽水，而后打开了电视——还是那个从发生了以后就被反复重播的镜头，但已经有了解释的字幕和稍后警方发言人将做公告的预报。

尹承恩揉了揉眼睛，边喝橘子汽水边坐在沙发上，看着电视，许久，他的唇角突然露出一丝含义不明的微笑。然后，他关了电视，关了灯，舒服地躺在床上，很快就睡着了。

第十章

苦恼的金牌幕后金熙子和她的知音尹承恩

当然，除了公司高层、安吉拉以及月城君，没有人知道金熙子做了什么，所有内部人员得到的“内部”信息都是：为了用欢笑来帮助韩国摆脱经济危机的阴影，公司特意安排了“花痴粉丝乱摸巨星”的戏码，谁料被选中饰演花痴角色的金熙子现场激动过度，才导致了犹如凶杀现场般的效果。不过，够新颖、够轰动，实在是难得一遇的好创意，谋杀了全国所有文化娱乐报刊的头条位置……

虽说演艺圈总是给人鱼龙混杂、争名夺利的坏印象，其实，这里却是所谓的世间伦理保持得比较好的场所，尤其是“门规”森严的MMJ，哪怕是再红在当下的后辈，见了只是一辈子跑惯了龙套的前辈，不管心里怎么不情不愿，也是要微笑着毕恭毕敬地叫一声“前辈”的。否则，平日里当他们是个宝的经纪人们，也会毫不客气地斥责起来。

但是红起来的同辈是不是还会对同辈礼貌客气，那完全就要看个人的修养了。

呃，也就是说，很少有红起来的人还会对同辈礼貌客气的……

所以，一直和金熙子、尹承恩一起吃饭聊天的安一郎，就成了小字辈MMJ艺员“平易近人”的好榜样。“哎呀呀，不愧是未来的大明星一郎君，真的是好修养，尹承恩那小子那么老土又脾气怪异，一郎君还能和他做朋友。”“可不是嘛，还有那个身材像麻杆一样单薄的丫头，叫着寒酸的名字，什么‘金熙子’的，一郎君看着她也不反胃。”这种冷嘲热讽的八婆腔，从安一郎出现在MMJ就没停过。

直到现在……

“哎呀，熙子小姐呀，请问您这条光彩夺目、目中无人、人中龙凤、凤舞九天、天地英雄、雄鸡起舞的腰带是在哪里买的呀？肯定很贵吧？”真难得眼前说话的这个女人的好口才，一边说还一边忙里偷闲地掀起金熙子的外套，假装是在看腰带被遮住的部分。

“呃，我是在，那个，三洞亭的一个小店里买来的，那个，”金熙子手足无措地进行着消极而微弱的抵抗，“不是很值钱，只是，吃碗冷面的价格。”

“哎呀呀，熙子小姐您真是在说笑了。”女人捂起嘴来，发出一阵令人毛骨悚然的干笑,“有月城君的庇护和一郎君的守护,您的腰带肯定能买下整个冷面店呢!”不等金熙子说话,她已经花枝招展地摇着腰肢向外走去了。

她只是为了和金熙子没话找话地套个近乎吧?还是在话里有话地讽刺我呢?呃……话说回来,这个人是谁啊?

真是莫名其妙。金熙子呆呆地站在原地,还没有从那个女人肉麻的恭维和不知确切含义的话中清醒过来。真是华丽丽、轰隆隆的一个大雷,雷得金熙子眼冒金星。

很不适应这种突然天上地下的生活。演唱会之前,金熙子只不过是一个偶尔被月城君欣赏一下并顺利转正的幸运儿,现在突然就成了整个公司上上下下谁见了都要聊几句的大红人。金熙子摇了摇头,哎,命运真是很会恶作剧呢。

当然,除了公司高层、安吉拉以及月城君,没有人知道金熙子做了什么,所有内部人员得到的“内部”信息都是:为了用欢笑来帮助韩国摆脱经济危机的阴影,公司特意安排了“花痴粉丝乱摸巨星”的戏码,谁料被选中饰演花痴角色的金熙子现场激动过度,才导致了犹如凶杀现场般的效果。不过,够新颖、够轰动,实在是难得一遇的好创意,谋杀了全国所有文化娱乐报刊的头条位置……

公司公开发给“花痴演员”金熙子一个厚厚的大红包,“以资鼓励,下次好好努力”。对于金熙子来说,这真是让她哭笑不得的一个大奖。公司高层开会时对全体员工说:“金熙子是个好员工。”

吁,高层公开表扬一个名不见经传的初进员工,不就等于在培养其他员工对她的敌视、变相鼓励大家去挑剔她嘛!真不知道高层是水平太低,还是故意要看金熙子我的笑话!这两天,金熙子都是在这种不认识的人的莫名其妙的态度中度过的。更别提到了工作的办公室,还要面临那一帮熟家伙半真半假的调侃了。

而且这几天,安一郎一直被几个剧组的导演借来借去地忙着拍戏,完全不能陪她度过这无奈的时刻。至于尹承恩,鉴于他毒舌功夫一流，金熙子躲还躲不及呢，哼，真不知道这家伙会怎么说她的“花痴”事迹。

好不容易捱到中午，金熙子灰溜溜地夹着饭盒溜到花园假山后面的梧桐树下——经过前两天如坐针毡的日子之后，她已经学聪明了，与其去饭堂在几百双眼睛的轮番扫射下吞咽困难，还不如找个清净的地方美美地品尝姐姐亲手做的爱心便当呢——哇，是鳗鱼盖浇饭和辣萝卜，啧啧……金熙子扬起头，闭着眼睛陶醉在鳗鱼那种淡淡的香味中。

“唔，很好吃呢！”金熙子的耳边突然传来很直接的咀嚼声，“唔，萝卜条酸甜辣咸配合得恰到好处，留给熙子你。鳗鱼不太好吃，那我就开动啦！”

“喂！”金熙子睁开眼睛，却只看到被烤鳗鱼的酱汁染成灰褐色的米饭和零星几条辣萝卜，她两日来都没机会爆发的火气倾巢而出，“喂，尹承恩，你死定了！”

该死的尹承恩似笑非笑地看着她，嘴里已经塞得满满的，还在拼命把鳗鱼的尾巴往嘴里塞。他呜呜噜噜、含混不清地说：“根据我的观察，昨天……前天……你都没什么胃口……剩了好多饭菜……真是可惜……厨房的那些家伙们做的东西丢了也没办法，可是英子姐姐做的爱心便当……绝对舍不得丢呢！虽然只吃过一次，就忘不掉啊，嗝……”他咽下了辣萝卜和烤鳗鱼的混合体，美美地打了一个饱嗝。

啊啊啊，金熙子被这家伙无厘头的话和风卷残云般的吃相气得火冒三丈，可没等她说话，尹承恩已经把表情从死皮赖脸的刻薄换成了一脸无辜的惊讶：“啊，怎么，难道我猜错了，难道熙子你其实很饿，其实很想吃？”

啪，金熙子捏断了手里的竹筷，额头上暴起了三条黑线。这个既无耻又无赖的家伙……

这时，手机突然响起，是一郎君。金熙子按了粉色手机的接听键，可是一时还来不及调整情绪，于是声音怪怪地说：“喂，一郎……”尹承恩突然又很大声地打了个嗝。

该死的,没吃相的家伙!

安一郎站在 MMJ 大厦副楼的饭堂二楼那巨大的玻璃窗前,听到话筒里的异音愣了一下,慢慢地问:“熙子,你在哪里?和谁在一起?”

金熙子说:“我在花园,和承恩君在一起。”

是的,承恩君。不需要再说其他的什么了,这三个字就够了。安一郎把手机缓缓地挪开,远远地放在眼前,看着屏幕上的通话时间一秒一秒地变化,心头涌起了异样的感觉。接着,他缓缓合上了手机的翻盖,把手机放在嘴唇上,似乎在等待着什么。

“奇怪,不知道一郎君他在搞什么,又不说话。”金熙子看了看手机,不知所以然地嘟囔着。

“你不打回去吗?”尹承恩似笑非笑地看着她说。

“肯定没事啦,有事他会再打来的呢。”金熙子大咧咧地说。

时间一点点过去,安一郎的腿渐渐变酸。

是的,她没有打过来,她从来没有打过来过。

他很想像没发现这一点之前那样,毫不介怀地做着自己该做的事情。

但此刻的心里,带着隐隐的疼痛。

他骗不了自己。

安一郎慢慢地闭上了眼睛,唇角扯起一个古怪的笑容,随后,他恢复了常态,顺手把手里拿着的便当盒丢进了一旁的垃圾筒,回身匆匆离开,很快就消失在 MMJ 大厦另一侧的影棚门口。

午饭时间过去了,扫地的阿伯无意中瞥了一眼垃圾筒:“咦,是谁那么奢侈浪费啊!很不错的手工料理嘛!”一块显然经过精心烹饪的牛排混杂在杂物里,原本配在旁边的碧绿花椰菜和红玛瑙般的圣女果可怜巴巴地散落在周围。

MMJ 大厦背后的小巷里,金熙子蹲在街边大口大口地吃着放了好吃泡菜的冷面,她斜着眼睛瞪尹承恩:“英子姐做的东西那么好吃,你觉得拉我到这种小店里，吃几根黏糊糊的冷面，就可以让我放弃追究你的责任吗？”

没等尹承恩说话，一个比起尹承恩的冷嘲热讽来说，应该叫做阴阳怪气的声音响了起来。

“唷，那还真对不起你哈，我们这种做黏糊糊的冷面的小店还真是委屈你了呢。”

金熙子嚼着面条回头，只见一个胖厨师正面部扭曲、眼神愤怒地盯着她。糟，看样子，他就是小店的厨师长兼店主。金熙子差点把嘴里的面都喷出来。

尹承恩“扑哧”一声笑出来，扭头对店长说：“怎么说人家也是知名人物，挑剔一下也是应该的嘛。”

“知名人物？”胖厨师将信将疑地看着金熙子，突然紧缩的眉头间绽开一个恍然大悟的神情，“喔，喔喔，你就是那个熊抱月城君的花痴女人嘛！”他哈哈大笑，扭头向着店里的客人亮开嗓门大喊，“喂，出来看花痴哦！”

糟上加糟。金熙子把碗一甩，拔腿就跑，堪称光速。尹承恩看得瞠目结舌。

老板在后面喊道：“喂，名人也要给钱呀！”

真亏了英子姐每个周末的秘密特训，嗯，还有演唱会前的封闭特训，金熙子现在的体力和速度简直超越常人。不过呐，嘴里饱饱地含着一团冷面，到底呼吸受阻，跑起来就有够吃力了。5555，为了逃避尴尬，金熙子还真是拼上了一条老命呢！

MMJ 的当班门卫远远地看到一个人飞奔而来，就从门亭里走出来，准备检查来人的出入证，谁知飞奔而来的那个人突然“扑”地一声，吐出一大团冷面。门卫目瞪口呆地看着眼前这个吐了面又弯下腰大口大口地喘着粗气的丫头，而且最关键的是，那张扭曲的奇怪的脸上还忙里偷闲地抬起来，对他挤出了一个微笑——呃，真是有够不协调……

“咦，原来是花……”当班门卫突然高兴起来，指着金熙子说，“喂，你不就是那个花……"

"嗯嗯嗯,就是我,但是拜托你不要说完后面的话。"金熙子一叠声地承认。

这时,尹承恩已经不紧不慢地来到了门口,递给金熙子一张纸巾。

金熙子吓了一跳:"喂,你怎么会速度这么快又不喘?"她很快忘记了午饭被抢和险些被围观的尴尬全因这个人而起,兴高采烈地捏了捏尹承恩的腿:"喂,果然腿长要占很多便宜呀!"

尹承恩仿佛没感觉到她正在捏着他的腿,他双手插在口袋里,悠闲地对着大门另一边说:"一郎君,终于忙完了吗?"

金熙子抬起身来,果然看见安一郎正停住脚步,呆呆地看着他们。她继续着兴高采烈的状态,热情地招着手:"一郎君,你终于忙完了呀……"

"嗯。"安一郎淡淡地应了一声,想了一想,才走近他们。

"喂,反正大家的工作都告一段落了,找个地方坐坐吧,我请客,我那个扮演'花痴'的大红包还没用呢!"金熙子笑着说。她并没注意到,安一郎对她并没有平时的那种热情,他的眼神和表情,都是淡淡的。

尹承恩看着安一郎,说:"发生什么变化了吗?"

这感觉敏锐而且说辞直接的家伙。

金熙子依然不在状况地笑着说:"喂,难得我请客呀!一郎君,一起去吧。"

安一郎眼中闪过一丝闪烁不定的光芒,终于慢慢地点了点头:"好吧。"

为了避免被围观的尴尬,金熙子把帽舌压得低低的,还特地选择了咖啡店最里面的角落。

尹承恩坐在她对面搅着咖啡,带着嘲笑的口吻说:"拜托,这里的店员要注意,也不会是注意你吧?"可不是嘛,有玉树临风的安一郎在,哪轮得到金熙子抢风头?但这两天受惊吓过度的金熙子已经完全顾不得逻辑和道理了，她小声嘟囔着说："啊啊，以防万一。"

安一郎似乎有什么话要问，却只是看看正在以蛋糕来弥补饱受折磨的胃的金熙子，并没有说话。

反倒是尹承恩，兴趣盎然地问："我说熙子，你这家伙被选中去演花痴，这么大的事情居然都不和我们打个招呼，害得我们着实被吓了一大跳呢！我不知道一郎君当时在现场是什么表情，提前离场的我可是在家里电视机前喷出一口茶水呢。"

金熙子以恐吓夹杂着哀求的眼神看着尹承恩："那个，能不能不要提这个事情了。"

尹承恩开始毒舌了："其实，我倒觉得是熙子你一时冲动做了花痴，公司是为了掩盖丑闻才说什么'提前安排'之类的话，我猜对了吗？总之嘛，熙子这种头脑不灵活又爱出状况的家伙，应该没理由被公司委以重任的。"

嗳？还真难得呢，这家伙是唯一一个猜的最接近真相的，还真的是我一时冲动冲上台去呢。这样想着，金熙子就有了一种"真是知音"的表情，对着尹承恩微笑了一下。

安一郎眼神一跳，他立刻觉察出，自己对金熙子的这个微笑有些在意，但很快，另一种真诚的关切代替了刚才的在意："熙子，你真的要在 MMJ 做一辈子的幕后人员吗？你进这个圈子的最终梦想就是做一个幕后人员吗？"

金熙子被他的话给问愣了，她实在无法说明"保护了月城君就是实现了自己的梦想"，她只好敷衍着说："我没有这么说过吧？尽管，尽管我还是不确定我的梦想……"

尹承恩懒洋洋地靠在沙发靠背上："有这么大的丑闻，公司疯了也不会让你出现在台前的。别说是登台亮相的艺员或是演员，就连会与公众发生联系的策划、公关或是经纪人也没希望了。你只能做个影子。就像你现在在做的工作，服装和化妆。"他把脸凑近金熙子："喂，怎么样，已经见识过演艺圈残酷淘汰规则的你，就放弃吧，就离开 MMJ

吧。我真心希望你离开 MMJ。”

尹承恩的最后一句话中，带着由衷的真实。安一郎的心里忍不住涌起一个疑问：尹承恩为什么希望金熙子离开 MMJ？

尹承恩注意到了安一郎的表情，他耸了耸肩：“我说的是真心话，只有这个心怀美好的傻丫头离开了，我才能心安理得地做我自己的事情，比如翘班、偷懒、拖工作。她的心地太善良、做人太积极，和低调而阴暗的我实在是路窄的冤家。”

是的，阴暗。安一郎的脑海中，将认识尹承恩的前前后后快速地思考了一遍，突然之间承认了尹承恩自己的说法。这个从日本回到韩国的少年，就像一堵冰冷的高墙，用刻薄和冷漠遮蔽着什么，他的身后，就是深深的一片阴影。

安一郎忽然很想把金熙子从这个人的身边扯开，从一个看不清楚但注定巨大的阴影，或者危险之下扯开。他警惕地看了一眼尹承恩，却发现他正似笑非笑地看着自己，眼睛里同样是捉摸不定的光芒。

危险。可以感受到这个少年目光下的危险了。安一郎下意识地微微挡在金熙子的面前。

金熙子大叫起来：“喂喂，人家在吃东西呢，你干吗要靠过来挡在桌子前面？”

无法和她解释。安一郎再去看尹承恩时，却发现他的目光已经清澈下来。

尹承恩懒洋洋地说：“她还没吃午饭哦，可不要挡着她，让她饿肚子呢！”

难道，是自己的错觉？

或许吧。

但愿吧。

安一郎沉默地将身子坐正，喝着自己的咖啡。

金熙子咽下嘴里的那块蛋糕，继续着尹承恩刚才聊到的话题：“我是不会随便放弃我的梦想的……”

尹承恩哀叹了一声趴在桌子上:“拜托,你又口口声声地提到什么梦想,请问你到底有没有想起你的梦想是什么啊?”

金熙子被他问得卡壳了,支支吾吾地说:“暂时还没有……不过很久很久以前……”

尹承恩嗤之以鼻:“嘁,还不是没想起来,这才是重点吧?”他不再理会金熙子,而是看着安一郎,“那么,最近忙碌的两天多,有着什么样的心得吗?那些剧本演起来过瘾吗?”

说起这个,安一郎倒是有些体会。当一个演员在剧中的角色慢慢重要起来、出演的场次渐渐多起来,考验就理所应当地到来了。这种真刀真枪的排练和高中时代的戏剧排练是截然不同的——真正的电视剧或是电影的拍摄,并不是按照剧本一个镜头接一个镜头地拍摄的,而是由制片主任把每位演员自己的戏码集中在一起,然后按照各个演员的档期来安排拍摄时间,换句话说,同一部电影中的两位演员,如果他们没有对手戏,那么他们可能是根本见不到面的。

考验并不单纯来自于此,还来自于,有的镜头,演对手戏的演员可能并不在场,而你却必须按照对手戏的场景和情绪来演独角戏。这对安一郎来说,虽然并不是特别吃力,但也要非常集中精神、进入状态才可以。

安一郎说:“唔,还算过瘾呢!”

或许,这就是这两三天都没有时间去好好思考和熙子之间的一切的原因吧。

又或许,这样让自己集中精神,只是不愿意给自己去思考和熙子之间的一切的时间吧。

可就在这一刹那,安一郎也明白了自己工作顺风顺水却并不开心的原因——新的工作虽然新奇又刺激,但若没有熙子和他来分享这一切,又有什么意义呢?

安一郎在心里暗下决心,决定要找个机会对熙子彻底打开心扉。

——做一个别人眼里成功和幸运的未来新星,比不上做熙子身旁开心和坦然的……男朋友……这样想着，安一郎心中那种钝钝的不快和隐隐的疼痛，就消失殆尽了。

他重新阳光地微笑起来，侧过头，专注而疼爱地看着边吃边说笑的金熙子。

只要她，快乐就好。

坐在他们对面的尹承恩，捕捉到了安一郎神态上的变化，嘴角露出了不易察觉的微笑。

在愉快的谈话中，傍晚很快来临了。安家的司机来接安一郎时，安一郎理所应当地要送金熙子回去。站在咖啡店外的人行道上，安一郎看着尹承恩："承恩君住在哪里？也送你回去吧。"

尹承恩笑了笑："我住的不是很远，我走回去就好了。"

金熙子歪着头看着他："住的不远是吗？那为什么从来不邀请我们去做客啊，真是的。"

尹承恩不露声色，淡然地把手插进裤兜，没什么表情地看着快要坠落到地平线之下的太阳："我家里不是很好玩，我想你们不会喜欢那里的。"

金熙子做了个鬼脸："不邀请就是不邀请嘛，还要把责任都推到我们'不会喜欢那里'头上，还真是没礼貌呢。"这样说着，她已经笑着坐进了车内。

安一郎替她关了车门，又走到另一侧开了车门，隔着车子看着尹承恩："再见。"

"嗯。"尹承恩漫不经心地微微点了点头，就转身离开了。他始终没去接触安一郎的视线，颀长挺拔的背影逆着夕阳落山的方向消失了。

车子从他身旁经过，恰好是十字路口，于是，尹承恩向左，安一郎他们向右，彼此之间的距离越来越远。

就像一个有着古老寓意的场景。

车子里，安一郎问："熙子，你怎么看承恩君这个人呢？"

金熙子眨着眼睛说："背后偷偷评论别人，不好吧？不过呢，"她回想起尹承恩“一时冲动冲上台”的说法，忍不住笑了一下，完全没有思考过地脱口而出，“唔，今天下午，我突然觉得，承恩君虽然坏脾气又刻薄，但他就像是我的知音呢。”

安一郎沉默了。

看来，这不是一个告诉熙子自己的介意的好时机，也不是说出自己对尹承恩的那丝疑惑的好时机。

安一郎俊朗的面孔转向了车窗外，他那双明亮的眼睛，注视着汉江边那些反射着夕阳光芒的建筑物。

第十一章

独居的尹承恩和不受他欢迎的日本女孩

尹承恩的坏脾气和刻薄，安一郎并不陌生，但面对着下藤惠子这样柔弱可爱的淑女，做出这样粗鲁的动作，说出这样无礼的话来，确实是让人无法接受的。安一郎再次将下藤惠子半遮在身后，自己与尹承恩面对面："承恩君，下藤小姐不是你在日本的妹妹吗？"

尹承恩冷冷地说："我是家里的独生子，并没有什么妹妹之类莫名其妙的人。"

尹承恩坐在阳台里的沙发上，如痴如醉地看着夜色中斑斓璀璨的首尔城，眼中带着快乐。

隔着厚厚的双层玻璃，外面的车声、人声都消失得无影无踪。只有汽车的暗红色尾灯明明灭灭地在远处蜿蜒，只有映着路灯光的汉江波光粼粼地奔腾着。多么迷人！

就像是无声的老电影，每个情节你都是那么熟悉，但还是忍不住想欢笑或是流泪。

尹承恩喝了一口鲜榨又浓缩过的橙汁，放下杯子，再次舒展开修长的四肢。这次，他闭上了自己的眼睛，陷入了某种沉思，方才那短暂的快乐表情消失了。代替快乐的，是眉头紧锁的沉思，还有某种来源不详的阴郁。

这时，放在旁边桌子上的手机突然响了。

尹承恩一惊，下意识地戴上了左手一直捏着的眼镜，而后，才松弛下来，略带疲惫地接起了电话："喂？"

"我是下藤，一直没有承恩君的消息，你在首尔还好吗？"

久违的声音。

尹承恩的心头忽然升起一丝暖意，但背负的某种沉重让他很快收敛住这丝暖意："很好。"

"还能住得习惯吗？听说首尔并没有东京这么繁华的。"

尹承恩声音冷冷地说："我就是韩国人，为什么住不习惯自己的国家？而且，首尔的繁华并不比东京差。没有其他的事的话，暂时就这样吧。"那个温暖的声音，他多想再听一听，可是，他强迫自己挂了电话。

是生怕，那温暖，会成为他的牵绊吗？

远在东京市区的一所大房子里，东京电视台的下藤吾也看着女儿一脸惆怅地挂了电话，忍不住放下报纸："承恩他还好吗？"

17岁的下藤惠子有着兰花一样温柔的眼神，可现在，她的眼睛里含着泪水："应该还好呢，可是爸爸，"她丝毫没有掩饰那丝惆怅，"我想承恩君是不是忘记我……我们了，他的声音很冷淡呢！"

下藤吾也叹了口气："他独自一个人在首尔寻亲，当然心情不会很好。放心吧，我和首尔MMJ公司的安吉拉小姐经常会有电子邮件来往的，她答应会好好照顾承恩的。还有，"他慈爱地笑着说，"他现在是MMJ最快转正的编剧了，MMJ方面很看好他的呢。"

下藤惠子勉强笑了笑，眉宇间还是锁着淡淡的忧伤。

下藤吾也犹豫了一下，说："惠子，那个，你考上东京大学，爸爸说要给你个惊喜的……"

下藤惠子说："是。"漂亮的连衣裙还是昂贵的首饰呢？下藤惠子淡淡地想，总之是一些寻常女孩子会非常喜欢的奢侈品吧。可是，一直能猜得到的礼物，还能被叫做"惊喜"吗？何况眼下……

"就送你一张到首尔的往返机票吧！"下藤吾也微笑着说。

"啊！"下藤惠子小声惊呼起来，修长的手指掩上了温润的嘴唇，"爸爸！"

"去看看承恩嘛，我也很想念他的。但是我工作很忙，所以就拜托惠子你啦！"下藤吾也微笑着，又意味深长地说，"不过呢，相信惠子你的想念会更多一些吧！"

"爸爸！"下藤惠子白皙的脸上涌起一抹红晕，但她勇敢地直视着下藤吾也，"谢谢爸爸。"她又有些担心："可是，就这样冒冒失失地过去，承恩君恐怕会很困扰吧……"

下藤吾也一本正经地说："唔，说到这个，东京电视台方面准备和MMJ合拍一部偶像剧，会考虑请月城君主演。我这里有一份重要的合同草案要给安吉拉小姐，这个是绝密的商业信息，不方便通过快递系统传递的，所以，就拜托惠子你了！"

“爸爸！”下藤惠子感动地叫了一声。

下藤吾也忍住笑说：“唔，说到这里，我好像还没拟完合同的草稿，只好暂时放下手头的报纸去工作了，唉呀，”他装模作样地捶着腰，“我这把老骨头，真是的，都没办法休息。”

另一个国家的另一个城市里，同样的夜色四合。

尹承恩站在客厅里，吃着自己简单制作的三明治，凝视着餐桌的另一端——一个制作精美的相框立在那里，里面是一张黑白照片。照片上面，是一个豆蔻年华的女孩子，手里拿着一朵沾着露水的牵牛花。那张笑靥上，一双剪水秋眸，挺拔的鼻梁下是小巧的嘴唇。她的神情温和平静，美好得如同初夏清晨第一朵绽开的荷花。

尹承恩凝视着那张照片，慢慢地放下了手里的东西，只是一动不动地凝望着。

许久，窗外的车灯由连绵的长蛇变成了稀疏的星辰，只有汉江还是不知疲倦地奔流着。

突然，尹承恩悲恸地大叫了一声，顺手拿起桌子上的杯子，狠狠地砸向了对面的墙壁。“砰”地一声响之后，玻璃碎片哗啦啦地落在地板上，在寂静的夜里激起了痛苦破碎的声响。

楼下客厅里，还在看电视的一对老夫妻一起被吓了一跳，不约而同地抬头去看天花板。老头不满意地说：“真是的，总是在半夜发出一些奇怪的声音。”老太太虽然不满意，却还是很宽容地说：“算了算了，上次我问过他了，他说他家养了一只很淘气的流浪狗，只是暂时寄存，应该很快就不会这么吵了。”

老头嘟囔了一声：“有爱心是好事，但是也应该有公德心啊，总不能影响邻居的休息吧。”

楼上，尹承恩跪倒在桌下的地板上，无声地哭泣着，大滴大滴的眼泪坠落而下。他的手里，紧紧地捏着一张被他撕碎了又粘好的黑白照片，昏暗的光线中，看不清照片上的人。

骤然，尹承恩睁开眼睛，瞳仁里，燃烧着刻骨铭心的仇恨。

翌日清晨，没有拉好窗帘的窗子投进了太阳的光线。昏睡在沙发上的尹承恩睁开眼睛，摇晃着走进洗手间洗脸。过了一会儿，尹承恩走回客厅，他目光温和地凝视着照片里的女孩子："昨天又吓着你了吧？真对不起，我还是没有好好学会怎么控制情绪，像你那样……"

他深情地抚摸着相框："我会好好努力，不辜负你的笑容的。"

这时，往常起床时的闹钟声才响起。尹承恩"刷"地一声彻底拉开窗帘，面对着渐渐温暖起来的阳光伸了个懒腰，展露出一个由衷的微笑。

临出门时，他对着镜子戴上了厚厚大大的黑框眼镜。

他不想再犹豫了。

他也没办法再耐心等待了。

一切该重新步入正轨了。

一直以来，安一郎都很珍惜中午那匆匆的一个小时，因为这是可以安静地坐在金熙子的身边的时间，可以看她大笑而不会担心女孩子的所谓仪容，可以看她开心地吃东西而不怕身材会走形、脸上会长小痘痘。金熙子的每个举动，都能让他领会到什么是真实，什么是自信。

安一郎很清楚自己为什么那样喜欢金熙子——因为她的生活方式，就是他最向往的那种。

说起来，安一郎是赫赫有名的大企业的世家子弟，有着被无数人羡慕的家境，但他作为亲临亲受者的无奈，又有谁能知道呢？从记事起，安一郎就必须按照大家族的规矩来规范自己的言行举止，始终保持着彬彬有礼的平和状态，不能做出哭、大笑、愤怒等等表情——对于大家族的成员来说，在任何情形之下都保持平静，才叫做修养。

他必须与任何人保持距离，即使是和父母亲人在一起也不能够耍赖甚至撒娇——他接受的教育就是不能够依赖任何人，不管是从物质上，还是从精神上。

但讽刺的是，恰恰是因为他不被允许依赖任何人，所以，他依赖上金熙子——或者说是依赖上对金熙子的喜欢。只有看见金熙子，感受着自己内心的温柔，安一郎才确信，自己还是有着正常人的感情的。十二年来，这是让逐渐长大的安一郎，唯一觉得自己还是个正常人的事。

所以，这天，他匆匆换下戏服离开摄影棚，脸上的妆都没洗一下——他觉得自己可能是故意的吧——他很喜欢金熙子会表情丰富而夸张地说："呀，居然还不卸妆，你有异装癖呀？"想到这里，他忍不住笑了一下。

真想快点看到她可爱的样子。

外面的阳光正好，很有夏天的质感。虽说摄影棚里也是明亮的，但那种完全靠射灯打出的光影真的比不上太阳的亲切，安一郎深深地呼吸了一下外面清新的空气，仔细闻，还能闻到沿着汉江反灌上来的海水的淡咸味道。

都说心情好的人能感受到很多曾经被忽略掉的生命细节，原来是真的。

安一郎的好心情还有一个或许他不愿意承认的原因，那就是自从那个金熙子请客喝咖啡的下午之后，尹承恩突然像凭空消失一样，再也没有出现在午餐时的饭堂里。这几天就算是金熙子打电话过去，对方也只是淡淡地说一声"在赶剧本"就挂了电话。

这家伙是在努力呢！安一郎已经注意到，某些他正在参与演出的剧本的扉页上，已经有尹承恩的名字出现了。MMJ 从来都是人才济济的地方，但 MMJ 的用人原则又是辈分森严的——只要前辈可以胜任的工作，是轮不到一个后辈来做的，换句话说，除非这个后辈可以做出前辈所做不出来的好东西。

从险些被开除到如此被重视，这对一个刚入行的小编剧来说，真的是突飞猛进的跨越啊。看来我也要好好努力！安一郎很快乐地想。

这时，他已经从汉江另一侧的影棚走到了这边 MMJ 大厦的门口。只见在大门口，两个保安人员正站在一个女孩子的面前，神情尴尬而略带不耐烦。

那女孩子拥有着比例完美的背影，一条淡绿色的连衣裙恰到好处地衬托出她柔和的身体曲线。长长的头发垂在肩后，此刻，随着她频频的轻轻鞠躬，发丝更是显得飘逸。

走近了，安一郎才听到，原来那女孩子说的是日语，带一点点可爱的东京方言味道。

“请原谅，我可以帮助您吗？”安一郎不失分寸地用娴熟的日语说，这是他长期在日本北海道打 CS 的所得。他保持着和她的距离，站在她的右后方。对方身上有淡淡的药香，或许是在用最近国际上都很推崇的中草药日化产品吧。

女孩子轻轻侧过头来，眼睛里带着如释重负，脸上却是波澜不惊：“太好了，您懂日语的。”她莞尔一笑，笑容完美得如同雕塑，“我是东京的下藤惠子，有一封来自东京电视台的商业信函要转交给安吉拉小姐，到首尔之前曾经和她联系过，可是航班延误了，而我在机场又丢了手机和钱包，所以暂时不能联系到她。幸好一位好心的司机大叔知道 MMJ 这三个字母表示什么，就带我到这里。”

下藤惠子有条不紊地把前因后果说清楚了，这才再次微笑一下，轻轻鞠了一下躬：“还不知道您的名字呢。”

“我叫安一郎，”安一郎回应了鞠躬，礼貌地说，“我给安吉拉小姐打个电话好了。请您稍等。”联系到安吉拉，说明情况之后，安一郎在门卫那里替下藤惠子签了出入条，然后带着她去安吉拉的办公室。

电梯里，下藤惠子微微犹豫了一下，轻轻地问：“请问一郎君是否……认识一个叫尹承恩的人？大概和一郎君差不多的年纪，就连身高也很相像呢……”

安一郎微微一愣，旋即回答：“是很好的朋友呢，怎么……”

下藤惠子终于绽放了第一个真正开心的笑容，她欣喜地说：“那太好了。”她微笑着说：“等我见过安吉拉小姐后，能麻烦您带我去找他吗？我，我是他的……妹妹……”

日本……妹妹吗?!尹承恩亲口说他是韩国人啊。安一郎有一秒的惊讶，而且，他从金熙子那里知道，尹承恩出身于单身家庭，难道他的妈妈又再嫁了吗？再嫁给一个日本人，所以有了日本妹妹？但他的礼貌压倒了他的好奇，他只是微笑着说："好的，你转交文件后我马上带你去找他。"

不知不觉之间，安一郎和下藤惠子，都把对对方的称呼，从礼貌而生疏的"您"，改成了清新而自然的"你"。

当下藤惠子进入安吉拉的办公室后，安一郎给金熙子发了一条短信："我马上就来饭堂，或许还会带客人哦！"放下手机，他认真地回想着和下藤惠子见面的前前后后，忽然忍不住笑了：怪不得会一下子就熟悉了，想来，规规矩矩的她和自己应该是有着同样的成长背景吧！

真的是和尹承恩那家伙一点都不像啊！安一郎忍不住想，如果换成尹承恩这家伙，一定会半是认真半是刻薄地说："一点都不像，是因为有一个是从街上捡来的嘛！按照推理，应该是和妹妹长得一点儿都不像的那个家伙是从街上捡来的吧？"

当安一郎带着下藤惠子出现在编剧室门外时，一向眼睛长在头上、平时很看不起任何演员的编剧们蜂拥而出，纷纷客气地攀谈："一郎君，这是我们新的实习生吗？""一郎君，这个是不是我们要用新剧来包装的演员？""一郎君，这个肯定不是你的女朋友吧？不是？哈哈，那真是太好了……"

看来，只有尹承恩那家伙还算是有点定力，外面如此乱做一团，他也没出来。

安一郎原本是想直接冲过人群进入编剧室的，可他坚持着尝试了一下，就气馁地放弃了——这群平时看起来话不多的家伙们，八卦起来也是够凶的，而且队形紧密，完全没有放他进去的意思。安一郎把有些惊慌的下藤惠子护在身后，无可奈何地用家教绝不允许出现的大嗓门喊道："尹承恩。"

尹承恩嘴里叼着一片面包，握着铅笔的手挠着蓬乱的头发，懒洋洋地从门里走出来："什么事？"

下藤惠子看见他，很明显地愣了一下，然后才用带着喜悦的、甜甜的声音说："承恩君。"

尹承恩眼睛里有瞬间的高兴，但立刻冰冷下来。他僵硬在那里，目不转睛地看着下藤惠子，然后慢慢地拿开嘴里的面包，冷冰冰地用日语说："你来韩国干什么？如果是因为我的话，请你立刻返回日本。"

下藤惠子的笑容消失了，她垂着头说："实在是惦念你，所以……"

"你凭什么惦念我？我不需要你的惦念！"尹承恩无礼地、狠狠地把面包丢在下藤惠子的脚下，他声色俱厉地喊道，"回你的东京，回你的日本，我不欢迎你的到来！"

围观的人群爆出了一阵嘘声和惊叹声。"对这样的女孩子，尹承恩也会这样粗鲁！""真是怪人！""哪里的话，还不是因为地位开始上升了，才会有的可恶举动。"窃窃私语声此起彼伏。

下藤惠子猛地抬起头来，眼睛里闪动着泪花："承恩君。"

尹承恩的坏脾气和刻薄，安一郎并不陌生，但面对着下藤惠子这样柔弱可爱的淑女，做出这样粗鲁的动作，说出这样无礼的话来，确实是让人无法接受的。安一郎再次将下藤惠子半遮在身后，自己与尹承恩面对面："承恩君，下藤小姐不是你在日本的妹妹吗？"

尹承恩冷冷地说："我是家里的独生子，并没有什么妹妹之类莫名其妙的人。"

为了避免让下藤惠子听懂，安一郎说的是韩语，而尹承恩这句可恶至极的话，用的却是日语。而尹承恩冰冷的目光，正牢牢地盯着下藤惠子，摆明了这句话就是说给她听的。

下藤惠子脸色苍白，虽然努力克制着，睫毛上还是沾满了晶莹的泪花。

安一郎实在不想再让下藤惠子在众人面前难堪了，他扯过下藤惠子的手，扭头就走。他并不知道要去哪里，反正是离开尹承恩这个讨厌至极的人。

尹承恩目光阴冷，他盯着匆匆离开的安一郎的背影和频频回头的下藤惠子可怜的眼神，突然措辞生硬地喊了一句："惠子，给我回来。"虽然他说的是韩语，但惠子却好像听懂了他的话，挣脱开安一郎的手，跑回了尹承恩的身边，温柔地看着他："承恩君……"

真是不可思议的人！安一郎也不知道，自己的这句评语，是对态度恶劣的尹承恩的，还是对逆来顺受的下藤惠子的。他看了看时间，金熙子应该已经在等他吃饭了。他看了看还在僵持着的两个人，匆匆离开了。

尹承恩凝视着惠子泪水还没消失的眼睛，轻轻地叹了口气，但铁青的脸色并没有好转。他轻轻擦去了惠子的泪珠，用日语说："稍等我一下，我请假，带你回家。"

惠子看着尹承恩，顺从地点了点头。

MMJ 公司最大的特点，就是在任何引人注目的人出现的一刹那，整个公司的员工就已经开始议论纷纷了。

金熙子嘴里塞满了菜包饭，东张西望地看看周围，好奇地问："大家都在说什么呢？果然是影视航母 MMJ 啊，吃个饭的时间而已，又发生什么样的八卦事件了吗？"

安一郎说："尹承恩的妹妹来了。不过，她是个纯粹的日本人，而且姓下藤。"没等他说出"我觉得她不是他的妹妹"这句话，对面的金熙子已经有了很强烈的反应。

金熙子惊讶地喊了出来："什么？承恩君的日本妹妹？"她突然精神亢奋起来，"哇，太好了，我一直好奇承恩君的家人会不会也是那种刻薄而恶劣的家伙。喂，我们去看看她。"

安一郎平静地说："哦，那恐怕会让你失望了，她可是个温柔可爱又有礼貌的美女，简直没有一点点能和承恩君联系得上的地方。"

金熙子连连点头："嗯嗯，感谢老天，像承恩君那样的家伙，有一个就已经足够了。"她掏出手机，飞快地拨号："不得了，我还真的想快点见到承恩君的妹妹呢！真是让人好奇啊！"过了几秒，她却失望地放下了电话:“奇怪,他又关机了。”

在距离MMJ大厦不远的一处高档公寓中,尹承恩面色阴郁地看着惠子:“你为什么来韩国?”

惠子凝视着尹承恩的脸,好像没听到他说的话。她伸手想去摘下那个黑色的眼镜:“承恩君,为什么要戴着这种……”“啪”地一声,惠子的手被尹承恩狠狠地打开,她娇嫩白皙的手背立刻红肿了一片。惠子捂着疼痛的右手,不解地看着他:“承恩君……”

尹承恩一把抓住她的肩头,把她按在墙上。他恶狠狠地盯着她的眼睛:“你马上给我回日本去。听到了没有?我马上送你去机场。”

惠子被他陌生的眼神吓住了,她颤抖着说:“到底是怎么了,承恩君?为什么你和以前不一样了?告诉我,承……”她忽然看到了餐厅桌子上的像框,那张照片的女孩子让她有种似曾相识的感觉。但,那是谁呢?

尹承恩注意到她的目光,立刻放开她,顺手把像框反扣在桌子上。他低着头,不知是气愤还是什么原因,他在微微发抖。

惠子揉着肩头,轻轻地说:“承恩君,你知道我……”她楚楚可怜地看着尹承恩。

尹承恩突然将她紧紧地抱在怀中,用下巴磨蹭着她的头发,他用温柔的语气说:“对不起,惠子,我不该那么粗鲁地对你……可是,你回日本好吗?我有一件很重要的、非做不可的事情,我要专心把它做好。惠子,”他凝视着她,“答应我,好吗?”

惠子垂下了头,似乎在思考着什么。她再次仰起头来时,目光里已经多了些坚定:“不管发生了什么,也不管你要去做什么,我都要和承恩君在一起。”

尹承恩看着她明亮而坚决的眼睛,眼神慢慢柔和下来。他温柔地问:“你不会怪我对你这么……”

“我想,一定是发生了什么,承恩君应该也承受着很大的压力吧!”惠子疼惜地看着他,轻轻地摘下他的眼镜,“如果你不想解释的话,我可以不要你解释的。"她看着那双久违的眼睛，温柔而羞涩地笑了。

两个人牵着手，坐在了面对着汉江的沙发上，一起呆呆地看着外面的风景。很久，尹承恩问："你……考上……"

"东京大学，"惠子由衷地笑着说，"嗯，就像我们很久以前约定过的那样。"她带着惋惜的神情说："其实，如果承恩君你不放弃学业的话……"

尹承恩微微皱了皱眉头。考上东大。从读书起，一直到 16 岁，尹承恩都是这样和惠子约定的。可是……比起自己要做的那件事请，考上东大又算什么呢？那只不过是人生的一次小小的、甚至可有可无的选择而已。他想了想说："惠子，请你，请你在首尔期间，不要和其他人接触好吗？"

那么，承恩君，是同意我留在韩国了吗？

惠子羞涩地笑了："嗯。"她轻轻咬住了差点说出来的一句话，"我只是为你来的呢！"

尹承恩长长地叹了口气，他皱起眉头，陷入了深深的沉思。

第十二章

明星导师和尹承恩的秘密

就在这时，靠近摊子旁边的一个看起来很落魄的人接过了他的话:“李月城,李月城还是我当年做星探时看中的呢,运气真好，一下子就红了……”那个酒气熏天的人嬉皮笑脸地蹭了过来:“喂,我说,看起来你们也很有明星气质,就让我帮助你们成为当红的明星吧。”

“喂,为什么不带你妹妹出来玩呢? ”金熙子在手机里叫了起来。

尹承恩的声音冷冷的:“我很忙,你这个公司的闲人请不要随便打扰我好吗? ”他放下了手中的铅笔,摘下眼镜,疲惫地揉了揉鼻梁,而后警惕地看了看周围忙碌的人,迅速戴上了眼镜。

他面前散乱地放着几十张写满了字的信纸,有复杂的人物关系表,有零乱的词语组合,还有剧本的提纲。尹承恩烦乱地说:“好了,就这样吧。”他挂了手机,而后关机。

做一个伟大的编剧有多困难呢? 尹承恩扶着额头陷入了思考。

下藤伯伯说,有个好的创意,而后是列出好的提纲。当提纲这个骨架精炼而精彩后,只要再加上符合每个人物性格和身份的对话、恰如其分的场景就可以了。

可是,尹承恩完全按照下藤吾也的教导去做了,却没有成为一个伟大的编剧。是的,他奇迹般地在短短几天内,被影视界的航母公司MMJ 录取为正式员工,这是一种难得的荣耀和赞赏。但成为正式员工之后呢?他和身边那些所谓的资深编剧们又有怎样的区别呢?没有,或者,差距并不大。他的进步和成长是快得惊人的,但,那还不够!

尹承恩长长地吸了口气,而后徐徐吐出,强迫自己静下心来去面对着面前的各种资料。

他要写的,是一部精彩到每个人都要惊叹、都要俯首称臣的作品。只有这样,他才能……

想到这里,尹承恩突然焦躁起来,他猛地推开桌子上的材料,站起来大踏步地走出去。他是突然觉得气闷,觉得要窒息了。他乘坐电梯上到了顶层天台。

这里可以俯瞰汉江的天台，总是会有足够大的风，足够新鲜的空气。

尹承恩身手敏捷地跳到天台边缘宽宽的晒台上，心满意足地坐下，任凭疾风吹乱他额前的头发。

就在他刚闭上眼睛准备享受片刻的安宁时，身后突然传来笑声："喂，你这家伙！"

尹承恩回头，却看见从另一侧的晒台上跳下来两个人——手里拎着化妆包的金熙子和……唔，那个，是安一郎吗？尹承恩眯起眼睛仔细地分辨起来。唔，是安一郎，面目全非的安一郎。以前上街回头率百分百的大帅哥，现在的回头率看起来似乎也是百分百，但是，应该都是惊呼"哇，好奇怪的丑鬼"的回头率。

金熙子兴奋地对他挥手："嗨，怎么样，我的第一次整体化妆作业！"

尹承恩说："嗯……如果 MMJ 的老板看到你把他未来的台柱子弄成这个样子，他肯定会把你丢到汉江里去喂鱼的！"他跳下晒台，从金熙子的化妆包里扯出卸妆湿巾，丢给安一郎："唔，请你赶快清理一下，我觉得我的心脏已经有些不舒服了。"

金熙子终于绷不住了，笑得前仰后合："我本来想骗他说这个妆很好看，然后带他出去的。"

尹承恩说："幸好没有，不然你肯定会丢了饭碗，并且以后靠近 MMJ 大楼，公司就会报警。"等完全没有生气的安一郎卸完妆后，尹承恩说："去吃烧烤吧，反正我写不出东西了。"

"好哦！"金熙子兴高采烈地挥了挥手，"一郎君，一起去吧！说不定还能偷偷喝点啤酒呢！"

安一郎丝毫没有犹豫，他说："嗯，午休结束我就去找导演请假。"

即使是在工作日的午后，汉江边的烧烤摊看起来也还是生意兴隆的。金熙子大口地吃着烧烤鱿鱼须，问尹承恩："你到底为什么不想让我们看你的日本妹妹呢？是怕我们会认为你是捡来的怪物吗？"

一反常态的，尹承恩丝毫没有要反驳的意思，他皱着眉转换了话题：“你们觉得怎样的剧是伟大的剧呢？”

安一郎说：“经典的剧很多，嗯，我们就说MMJ吧，我觉得……嗯，其实不光是MMJ，就算是整个韩国，能称得上伟大的剧，我大概只能想起《王朝的公主》。”

尹承恩目光一动：“就是李月城主演的那个吗？李月城他演戏有那么精彩吗？”

安一郎微笑着说：“剧的伟大并不是只要求有个好主演的，它要有好的编剧、好的导演，甚至就连最不起眼的配角也要很专业很敬业才行。李月城、姜珍娜，还有……”

就在这时，靠近摊子旁边的一个看起来很落魄的人接过了他的话：“李月城？李月城还是我当年做星探时看中的呢，运气真好，一下子就红了……”那个酒气熏天的人嬉皮笑脸地蹭了过来：“喂，我说，看起来你们也很有明星气质，就让我帮助你们成为当红的明星吧。”

这是一个五十多岁的男人，虚胖的脸上胡茬密布，穿着最普通也最庸俗的格子衬衫，袖口一高一低地挽起，手肘的地方已经磨得很稀薄，灰色的裤子上到处都是油渍。他拎着酒瓶子摇晃着说：“喂，怎么样，和我签约吧，我会让你们红起来的。”

烧烤摊的老板不耐烦地朝他喊：“我说朴友林，请你不要骚扰我的客人。”

朴友林晃悠着叫喊：“喂，我可是发掘了李月城那家伙的星探，对我客气点。”

老板在炭火上翻动着烤鱿鱼，用嘲笑的口吻说：“对对对，整个韩国都托你的福了，不然我们就看不到月城君的精彩表现了，世界都要损失一位巨星了。”

朴友林很得意地笑着说：“你这么说也不算过分啦！就是我这双眼睛，发现了李月城。”

摊子上吃喝的显然都是熟客，听惯了朴友林的疯话，没什么人想搭着他的话说下去,连老板都懒得再说什么了。

金熙子看着朴友林,突然觉得这个邋遢的人说的话好像是真的。她很好奇,就友好地笑着,拍了拍旁边的座位说:"大叔,坐哦,我们请你吃鱿鱼。"

尹承恩和安一郎对视了一眼,都没有说话。

朴友林立刻坐下,一副很久没有吃到好东西的样子,丝毫没有客气的意思。他大吃大嚼着鱿鱼头,一双混浊的眼睛斜着看他们几个。"唔,小姐的话,其实很有艺人的潜质,只可惜看起来不像是会把握机遇的人,应该没什么机会啦。这位先生呢,真是天生的明星相,但是呢,"他吞下了一大口肉,眯着眼睛看着安一郎,"但是你实在是出生在一个太过富贵的家庭,应该不会把娱乐圈的事当作事业来做。当然,你凭借玩的心态也会有番作为的,但你记住了,不管做什么事情,如果你不把它当作事业来做,那么都是不会获得巨大的成功的。"

金熙子觉得自己的直觉果然是正确的,眼前这个号称星探的家伙还真的说准了一些事情。她拍着手笑着说:"喂,大叔说的很对呢,那么他呢?"金熙子歪着头,笑着指着尹承恩说:"他有机会做大明星吗?"

朴友林很认真地打量尹承恩。"唔,"他的眉毛皱了起来,整张脸显得非常滑稽可笑,"唔?这家伙和李月城的轮廓还真的很像呢……"

"噗"……很巨大悠长的一声"噗",或者说,是此起彼伏以至于连成一片的"噗"。所有坐在摊子上吃东西并且听到了这句话的人都扭头来看尹承恩,然后就都"噗"了。"噗"出来的东西,有啤酒、烧酒、鸡肉、香菇……

这个……大叔,你也太离谱了吧?就算是要说些好听的恭维话,也要靠点儿谱才行啊!金熙子皱了下眉,尹承恩也皱了下眉,安一郎出于礼貌,忍住了,没皱眉。

旁边的一个人忍不住走了过来,语气很明显是在调侃朴友林:"那么,你觉得,他将来也会是个大明星?"

朴友林连连点头,又连连摇头:"唔,我觉得他实在有成为大明星的资本，但是，他的气质里有些含混不清的地方，嗯，应该是有什么心事，很犹豫不决的什么心事，这种不够坚决的心态和我刚才所说的不够执着是一样的，也是行走娱乐圈的大忌呢！不过他要是想好了，说不定会成为超越李月城的大明星。”

周围的人再次哄堂大笑，烧烤摊老板笑着递过来一串香肠：“喂，你这家伙，总算是让大家开心了一次。拿去吃吧！”

朴友林蛮认真地说：“我说的可是真的哟，当年我就是一眼看中李月城……”

“好啦好啦，这个就不好笑啦，你都说过很多回了。”老板摇了摇头，“不要再说什么李月城的事情了，再说下去，我就要请你离开我的摊子喽！”

朴友林立刻换了一副点头哈腰的表情，埋头吃着香肠。

尹承恩吃着烤肉，若有所思地问：“李月城……是个怎么样的人呢？”

朴友林回头看了看老板，俯下身子，用几乎让人听不见的声音说：“那时的李月城就是个很普通的少年呢，还很青涩，只能算是个清秀的家伙，实在谈不上有什么气质。可偏偏我在街上一眼就看中了他，于是就问他想不想当明星、赚大钱……”

“后来他说想，你就签了他，可惜他被 MMJ 看中，MMJ 花了大价钱从你所在的公司把他买走了。然后，他主演了《王朝的公主》，后来就大红大紫了。”送菜上来的老板不耐烦地说，“你怎么还在说同样的话啊？真的是说了几百次的陈年故事了，如果是真的，你也不会混得这么落魄吧？你是李月城的伯乐嘛，应该过得很好吧？”

朴友林摇头叹息：“我的老板是个白痴啊，他把李月城当成了那种普通的小帅哥，完全没有发现他有着超人的毅力和一颗隐忍的心。那是成为当红巨星的最大本钱啊！”

老板摇头说：“哎，就算你说的是真的，你也只不过是和李月城擦肩而过的家伙，谈得上什么交情呢？就连说大话说到这段交情，你也会觉得底气不足吧？”

朴友林不服气地说：“他被 MMJ 挖走之前，形体课啊、表演课啊都是我给他上的呢，而且当时他家住在很偏僻的乡下，签了公司后还是住在我家呢，足足住了有大半年……红了之后还有回来看我呢。只是我不想打扰他而已，不然，我到 MMJ 的大门口，他还是要出来见我的……”

周围的人和老板都一起大笑起来——这老家伙，真是妄想狂呢！

朴友林觉得受了很大的侮辱，他赌气站了起来，抓着酒瓶子就走：“你们这些庸俗的人，根本就不知道一个优秀星探的价值……”他在哄笑声中跌跌撞撞地离开了。

尹承恩看着他踉跄而去的背影，突然站起来，跟了过去。

金熙子大叫：“喂，承恩君，你去干什么？”

尹承恩头也不回：“一会儿就回来，等我。”

摊上的人大笑着说：“这个丑家伙好像第一次碰到有人夸他，舍不得放那家伙走呢！”“不对，是这家伙被称赞成像李月城一样有明星潜质，飘飘然地想红了呢！”“看着吧，一定会被那个老酒鬼骗钱的。”

金熙子呆呆地看着尹承恩的背影，忍不住说：“好奇怪的人啊。”

为了躲避其他人对她化妆技巧的嘲笑，金熙子又出现在天台晒台上——当然，带着“御用上妆模特”安一郎。她一边用海绵为安一郎上着底粉，一边唠唠叨叨：“自从那天吃烧烤那家伙放了我们的鸽子，据说一直请假，直到今天都没有上班，足足有三天了吧？哼，手机也是完全没有开过。是在家里陪妹妹吗？”

安一郎说：“恐怕不是妹妹呢，我总觉得，”他停了一下——初次带惠子去见尹承恩时发生的一幕依然历历在目，惠子的温顺和尹承恩的暴躁，都显得有些特别。他继续说：“倒像是……承恩君的恋人。”

是的，应该想到的。

安一郎清晰地感觉到，金熙子的手停顿了一下，才又飞速地动作着，她带着微微埋怨的语气说："就算是恋人的话，也该和朋友们见见面嘛！人家从日本过来，怎么也应该和距离这么远的朋友聊聊天，坐一坐。"

朋友吗？安一郎微微一笑，心里在问自己，尹承恩是不是真的能够算作是他们的朋友。

金熙子和安一郎沿着江边的路漫无目的地走着，金熙子边吃香草冰淇凌边东张西望地看着周遭的风景，她突然眼睛一亮，说："哇，那应该是我们公司的艺员吧，真的好漂亮啊！"

安一郎顺着她的目光看过去，只见在前面不远的一处灌木丛旁，一个穿着鹅黄色T恤和白色长裤的女孩子正站在那里，眺望着远处的江水。他有些惊讶地说："是她！"他叫她："下藤君！"

惠子闻声转头，长发轻柔地在风里飘散开来，一个惊喜的微笑绽开在她的唇角："一郎君。"她纯美的笑容就像是初绽的玫瑰一样。

金熙子惊讶地看着安一郎："你认识她？她说的是……日语吗？"她听不懂安一郎和惠子的对话。

安一郎说："她就是来找尹承恩的日本女孩，他的妹妹，唔，或者是……"安一郎把"女朋友"三个字，不动声色地隐去了，他说："她叫下藤惠子。"

金熙子看不出有什么不妥，她笑着看着惠子，跟着安一郎的话重复着："惠子！很好听的名字呢。"她急切地转头问安一郎："可以介绍我们认识吗？就说我也是尹承恩的朋友。"

惠子虽然听不懂金熙子的话，但似乎从她的表情上猜到了她所说的内容。于是，她微笑着，微微鞠了个躬："我是惠子，初次见面，请多关照。"

安一郎把她们介绍给了对方。

三个人刚聊了几句，惠子的手机忽然响起来，她向金熙子和安一郎歉意地一笑，就温柔地接听了电话："喂，承恩君。"

尹承恩丢下手里的很多购物袋，站在空无一人的公寓里，不耐烦地用日语问："你在哪里？"

惠子说："我在楼下的江边看风景呢，对了，我遇到了那天带我去找你的一郎君。啊，对了，还有一位熙子小姐，他们正说要到家里去做客……"

尹承恩勃然大怒："谁允许你到处乱走的？你又有什么资格来决定什么人来我家做客？"他突然冷冷地说："要么你自己回来，要么你也不要回来了。"

真是无法掩盖的事实，安一郎清清楚楚地听到了尹承恩的咆哮以及咆哮的内容，但他却看见惠子始终带着顺从的微笑，温柔地回答："是的，承恩君。"

惠子收好电话，对安一郎和金熙子礼貌地说："很抱歉呢，我有事要离开一下。请改天到家里吧。"她知道安一郎听到了，也听懂了尹承恩的话，但她并没有想解释什么或掩盖什么的意思，只是一脸坦然地笑着。

安一郎在内心感叹，这真的是一个对爱一心一意的女孩子，除了所爱着的那个人，不会在其他人身上浪费任何时间。他忍不住有些嫉妒尹承恩。当然，这种嫉妒，早在惠子出现之前，似乎就生根发芽了……不过，和上次熙子提出过去他那里做客，他毫不犹豫地拒绝了那样，尹承恩他为什么不希望我们去他的寓所呢？真是有点奇怪。

金熙子不明所以地看着惠子微笑着鞠躬，走开，莫名其妙地问："一郎，她不带我们去尹承恩家吗？刚才不是说好了的吗？"

她忽然叫了安一郎的名字，而不是使用敬语的"一郎君"，这让安一郎心弦一动。

安一郎还没来得及回答，却看见离开几步的惠子忽然停住脚步，似乎又在接电话。然后，惠子就缓缓地走回来，脸上还是带着波澜不惊的微笑："承恩邀请你们到家里做客呢！"这让安一郎有些意外，难道，刚才是自己多心了？

安一郎来不及多想，因为金熙子高兴的欢呼声，已经把他内心的某些质疑掩盖掉了。

只要你快乐就好。

电梯门一打开，金熙子就看见了倚门而立的尹承恩，她高兴地说："好几天没看见你了呢，你在家里忙什么？"

尹承恩冷冷地说："真是不受欢迎的访客，难道不懂得在走廊这样的公共区域不应该大声喧哗吗？教养这种东西离你很远吗？"

又是这样冷冰冰的语调，但凭借天生的敏感和直觉，安一郎敏锐地发现，这次，尹承恩那冷冰冰的语调下面隐藏的不是嘲讽和刻薄，而是一种不安和焦虑。刚按捺下去的疑惑，又涌上了安一郎的心头：为什么他会对他们的到来感到不安和焦虑呢？他又为什么禁止惠子外出呢？

不，一定是自己想太多了。安一郎对自己说："安一郎，你不应该为了金熙子，而对他有任何成见，那是不公平的。"他尽量平静地说服自己放弃疑问。

"哇！"金熙子惊叫了起来，"真的是只有承恩君自己在住吗？这未免也太大了吧？"

这是一个将近200平方米的公寓，布置得舒适却不繁复，金熙子由衷地赞叹着。她看不出任何问题，安一郎却一眼就看出来了：这处公寓，虽然里面的家具并不很多，用料低调但却名贵，造型精致优雅且经典实用。作为豪门出生的安一郎，对这些东西是司空见惯的，可是尹承恩不是安一郎，他不是出生在一个单亲家庭，靠着母亲的辛苦工作来供他上学和到韩国的吗？没错，开始锋芒毕露的新晋编剧尹承恩赚了一些钱，可这间公寓实在超出他的经济能力太多了，就是首尔大企业的高级白领也不一定有能力租下来。

安一郎看着尹承恩，觉得那刚刚被自己强行压制的怀疑再次涌上心头。

安一郎觉得，属于尹承恩的危险的核心部分，正在向他们打开。

惠子低眉顺眼地整理着尹承恩买回来的蔬菜、水果，又给金熙子和安一郎泡上了好喝的中国水果茶。然后，她选好要烹饪的食材，微笑着走进了厨房。不一会儿，就传出了清油煎炸食物的诱人香味。

房间里突然安静下来。金熙子东张西望，安一郎低头喝茶，尹承恩双手抱在胸前，似乎在思考着什么。一时间，三个人都陷入了语言的空白地带。

放下茶杯，安一郎不经意地打量着这里的布置。客厅里的布置很有讲究，可见尹承恩是个很追求生活品质并且做得不错的家伙。可安一郎总觉得似乎有什么不协调的地方，是什么呢？他审视的目光滑过陈列摆设的柜子、书籍琳琅的书柜、巨大的鱼缸、作为背景装饰的欧式壁炉……对了，就是这里。壁炉上有一张尹承恩自己的照片，用银灰色的像框装起来的，只有这一张，可它的角度略微有些倾斜。按照常理，那对面应该还有一个对称放置的像框，否则的话，尹承恩的照片应该是放在正中间，正对着观者摆放的，而不是像现在这样歪斜着。

一个能够把家里布置成这样的人，显然是不会犯“放错位置”这种低级错误的。那么，只能解释为，尹承恩收起了另外一张，而且肯定是临时起意，以至于忽略了去重新摆放剩下的那个相框，又或者，是因为他还会把收起来的相框放回原处，所以，就没再调整位置。那么，他收起相框，为什么？

等等，这会不会只是自己想多了？

安一郎为了确定自己的怀疑，他站起来，故意装作是在很随意地参观客厅，慢慢地走到了壁炉前。果然，他找到了蛛丝马迹：靠近江边的公寓，会因为江边的风格外的大且不停息，而更容易积累灰尘。即使主人每天打扫，也还是会有些来不及擦去的灰尘。安一郎看到，就在那细微的尘土颗粒中间，显出了一道干净的空白印子，表明这里的确曾经放着一个像框，而且刚刚被拿开。

那照片……不能让他和金熙子看到吗？

是谁的照片呢？惠子的吗？显然不应该是。如果不是惠子的，会是谁的呢？

那照片里，藏着什么秘密吗？

尹承恩紧盯着站在壁炉前、默不作声的安一郎，脸色有些紧张，但他想一想，突然又放松下来，转头用刻薄的语气对金熙子说："现在你的化妆水平有长进了吗？唔，我想还没有吧。不然你怎么会容许自己有这么难看的脸色？"

金熙子吓了一跳，伸手摸着自己的脸："嗳？我的脸色有很难看吗？"

尹承恩慢悠悠地说："从来就没好看过。"这句话才是陷阱的所在呢。

金熙子却没有像往常那样爽朗地笑或是反驳，她完全跳过了他的话，若有所思地说："这两三天你在干什么呢？编剧室的老师们说你在请假的，你又关机……"她的声音突然低了下去："哦，……"话一出口，金熙子就想到了，他，肯定是在陪惠子吧！不管金熙子想不想承认，她终于意识到，在想到尹承恩与温柔漂亮的惠子朝夕相处时，她的心里有一点失落和难过。

尹承恩坐在沙发上，把手臂枕在头后，他好像没注意到金熙子的表情，微笑着说："我吗？当然是陪惠子到首尔有名的景点去玩呀！"

安一郎实在不想再去看金熙子脸上藏也藏不住的落寞了，他走过来说："我学过日式料理的做法，我去帮惠子。"

走进厨房，安一郎有些吃惊。

——不一会儿工夫，方才的各种食材已经变成了全部切好的配料，保存着蔬菜的原始色泽，而且搭配得赏心悦目，整齐地摆放在厨房的操作台上。旁边，还放着几碟清油炸的小点心。

忙碌着的惠子对着安一郎微微一笑："一郎君请到客厅去坐吧，我这里差不多已经接近尾声了呢！"这样手脚麻利又厨艺高超的女孩子，在现在的社会里可不多见了呢。

安一郎说："想不到下藤君有这样高超的厨艺呢！"

惠子微微一笑，脸上绽开一个温柔的笑容："自从家母过世以后，父亲常常怀念家母和她所做的种种料理，我想为辛苦工作的父亲做些力所能及的事情，所以……”

多么熟悉的笑容。安一郎恍惚看见金熙子走出双亲去世的阴霾后，带着由衷开朗的笑容大声叫着：“被不幸打倒的人才是真的不幸呢！如果我不快乐，离开的他们会更担心呢！”原来眼前的这个日本女孩子，看似温柔顺从，其实在内心深处，也有着同样的坚强！

安一郎的心里充满了对这个女孩的欣赏。他一边帮忙用花瓣装饰着小点心，一边随意地问道：“你喜欢国会岛吗？”

那是首尔几个最著名景点中的一个。国会岛是汉江中央一座面积不大的小岛，上面却屹立着韩国的国会大厦，所以，每天都有从世界各地的游客来参观这座小岛。

惠子笑着说：“承恩君他上班很忙，我又不会说韩语，生怕迷路，所以一直没有机会到处去走走呢。不过我在网上查过这些美丽的景点，以后等承恩不忙了，他应该会陪我去看看的。”

尹承恩上班很忙？惠子还没有去过任何景点吗？可……刚才尹承恩不是说这两三天一直在陪惠子吗?！安一郎在心里划上了一个大大的问号。

尹承恩，他在说谎！

那么，这两三天，尹承恩他到底在干什么？

这时，厨房的门又被拉开了，尹承恩冷冷地说：“可以吃饭了吗？”

惠子送上了一个明媚的笑容：“可以了呢！”

安一郎看着尹承恩黑框眼镜下的冰冷眼神，心里忽然涌起了一阵凉意。

这个人，到底掩藏了怎样的秘密？

惠子做的饭菜真是好吃得无可挑剔，简直和金英子做的饭菜味道不相上下。

金熙子认真咀嚼着可口的饭菜，眼神有些黯淡下来。奇怪，不是应该为孤单的承恩君能够得到很好的照顾而高兴吗？为什么心里好像有些……不舒服呢？

金熙子说不出话来。

尹承恩也没有说话，他专心致志地吃着好吃的日式料理。

惠子用充满爱意的眼神看着尹承恩，好一会儿，才微笑着对安一郎说："谢谢一郎君刚才的帮忙，请慢用！"

安一郎不愿意用金熙子听不懂的日语说话，所以只是笑笑，点了点头，继续保持缄默。但他把金熙子的闷闷不乐都看在了眼里，诚然，他知道她不那么开心的原因，他也承认自己是有些嫉妒。但，比起这个来，他更不愿意看到的，是金熙子的不开心。

没有人说话的午餐时间很快就结束了，安一郎借口下午还有个拍摄任务，就匆匆拖着金熙子告辞出来了。

金熙子羡慕而真诚地说："惠子她真的是个很好的女孩子呢，漂亮温柔，样样优秀。如果她会说韩语的话那该有多好啊，我们应该会成为无话不谈的好朋友的。"她竭力隐藏着自己的郁郁寡欢，很努力地表现出为尹承恩高兴的快乐："这下子那个怪人有人照顾了呢！大概以后脾气会稍微好一些。"

可是这隐藏是多么的不成功啊！你的泪水，就在眼睛里了，不是吗？安一郎有些为她难过，也有些为自己难过。他无法接过她的话，因为他不能说破她的心事；他也无法说任何有的没的的话，因为他的心里也不好受。他只好转过头去看沿途的风景。

两个人再次默默无语，慢慢走着。

尹承恩的家距离 MMJ 大楼真的不远，两个人很慢很慢地走回来，也只花了不到十五分钟的时间。

走到 MMJ 公司的大门口，金熙子还想最后掩饰一下自己的失态，她努力笑着说："承恩君那家伙还真是不像话，住得这么近，都不肯让我们去他家做客。要不是今天碰到惠子，还不知道什么时候……"

安一郎听她说到这里，心绪一动，已经听不见后面的内容了——

他又想起了吃饭前的疑惑。越来越多的疑点汇集在一起：不让他们去做客、隐藏起来的照片、说谎自己在陪惠子……就连那时他又打电话同意惠子带他们到楼上去，现在想起来，也是那么的勉强和做作，就像是在试图消除他们的怀疑……

事实上，安一郎并不是会被好奇心支配的人，尹承恩有着什么秘密和那秘密是否危险，他本来并不关心。可，他所在乎着的金熙子，却不可避免地会出现在尹承恩的身边。

安一郎无法放任金熙子处在可能的危险中而不自知。

可他又不能告知给金熙子关于尹承恩“叵测的一切”。因为他无凭无据。

那么，此刻，安一郎要做的和唯一能做的，就是弄清楚，那危险，是否真的存在。

如果那危险不存在，他不知道自己会不会做到胸襟广阔地祝福他们。可是，如果那危险存在，安一郎知道，如果那危险存在，他会毫不犹豫地、用尽全力地去保护金熙子，不让她受到任何伤害。

安一郎平静地停住了脚步，他说：“啊，我忘记了，下午的拍摄是在汉江对面的那个露天影棚里，这样的话，熙子，那我就不陪你上楼了。”

金熙子情绪不高地“嗯”了一声，低着头走进了 MMJ 的院子。

安一郎看着她小小的背影消失在大楼的入口处，忍不住叹了一口气，转身原路返回。当他打完请假的电话时，刚好返回到尹承恩家楼下。是的，既然尹承恩对惠子说他是去上班，那么他是一定会在应该上班的时刻出门的。

就让我来看看，他到底是去什么地方，到底是在干什么吧！

果然，不一会儿，尹承恩就从公寓楼的单元门口行色匆匆地走了出来。

安一郎第一眼就发现，尹承恩一反平常的懒洋洋、慢吞吞的样子，此时此刻，尹承恩的长腿真正迈开、步伐矫健有力，安一郎都能感受得到，尹承恩的身体里仿佛正满满地积蓄着某种神秘而巨大的力量，这力量让他显得身手矫捷、神采飞扬。

安一郎一面远远地看着尹承恩，一面小心地借助着路旁的植物和广告牌隐藏好自己。

一走出公寓所在的小区，尹承恩果然更加飞快地走起路来。他目的性明确地沿着大街小巷快速地走着，没有丝毫的犹豫，这说明他对要去的那个地方是轻车熟路的。

走着走着，尹承恩拐进了一家很不起眼的便利商店，安一郎远远地站在一棵树下看着。不一会儿，尹承恩拎着一个口袋走了出来，出来之后，他的步伐明显变慢变小了，似乎是不慌不忙的，接着，他就向左一拐，走进了便利店旁边的一条小巷。

在小巷那种直通通的、毫无人流和遮蔽物的地方，跟踪就是件太过专业的事情了。

安一郎决定不冒这个险。他在巷子口停住了脚步，他并不急于跟着尹承恩进入这条小巷，而是看着手表，算好了 15 秒的时间量，这才进入了那条巷子。然而……

在进入巷子的刹那，安一郎愕然了，这遍地垃圾、异味难闻的小巷，竟然是条死巷！

正对他的，是一堵红砖砌成的墙壁，就像左右两边的红砖墙一样——那里根本没有一楼该有的门，该是门的位置都是用砌死的红砖，和三面墙的任何地方都一模一样。

这两栋相接的建筑物都是三层高度，安一郎抬头，看见二楼和三楼的确有窗，可再仔细看去，看见的就是二楼和三楼窗口装着的、那密实且完好无损的铁栏杆。

安一郎站在原地，手足冰凉——光天化日之下，尹承恩，消失了！

一个人就莫名其妙地在眼前消失了，这怎么可能？

这肯定是有原因的！

第二天一大早，安一郎就带着请假单去了安吉拉的办公室。

安吉拉看着面前面带微笑的安一郎，微微地皱起了眉头：“能告诉我为什么你要请一周的假吗？”MMJ 的员工，在法定节假日之外，每个月还有三两天的病（事）假，如果请假时间超过这个时间长度，就要向公司中层以上的管理者请假了。一周的假期，对于时刻争分夺秒又衔接紧密的影视行业来说，真的是漫长得不可思议。

安一郎轻轻耸了耸左肩：“只是，想放松一下身心，这样可以更好地开始以后的工作。”这说辞也太儿戏了吧？不是刚强调完请假对于影视行业是件很严肃的大事吗？还是，这只是安一郎你的借口，并且是你故意想让对方听出你有难言之隐的借口？

安吉拉笑了笑，把手里的笔放下。她盯着安一郎的眼睛：“我不妨直言不讳，不管你是不是大企业主的公子哥，MMJ 都是会对你一视同仁的。MMJ 从来只会留下那些既有潜质又敬业的人。我希望你明白这一点，也希望你能好好珍惜公司对你的器重和即将到来的栽培。”

安一郎笑着点了点头，没有说话。

安吉拉却从他微笑的眼睛里看懂了他的意思——如果他只是在娱乐圈玩票的纨绔子弟，他何必遵守公司的规则，并且特意在大清早来这里向她请假？他大可以满不在乎地消失了事。

可他没有说出这些，是因为他笃信安吉拉会懂。

聪明人对聪明人不用解释，聪明人也总是喜欢聪明人。

既然这个聪明人有不便说出口的真实原因，那么那个聪明人也就不应该继续追问了。

看着他闪着聪慧光芒的眼睛，安吉拉笑了，拿起笔在请假单上签了名字。

走出安吉拉的办公室，安一郎立刻收紧了脸上的表情，他以最快的速度回到演艺中心，把批好的请假单交给了自己的主管。然后，安一郎来到了编剧室，用轻松的语调问：“承恩君他在吗？”

负责管理尹承恩所在的编剧室的资深编剧说：“喔，据说是昨天晚上去游泳感冒了，早上请假说要去医院打针，下午才会过来吧。”他又不满地嘟囔了几句:“这家伙是不是水土不服了?最近这段时间老是有些奇奇怪怪的毛病。”

早在意料中的“病假”。安一郎不动声色地拨打了尹承恩的手机。

尹承恩的手机是“不在服务区,请您在语音信箱中留言”的自动应答。

安一郎一路思考着,沿着楼梯慢慢地向下走,走到楼下时,他想了想,又拨打了尹承恩家的电话。

惠子温柔的声音响在那边:“是一郎君啊,什么……你找承恩君吗?他应该已经到公司了吧,刚刚吃过早饭就出去了的。是的……那么,麻烦你去他的办公室看看吧。”

这下子是确定无误了。尹承恩一定又去了那条神秘的巷子。

惠子说尹承恩是“刚刚吃过早饭就出去了的”,也就是说,他现在应该还没有到那巷子。

好机会!

安一郎把自己的手机关成了静音,匆匆离开了 MMJ 大楼。

昨天,尹承恩在那条死巷中的神秘失踪真是吓了安一郎一大跳——青天白日的,一个大活人突然在没有门窗可以进入、没有环境可以藏匿的死巷里失踪,而且居然是短短 15 秒内发生的事情。

事后回到家里,思绪纷乱的安一郎才想到,他并没有仔细检查巷子就一头雾水地匆匆离开了,也许在那看似上天无路、遁地无门的死巷里,还有着暗门、地道之类的机关。

而能和这种诡异而罕见的机关联系在一起,只有那些见不得人的人和见不得人的事情。

就像这件事情的主角——一直给安一郎危险感觉的尹承恩。

安一郎决定用一周的时间,来耐心地寻找尹承恩与死巷的某种联系,寻找“神秘失踪”背后的秘密。

他开着从保镖手里借来的普通轿车,抢在尹承恩前面,赶到了那条小巷附近,停车在一个可以观察到那条死巷入口的观察点。遗憾的是，他没能找到正对着巷口又能不引人注意的停车位置。

安一郎刚停下没几分钟，低着头、用衣领挡住下巴的尹承恩就匆匆而来。今天的他，穿着非常新潮，要不是他那副大大而丑陋的黑框眼镜和那两条引人注目的长腿，安一郎或许都认不出他来。

和上次一样，尹承恩低着头进了那家超市，而后提着一个和昨天差不多大小的塑料袋匆匆出来，进了死巷。

掐准15秒的时间，安一郎下了车，过了街，走进死巷——尹承恩果然又消失不见了。

有了心理准备，安一郎就没有那么吃惊了。他不动声色地沿着巷子缓缓地走向它的尽头，同时，他的两只手仔细地在两侧的墙体上摸索着。安一郎看过一些推理的书籍，他知道，如果这种老式住宅原来就有机关，那么由于使用者的长期使用，机关的开关附近一定是光滑的；而如果是新装设的机关，那就一定会留下改造的痕迹。但是……

小巷并不深，十几步就走到了尽头。走到了尽头，也就摸到了尽头，安一郎的背上又有了冷汗——没有机关，也没有被改造过的痕迹。他摸到的，只是那种做工笨拙的老式砖块，粗糙而普通。

总不至于是……有鬼神什么的出现吧。安一郎自嘲地笑了笑，背上却隐隐一凉。可那怎么可能？安一郎旋即镇定下来，抬头看向二楼和三楼。也许机关就在上面吧。要上去调查吗？

暂时，还是不要去了。

他不是要找出机关什么的，而是要了解到阴郁的尹承恩所隐藏的秘密，就不要那么着急地打草惊蛇了吧。反正至少还有一周的时间。而且，他也不知道上去的楼梯在什么地方。

安一郎退出去时，和进来时一样，他不得不小心地抬着脚步，躲着地面上那些乱七八糟的垃圾：啤酒瓶、塑料袋、鸡骨头……他无奈地摇着头，哪怕是号称世界上最干净的城市之一，首尔还是有着这种卫生状况让人大伤脑筋的地方。

接下来呢？就安心地待在车里，等着尹承恩出来吧。看看他“失踪”

了多少时间，也许会推测出一些事情——这是昨天那个心慌意乱的安一郎忘记去做的事情。

走出巷口时，安一郎忽然眉毛一挑，他走进了那家小超市。

这家小店所在的位置并不是繁华地段，来往的客人也不是很多，何况还是错过了上班的高峰时段，所以店主正坐在柜台后面津津有味地上网聊天。听见门响，胖墩墩的中年店主才懒洋洋地抬起头来说：“欢迎光临。”看见安一郎好像是个有钱人家少爷的模样，他才站起来，殷勤地说：“请问您要点哪方面的商品呢？”

就开门见山地问吧。安一郎想着，微笑着问：“请问，刚才那个男孩子在你这里买了些什么东西？我和他擦肩而过时……闻到了香味呢！”安一郎心里嘀咕着：就这么说吧，早上会买些吃的可能性应该大些。实在没猜中，也可能有香皂之类的东西，反正香味的范围很广，再说只要有味道的，八成都可以算作香味——每个人对香味的理解都不太一样嘛，有人还觉得臭豆腐很香呢。如果都猜错了，尹承恩买的东西里没有任何能够发出味道的东西，那么，可能店主也只会以为，是他闻到了“那个男孩子”用的香水之类的东西而误会了而已。

总之，安一郎觉得自己问出了最佳的套话问题，他满怀期待地等着店主的回答。

让他没想到的是，店主完全忽略了“香味的东西”，而是一脸诧异地看着他：“哪个男孩子？”

安一郎险些被自己的口水呛到，他忍不住咳了一声，然后说：“就是几分钟前来买东西的那个男孩子啊。”

接着，安一郎再次没有等到老板的回答。老板再次用完全不在状况的茫然眼神看着他。

天，自己只不过等了 15 秒，又进死巷子去勘察了一下，前后时间全加上，应该也不会超过五分钟，店主怎么竟然完全没有印象？难道就在刚才的短短几分钟里，有很多人跑来买东西吗？难道尹承恩是通过多啦 A 梦的任意门，去了不知道哪个鬼地方买了东西出来吗？

安一郎对老板提示着说："就是刚才……那个……提了这么大一包东西的……"他比划了一个和尹承恩所提的东西大小差不多的尺寸。

这时，店主终于现出了一副恍然大悟的表情。"喔……你是说刚才那个家伙啊（安一郎：是啊，我可不就是一直在说'刚才那个家伙'嘛！），可是，"他迷惑不解地说，"他看上去是个中年人了，可不是什么男孩子……虽然他穿的倒是很时尚前卫……哎，真是不想长大的一代呀。"

安一郎差点晕倒。就算尹承恩是个相貌平凡，很难给人留下印象的人，也不至于是个中年人吧。不过，这不是追究店主奇差无比的判断力的时候了，安一郎只有苦笑着说："啊，那么，那个中年人买了些什么啊？"

"我想想，"店主看了看货架，熟练地说，"啤酒、豆腐干、爆米花、牛肉干、花生米、鸡翅膀、鸡爪子、鸡腿……就是这些了，这些都是窝在家里不工作的中年大叔最喜欢的东西了。看篮球赛或者足球赛时，再没有比这些更经典的搭配了。"

这就是店主以为尹承恩是中年人的原因吧？

不过，总算是小有收获。

为了避免店主怀疑，安一郎也买了一些"中年大叔"喜欢的东西出来。他坐进车里时，已经百分百地确定，尹承恩一定就在这两栋二楼或者三楼的某个房间里。不管他是怎样魔法般地进入那个房间的，他一定就在这里——因为，安一郎想起他走进死巷时，脚下的那么多垃圾，都是由那些"中年大叔"喜欢的东西演变来的。

他看了看手表，耐心地等待着。

中午时分，尹承恩匆匆地从死巷出来，不过他没再低着头，也换回了他平时老土的着装风格。他不停地看着自己的手表，显然是在赶时间——是在急着赶回公司吧。尹承恩快步如飞，很迅速地走出了安一郎的视野。

安一郎靠在座椅上沉思："三个多小时，他在做什么呢？明明他刚才穿得很时尚，为什么又要换回老土的样子呢？"再次确定尹承恩走得看不见踪影了，安一郎才下了车，慢慢地走进那条死巷——依然是寂静无声，依然是垃圾遍地，看不出有没有多了新的垃圾。

安一郎抬头，他看见了这两侧的二楼和三楼，也看见了头顶那道狭窄的蓝天。

已经是第四天了。

每天，尹承恩都会以各种各样的理由离开公司大楼或者家里。有时，是要去国家图书馆查阅正在写的历史剧的资料；有时，是东西写累了要外出散心……而后，他会提着那些一成不变的酒和食品，消失在死巷中。两三个小时后，尹承恩会空着手，从巷口匆匆出来。

编剧室的负责人会当着安一郎的面，毫不忌讳地发牢骚说："真是的，现在的新人啊，真是娇气得很，写累了……这算什么理由啊？当编剧不就应该有不怕苦不怕累的觉悟吗？想当初我呀……"

昨天，惠子在电话里会温柔地说："真不巧呢一郎君，承恩君他又是刚出去。你找他有事吗？这几天一直没找到他的样子。需要我转告他一声吗？"

安一郎就会很巧妙地说："啊，真是抱歉了，其实也不是什么大不了的事情，只是因为最近在看很多的剧本，难免有些不能理解的地方，遇到了就会想问问承恩君。可是没找到他，自己多读一读也就读懂了，可是下次遇到同样的情况，又会忍不住想偷懒……"

惠子笑着说："是啊，承恩君最近总是关机，他说要写很好的剧本，所以需要沉思呢！"

原来，这就是尹承恩你欺骗惠子的"合理"说辞。

尹承恩，你的谎言交叠繁复，你到底在隐藏什么？

今天，一向很谨慎的安一郎，决定做一个很大胆的举动。因为他确信，老天给了他一个最好的时机——今天，尹承恩是在下午三点多，以

“约了经历适合写成剧本的当事人采访”为理由离开公司的。而今天的这个理由，居然看起来是真的。

虽然，安一郎亲眼看着他上了公交巴士，但他依然不敢相信这是真的。一个多小时以后，他拨打了尹承恩的电话，尹承恩居然也没有关机！他不耐烦地听安一郎说了几句，就打断了他，以他一贯的刻薄口吻说：“真怀疑你是怎么成为最有潜质的新人的，剧本什么的，等我回来再解释给你听吧，我现在在做重要的采访。”说完，他就不由分说地挂了电话。

安一郎听清了，电话那端尹承恩所在的背景中，是舒缓的音乐声与人们低低的谈笑声，那是咖啡馆里的声音。

安一郎放心了，同时，在他心里，已经笃定了一个要让调查更进一步的新计划。

安一郎拎着那天早就买好的、一直丢在车里的酒和食品，缓缓走进死巷，抬起头来，轻轻喊了一声：“喂，有酒和吃的东西送来呢！”——他相信那些东西，绝不是尹承恩买来自己吃的。

果然，没几秒钟，逆着阳光那模模糊糊的光线，楼顶露出一个头来，一个醉醺醺的声音说：“喂，尹老弟，不是说今天有事就不来了吗？”随着话音！一条系着一块木板的绳子被丢了下来。安一郎犹豫了一下，那声音说！“还不快站上去。趁着我还没喝多，刚喝下去的那些酒的酒劲儿也没上来……谁叫你出尔反尔啊，我以为你今天不来，才放心地喝了。赶快站上去啊，放心，我现在还有力气拉你上来，不过待会儿就难说了。不要担心。”

这么说才更让人担心吧？但为了查明真相，安一郎还是硬着头皮站了上去。

楼上那家伙的力气还真是大！个子很高的安一郎分量并不轻，但他竟然觉得耳边的风忽忽作响，没多久就来到了楼顶。

安一郎攀援着平台边缘，身手敏捷地跳上了楼顶。

安一郎在行动的同时，那声音惊讶地问：“不是尹老弟啊，你是谁？”紧接着，那人的声音里忽然就带了惊恐：“是有人揭发我吗？你是房东派来的吗？请不要赶我走啊，我只是住在楼顶的水塔下面，我会安分守己的，不会给你们添麻烦的。拜托了！”

这时，安一郎看清了眼前这个朝他拼命鞠躬的邋遢男人，吃惊地问：“你不是那个发掘了李月城的……”

那个邋遢的中年男人立刻停止鞠躬，眯起眼睛看着安一郎：“我就是朴友林，请问你是……你有何贵干？”

安一郎犹豫了一下说：“我，我路过……”

朴友林笑着说：“喂，有路过人家楼顶的吗？”接着，他两眼发光地盯着安一郎手里的塑料袋：“喂，看样子有酒和好吃的东西吧？那我就不客气了。”他贪婪地夺过了塑料袋，翻出一袋烧鸡，不管不顾地撕扯开包装，大吃起来。

安一郎看着楼顶的空间：不大的一个帐篷，破破烂烂地支在水塔下面，到处都扔着酒瓶之类的垃圾。这样一个环境，这样一个人，尹承恩每天都来这里干什么呢？

朴友林虽然看起来只不过是个落魄的酒鬼流浪汉，可他的感觉似乎很敏锐，他一边吞吃着嘴里的东西一边说：“你是为了知道你的朋友在这里干了什么才上来的吧？”他的记忆力居然不错，很快就认出了这个甚至都没说过话的、只是曾经有一面之交的少年。

安一郎觉得朴友林有些意思，就微笑着点头承认了：“那么，他来这里干什么呢？”

朴友林大口喝着啤酒，泡沫从嘴角不断地涌出来，落在他肮脏的T恤上，他说：“哦，没什么，他是李月城的粉丝，对李月城早年的事情很感兴趣呢，不停地来问。”

李月城的粉丝吗？安一郎皱了皱眉头，他清楚地记着，在李月城的世纪演唱会上，尹承恩早早地离开了，带着一脸不耐烦的表情。而谈话中，尹承恩说他居然连《王朝的公主》都只看了几集。

这样的人会是李月城的粉丝吗？

安一郎猜度着尹承恩的心理，又问：“除了谈李月城呢？”

朴友林笑着说："哦，他让我给他上那些当年李月城上过的课，形体啦、表演啦、台词啦……嘿嘿，虽然过去这么多年，我的功力还是一点都没退步。这个叫做尹承恩的孩子很快就掌握了很多当年李月城学过的东西呢……"

安一郎大感意外："学……表演？"

朴友林说："是啊，虽然尹承恩那孩子告诉我他是MMJ的编剧，学这些只是为了了解演员们的成长历程，好写一部华丽的大戏，但是，我觉得那孩子如果能在学习中顿悟，而去改行做演员的话，应该是很好的苗子呢！嗯，我觉得比他当编剧有前途多了。"

安一郎此时觉得自己真有些哭笑不得了，他对尹承恩的"危险秘密"和"神秘失踪"做了很多的猜测，却没想到，尹承恩只是忽然对这个有点儿疯疯癫癫的朴友林产生了兴趣，来听一些无从考据的故事，学一些无从衡量的表演技巧。

尹承恩，竟然想当一名演员？他所做的，都是因为他要暗暗地筹备好当演员的一切吗？

安一郎实在不知道该说什么了，他挠了挠头，走到平台的边缘向下看了看："那个，我想告辞了……"

朴友林热情地说："喂，小子，你也应该是MMJ的吧？你应该是个……他眯着眼睛上下打量了安一郎两眼："应该是个演员吧？怎么样？要不要我教你表演课？只要你每次来给我带酒和吃的来。怎么样，很划算的买卖吧？"

恐怕，只有尹承恩那个怪家伙才会选择相信你吧。

安一郎尴尬地笑笑："那个，我想告辞了，可是……该怎么下去呢？"

朴友林嘿嘿地笑着说："这里楼顶的门早就被房东焊死了，唯一的办法，就是我放你下去，怎么样？这个方法值两瓶烧酒钱吧？"

安一郎很认命地掏出了钱包，抽出两张大票子递给朴友林。

朴友林立刻瞪大了眼睛，马上又嬉皮赖脸地说："谢谢，嘿嘿，谢谢。你喜欢这种升降的感觉吗？喜欢的话，我可以多拉你上下几次。”

安一郎摇了摇头，想了想，他说：“你倒是可以告诉我，你自己是怎么出入这里的？”

安一郎问这个问题是认真的。

的确，既然很怕被人知道他住在这里，朴友林当然不可能绑着一条绳子在这里，然后溜出去混吃混喝，那样绳子就会被人发现。可问题是，如果绳子是隐蔽的，那么他回来时，是谁拉他上来的呢？安一郎绝对不认为眼前这个长着酒糟鼻的猥琐大叔能够徒手攀爬上三楼楼顶。

朴友林抓起酒瓶喝了口酒，神秘地笑了，但他不说话，他的目光在安一郎的钱包上转来转去。

安一郎把所有的钱都抽出来，递给了朴友林。

朴友林的眼睛立刻瞪得大大的，又眯成了一条缝。他笑嘻嘻地说：“哎呀，你看你，哎呀呀……实在是很慷慨的人呢，就看你这样出手大方，就知道你是个能做大事、能红起来的……”

安一郎再有礼貌，也忍不住打断了他。

“比起那个，你还是赶快告诉我吧。”

朴友林这才停止了恭维，他诡秘一笑，从靠近平台边缘的垃圾里翻出一块宽木板，然后搭在了小巷的两道墙之间，也就是相邻两栋房子的楼顶之间。

安一郎愣住了。

朴友林说：“我只要走到对面的楼顶，再打开门下去就好了。当然，木板什么的，可要放到那边去藏好。哈哈。”

真是狡猾的想法。其他人只能看见他大费周章地把人拉上拉下，却没想到，他自己会有便捷快速的“秘密通道”。这是典型的误导性操作呢。

安一郎看着眼前自鸣得意的朴友林，猜测着他以前到底是做什么的，可他无论如何也不相信，这个人会是发掘李月城的导师，明星导师。

尹承恩看起来很聪明，怎么会相信这么一个家伙呢？

安一郎终于对朴友林说了最后一句话：“请不要告诉他，我来过。”

第十三章

四个人的秘密恋情

如果不是下藤惠子从日本来到韩国，也许金熙子会一辈子以为自己和尹承恩只是朋友。

在安一郎说出“那也许是他的女朋友”开始，金熙子的内心就有什么迸裂开来，有细小的心酸在慢慢地袭击她的快乐。尹承恩有女朋友呢！当午餐时再也看不见尹承恩，也无法装作捣乱地跑去找尹承恩，更不能随心所欲地打电话给他时，金熙子的快乐就只剩下躯壳了。

“晚饭愉快哟，明天见！”金熙子爽朗地笑着和同属化妆组的同事们打着招呼，走上了回家的班车。

当班车离开车站时，金熙子脸上的笑容已经消失了，她坐在靠窗的座位上，眨着眼睛看着街边一盏一盏与她擦肩而过的路灯。勉强堆出的笑容可以暂时麻醉自己，可以暂时欺骗自己，却在一个人独处时，失去了效力。

记得承恩君那次去家里做客时，就曾经有一盏又一盏的路灯这样在车窗外滑过，留下很多条流动的光带，而他们在车里说着话。虽然只是一些无聊的话题，虽然只是一些斗嘴的内容，但是那时的金熙子真的很愉快！

那是她和他离得最近的一次，以至于，她清楚地记得他那双眸子，那双在眼镜后面的眸子，清澈、明亮、炯炯有神。

后来，依然是那些针尖对麦芒的斗嘴，依然是午饭时听着承恩君的刻薄话，金熙子也依然愉快着。可是她没想到，愉快的友谊，也会在不知不觉之间发酵，产生一种新的变化吧。

如果不是下藤惠子从日本来到韩国，也许金熙子会一辈子以为自己和尹承恩只是朋友。

在安一郎说出“那也许是他的女朋友”开始，金熙子的内心就有什么迸裂开来，有细小的心酸在慢慢地袭击她的快乐。尹承恩有女朋友呢！当午餐时再也看不见尹承恩，也无法装作捣乱地跑去找尹承恩，更不能随心所欲地打电话给他时，金熙子的快乐就只剩下躯壳了。

直到这时，金熙子当然知道，她和尹承恩已经不是朋友了。或者应该说，他们从来就不是朋友，也许从一开始，自己对他那莫名其妙的好感，就不是同情一个孤单在外的人那么简单……也许……

金熙子把额头靠在冷冷的玻璃上，凝视着窗外，却因为心不在焉而看不到任何东西。

“该怎么办呢?”金熙子闭上了眼睛,自言自语,“该怎么办呢?真是烦恼!”她很想把尹承恩赶出自己的脑海,于是,狠狠地甩了甩头。

“你嗑药了?还是没来得及吃药就跑出来了?”

“啊!”金熙子被硬生生地吓了一大跳,她牢牢地抓住前面座位的栏杆,搞不清状况地看着声音的来源地……

她旁边的座位!

尹承恩那副大黑框眼镜近在咫尺:“看你这副怪样子……要不,就是鬼上身?”

金熙子“咕咚”一声咽了下口水,结结巴巴地说:“你,你怎么会,会在这里?”

尹承恩瞪着她,一字一顿地说:“这,个,好,像,是,班,车。为,什,么,我,不,能,在,这,里?”

金熙子完全忽略掉他的话里有多么赖皮的腔调,其实,她根本没听见他的回答。

金熙子只觉得自己的脸在微微地发烫——就像刚才她回想起的那样,他坐在她的身边,离她那样近。

真的好近!金熙子可以很清晰地看到他洁白光亮的牙齿、清澈又深邃的瞳仁、微微挑起的眉毛……金熙子也很清晰地闻到了他身上好闻的香皂味道、洗发水的味道……金熙子觉得心脏就快要从喉咙里蹦出来了……然后,“呃……”

金熙子和尹承恩站在路边。金熙子紧张又无比歉疚地擦拭着尹承恩袖子上的胃液胆汁之类的恶心的东西,觉得自己已经糗到了人类的最低限度——你能想象吗?神经大条的金熙子居然在面对自己朝思暮想的意中人时,吐到了他的身上!

尹承恩似笑非笑地看着她:“你是晕车还是晕帅哥呀?”

……

金熙子很矜持地保持沉默,顺便脸红。

尹承恩的眼睛隔着镜片看着她:“你为什么脸红?”

金熙子闷头擦着他袖子上的污垢。

尹承恩说:“喂,你为什么不说话,你的舌头也一起吐出来了吗?”

他看着她的脸更红了，突然笑了，声音很柔和地说："喂，还记得那次去你家做客的路上吗？也是在这路班车上，我们谈论了汉江的水被污染后，是丑恶的还是纯净的。"

是的，这正是刚才在车上我所想到的那次谈话。可是，金熙子还是决定不说话。

尹承恩抓住她不停在擦的手，又好气又好笑地说："可以了，再擦下去，我的衣服都会破了。喂，你告诉我，现在，你还觉得汉江的水被污染后，会是善良纯净的吗？"

他的口气是认真的。金熙子抬头看着他那张看起来普普通通的脸，点了点头。

尹承恩看起来有些古怪，他说："就像你还没有厌恶 MMJ 那些谄媚势利的家伙，也没有同流合污的意思吗？"

金熙子歪着头说："谄媚势利的家伙？我并没有这样的感觉啊！"

尹承恩唇角带着冷笑："你是反应太迟钝了还是在自欺欺人？在MMJ，对待红星与新人的态度，就算是门口的保安也会是两种截然不同的态度，你会没有觉察？"

金熙子笑了。"啊，那个啊。"她笑着说，"只有付出了努力，才会获得相应的认可啊，这是很简单的道理呢。作为没有得到认同的被评论者本人，更不应该随便地把过错都推到别人身上呢，那是多么任性而幼稚的行为呀。别人对你的态度不好，多数都是因为你自己的人生态度或者工作态度本来就有问题。就像承恩君你一样，你浑水摸鱼的时候，几乎被开除。可是一旦当你努力起来，马上就会有人来肯定你、提携你啊！再说了，怎么能简单地因为别人的态度而随便地否定一个人呢？而且还会用'谄媚势利'这样的词语？真的，我就是认为，他们的态度，只是反射你自己的态度的镜子而已。"

尹承恩凝视着金熙子的笑脸，似笑非笑，没再说话。

金熙子反而慌了起来，摸了摸唇角："那个，刚才的呕吐物还没擦干净吗？"

尹承恩问："你从来没有怀疑过自己、憎恨过别人吗？"

金熙子微笑了："有啊，我也曾经是个愤世嫉俗的小孩，恨不得一切比我幸福的人都死掉才好。”

她直率的答案让尹承恩有些意外，尹承恩问：“能讲给我听吗？”

金熙子点了点头，低头看了看地面，又抬起头来对尹承恩说：“爸爸妈妈刚去世的时候，我总是抱着喜欢的布娃娃躲在橱柜里。我觉得是因为我不够优秀不够乖巧，爸爸妈妈才会失望，才会对尘世不留任何眷恋地离开……那时候，我不喜欢听到别人的笑声，我觉得他们是在嘲笑我，是没有顾及到我的感受而自私地快乐着。他们什么都有，而我却得不到最起码的双亲的爱……那时，我觉得全世界都欠我的！”

实在是太难捱的时光，金熙子刚开始回忆，就已经开始流泪。

尹承恩动容地看着她：“这并不像现在的你。”

金熙子用手背抹去了眼角的泪花，微笑着说：“是啊，多亏了坚强的英子姐和善良的一郎君。他们让我知道，生活就是生活，总会有许许多多不尽如人意甚至残酷的地方，可是拥有坚强意志和宽容心的人，总能在不易的生活里寻找到快乐和幸福，让日子变得不那么难熬；而一个人如果没有去观察的耐心和去体谅的爱心，就算是生活在天堂那样美好的地方，他也会觉得快乐和幸福就如同细小的微尘，可以被忽略不计……”她咧嘴笑了笑，继续说：“所以，我告诉自己，不管发生什么，我都要看到好的一面，我都要用心去爱这个世界……如果自己已经不幸，那就一定要给别人加倍的幸福，这样的世界才会平衡。”

尹承恩怔怔地盯着金熙子带泪的笑脸，语气温和地、缓缓地说：“熙子，你知道吗，其实……”不知为什么，他温和的声音让金熙子有些紧张，金熙子觉得，他仿佛是要对她敞开心中的某种秘密。而此时空气里的味道，正如苹果般的芳香。

偏偏就在这时，新的一班班车驶进了车站，门“刷”地一声打开，冷清的站台上立刻挤满了回家的人。

尹承恩和金熙子默默地对视着，谁也没有上车离开的意思，他们一直安静地等着班车离开人群散去。可是，当站台上再次只剩下他们两个时，空气里的什么东西都不一样了。

金熙子小声地说：“承恩君刚才想说什么？”

尹承恩扭开头，过了一会儿才回过头来：“我送你回家吧。”

就这样吗?金熙子的心里有些忐忑又有些失望,她却又说不出是对什么忐忑又对什么失望。她勉强微笑着说:“不用了,时间很晚了,你也应该回家了,再说,惠子小姐她……”她不知道自己为什么会突然提到惠子。其实,她真的不想在尹承恩面前提到那个温柔可爱的下藤惠子,可是,她还是强迫自己笑着:“惠子小姐她一个人在家里,会很寂寞的。”

尹承恩的眼神里有什么东西灼烧起来。他抓住金熙子的胳膊,紧盯着她的眼睛:“你很介意,对吗?”

金熙子的心砰砰乱跳,承认吧,承认自己很介意温柔的惠子小姐陪伴在承恩君的身边吧。可是,她倔强地摇了摇头:“不是,我只是觉得她很寂寞……”

尹承恩用右手托起她的下巴,眼神火热:“我再给你一次机会。你、介、意、吗?”

是的,我介意,我很介意。金熙子的内心叫着,可她的嘴巴却不可自控地说:“怎么会介意呢?”

尹承恩的眼神冰冷起来。他松开手,冷冷地说:“说谎的人能找到什么快乐和幸福吗?真是笑死人了,你根本连遵从自己的内心都做不到,真是差点被你骗了,以为你真的会美好地对待一切。以后不要再动不动就伪装成看透一切、热爱一切的天使了,说谎的人是不会拥有真正的快乐和幸福的。”

不等金熙子反应过来,尹承恩已经后退了一步,看着她,冷冷一笑,招手叫来一部出租车,一声不响地上车离开了。

是自己浪费了老天赐予的一次表白的机会吗?金熙子慢慢地蹲在地上,觉得胸口有种说不出的钝钝的痛。就这样错过了吗?从天而降的承恩君,就这样错过了吗?可是,过了一会儿,金熙子又慢慢地站了起来,脸色苍白,可是唇角带着微笑:就算再来一百次,自己也不会向承恩君表白的。曾经知道痛苦滋味的她,怎么会忍心让那么美丽温柔的惠子去承受痛苦呢?惠子她分明是深深地爱着承恩君的。为了自己的好感而去伤害另一个女孩,那样的自己,才会更加不快乐、不幸福,不是吗?

她坚强地站在那里,等着下一班班车。她要回家,家里还有和她相依为命的英子姐姐。而日本女孩惠子,在这个叫首尔的城中,却只有承恩君一个人可以短暂地依靠。

可是,心中这弥散开来的疼痛,却是为什么?

路对面的一辆轿车里,安一郎带着苦涩的笑容看着失落的金熙子,一直看到她摇摇晃晃地上了班车。他到底该怎么办呢?从尹承恩跟着金熙子上了那辆班车开始,他就担心着熙子的情绪,果然,不祥的征兆应验了。和自己一样,尹承恩也看出了熙子内心的矛盾,所以特地主动拒绝了她吗?

从幼儿园开始的守候,果然只是他一厢情愿的付出吗?熙子当他是爱情里透明的空气和无关紧要的路人吗?他注定只能是她的守护天使,而不是心爱的人吗?一定是的,不然为什么自己消失了整整四天,熙子她只留了一通简讯,他没回,她也就没再追问。

心里有种无法抑制的痛,安一郎趴在了方向盘上,泪水滚滚而出。

漫长的夜里,汉江沉默地流淌着,一如安一郎的泪水。

然而黎明到来时,彻夜坐在车里的安一郎忽然微笑着擦干了泪水,他喃喃自语:"那又有什么关系,我只是希望熙子她快乐幸福,我不会要求回报的。"他开车前往金熙子家,明天早上,他要在熙子出门的第一秒,就看见她——哪怕是她所喜欢的另有他人,我也要为你,安静地守候。

这是比嫉妒和争夺更伟大的情感。

自己这是怎么了?

尹承恩虚脱般地靠在电梯里,浑身绵软无力。他不知道自己为什么会突然跑去找金熙子,会偷偷地看着她沉默地看着窗外,更不知道自己为什么要去戳穿她内心对他的好感,又残忍地丢下她一个人。

他知道,他不想看到一个积极阳光的金熙子,可为什么?是因为她的热情善良和乐观豁达影响到了他,动摇了他内心最黑暗的那个地方吗?一定是的,一定是的,所以他开始时克制着自己去找她,之后又希望她学会憎恨,学会嫉妒,学会为了达到自己的目的而不择手段。

"叮"的一声,电梯到了。他摇晃着走出电梯,开了门。

惠子还没有睡,带着甜美的微笑走过来迎接他:"承恩哥……"

尹承恩烦闷地换着拖鞋,粗暴地打断了她:"叫我承恩君。"

惠子的笑容僵硬住了，她难过地低下头，但很快微笑着抬头说："我做了一些寿司……"

尹承恩冷冷地说："我不饿。"他看也不看惠子，走进了自己的卧室，关门，落锁。

承恩哥变得越来越冷冰冰了。不再是帮她背书包的承恩哥，也不再是冒着落水的危险采睡莲给她的承恩哥，更不是在那个炎热的夏天握着她的手开心地笑着说要一起考上东大的承恩哥了。

可是，手心里依稀还有他的温度呢……

惠子抱着双腿坐在沙发上，泪水一滴一滴地流下来：不是说过那是一辈子都不会变的约定了吗？为什么分别了一年的时间，承恩哥已经变成了一个陌生人？就像他戴着的莫名其妙的黑框眼镜，就像他穿的可笑而老土的衣服，陌生得让人不敢相认。

她的心头忽然涌起了一阵悲凉的勇气。她站起来走到尹承恩的卧室门口，轻轻敲了敲门，温柔而坚定地说："承恩……君，到底发生什么了？"她有些哽咽："承恩君，告诉我。"

房间里静悄悄的。

惠子一下一下地敲着门。里面还是没有任何回应。

惠子终于哭了出来："我到底做错了什么，承恩哥？你能不能告诉我？"

依然是死一般的寂静。

惠子呜咽着瘫软在门外，眼睛里带着深深的绝望："承恩哥，拜托你不要这样对我。到底是发生了什么？"

房间里，尹承恩昏昏沉沉地躺在了床上，眼睛红红地带着泪水。

门外痛哭的是惠子啊！那个被自己小心呵护、曾经用心去爱的惠子！像花瓣一样柔软娇羞的惠子……是自己发誓要用一辈子和生命去守护的女孩子！可是，现在，他不能，他没有资格了。他内心的黑暗已经不能容纳下甜美纯净的惠子！他面对着惠子，自惭形秽。

他摇晃着站起来，打开门，强迫自己硬着心肠说："走开，不要吵我睡觉。如果不愿意留下，就滚回东京去！"话音刚落，尹承恩摔倒在地上。

惠子惊呼着："承恩哥！"她柔软的手摸上了他的额头："好烫啊！"

……

惠子真不知道自己哪来的那么大的力气，竟然把尹承恩扶上出租车，又送进了医院。

病房里，惠子看着病床上昏睡不醒的尹承恩，眼泪不争气地流了出来。她颤抖地抚摸着尹承恩轮廓分明的脸、浓黑的眉毛、高耸的鼻梁，哽咽着。

是压力太大导致的身体功能紊乱，这场高烧是在给他的身体做最后的预警。医生是这么说的。是因为我的到来，妨碍了他的事情吗？一定是的。原来自己在不知不觉间，竟然给了承恩哥这么大的压力和烦恼。惠子想：是时候回东京了吗？等承恩哥痊愈了，就回东京吧。

凌晨时分，尹承恩昏沉沉地醒来，却并没睁开眼睛，他紧闭着眼睛喃喃着："眼镜……我的眼镜……"

惠子把一旁的黑框眼镜给他戴上，尹承恩摸索着戴好，才又安静地睡去。

……

好久没有睡得这样踏实过了。

好久了！

尹承恩心满意足地睡着，忽然，就像往常一样，一个微笑着的女孩子出现在他的眼前，笑得那么甜美。他努力地挣扎着，终于抓到了她的手，那只冰冷冰冷的手，紧接着，他旋转着沦陷，仿佛掉到了无底的深渊中……他拼命挣扎，四肢却动弹不得。他大叫一声："救我啊，妈妈！"

……

烧很快就退了，可是身体还是虚弱得很，这次是真的得请病假了。

尹承恩请了两天的病假在家休息。

这两天里，尹承恩的身体是软的，心里却有个坚硬的计划在慢慢地形成，尹承恩一刻不停地沉思着。

这两天里，惠子除了默默地照顾着他，几乎没有什么话。

转眼就到了尹承恩该去上班的那天早上，惠子守在玄关，怯生生地说："承恩哥……"

正在换鞋的尹承恩条件反射般地说："叫我承……"

惠子勇敢地抬起头来，她坚定地打断了尹承恩的话，依然叫他：

“承恩哥！”不等尹承恩发火，她说：“我要回日本了！”

尹承恩的动作僵硬住了，他缓缓地放下正准备穿的那只鞋，转过身来看着惠子：“什么？”

惠子垂下了头。“我要回日本了。”她又看着他的眼睛，“承恩哥，我知道我来韩国，给你带来很多麻烦。我不会再打扰你了。”她忽然踮起脚尖，慌乱地抱住尹承恩，吻上了他的唇。

芳香而柔软，甜蜜而温柔……

惠子松开手，羞涩中带着一点悲凉地说：“惠子把自己的初吻交给承恩哥了，那么，就没有什么可以抱怨和遗憾的了。”她对着尹承恩深深地鞠了一个躬，就转身向自己的卧室跑去。

尹承恩一脚穿着拖鞋一脚穿着皮鞋，可他顾不了那么多了，他追到了她，他一把从背后抱住惠子，紧闭着眼睛说：“不要走，不要离开我，我好孤独……”不，他没有说出来，那是他心底的声音。他只是紧紧地抱着惠子，紧紧的。

过了很久，尹承恩松开惠子，喃喃低语：“也是，我的初吻，交给你了！很好，很好！”

惠子泣不成声，去摘尹承恩的眼镜：“承恩哥，让我好好看看你，记住你的样子，永远！”

尹承恩第一次没有躲开，他任由她摘下那副眼镜。他一眨不眨地看着惠子，感受着她抚摸他脸颊的柔软的手。猝然间，尹承恩抱住了惠子……两人紧紧地拥抱在一起，柔软的嘴唇紧紧地纠缠着……

再没有什么，比为了分别而诞生的绝望的吻更凄美动人的了，那是一种，忧伤凄厉的美。

……

一个小时后，坐在办公室里总是心神不宁的尹承恩回到了家中。

窗明几净，寂静无声，下藤惠子和她的用品消失不见了。

知道她要走，他没有留她，可为什么当她真的走了，他又觉得这样孤独？

尹承恩木然地取出了收起很久的那些照片，一一复原到房间的各个地方，他凄凉地笑着：“真好，还有你陪着我……”

照片里，美丽的女孩温柔地笑着，一如既往。

第十四章

《王朝的公主》和精彩绝伦的新戏

一个刚刚进入董事会不久的股东略带兴奋地说:“喂,我说大家,拍摄《王朝的公主》续集怎么样? ”看着众人的一脸愕然,他兴奋得满脸通红:“20 年的时间过去了,《王朝的公主》也应该有新的剧情发展了吧? 别说是普通观众,就连身在娱乐圈中的我,也很好奇大明史官和朝鲜公主的最后归宿呢! 不如我们就拍摄一个……”

“啪”地一声,李月城的椅子被向前一推,狠狠地撞在了桌沿上,而他本人已经一言不发地消失在会议室的门口。

金熙子闷不做声地吃过早饭，就抱着厚厚的一叠《反光板下的彩妆》之类的资料，坐在门厅的地板上穿鞋子，没精打采地说："我走了。"

金英子若有所思地看着金熙子走出家门。这小妮子是有心事呢。那些落寞都写在金熙子的脸上，就算是再粗心的人也能从她郁郁寡欢的样子看出来，何况是本来就心细如发的安保公司高级顾问金英子呢？但是金英子并不打算直接去问妹妹。

她放下茶杯，把金熙子几乎没怎么吃过的燕麦粥和泡菜端进了厨房，一边整理橱柜上的盆盆碗碗，一边想着妹妹的失常。

自从父母去世后，幼小的妹妹就像是粘着人的布娃娃一样粘着自己，生怕唯一的姐姐也会有一天突然离开人世。这么多年，不管遇到什么样开心或是不开心的事情，她都会第一时间告诉给英子姐姐。可是这次……金英子隐约猜到，金熙子的闷闷不乐和那个叫做尹承恩的男孩子有关。那个仅见过一次，却给她带来深刻的不良印象和危险感觉的尹承恩。

金英子当然知道，虽然自己再三警告，妹妹还是在和那个尹承恩来往着。因为，一向和她无话不谈的金熙子，总是在晚饭时滔滔不绝地讲着安一郎，可她讲的安一郎，又总是说着前后截然相反的话，做着前后截然相反的事。会发生这种事的唯一解释，就是，这个金熙子口中的"安一郎"，其中有一部分是"尹承恩"，而且是比较大的那部分。

妹妹恋爱了呢！

自己对尹承恩那种感觉，是不是只是因为在一开始她就敏锐地感觉到了，这个男孩子在妹妹的生活中，会是一个很特别的角色？

其实，温和体贴的安一郎，才是那个可以让熙子幸福的男孩子吧？

总觉得尹承恩会伤害熙子。自己假装什么都不知道，放任妹妹这样选择，真的没问题吗？

但……金英子虽然担心，却还是自我宽慰地笑了笑，她自言自语地说："妹妹长大了，她应该开始学习如何面对许多不愉快和挫折了。只有这样长大，她才是坚强的金家的孩子。"

收拾好厨房，金英子坐回客厅，习惯性地翻开刚刚送来的晨报，头版新闻的巨大标题就出现在她的眼前：昔日巨星尽辉煌，今朝过气成黄花。

就算是不看内容，新闻指向的是谁，也是一清二楚的。

娱乐圈从来不是一个风平浪静的港湾，更不是允许"循序渐进"这种事存在的地方。它的残酷不仅仅是对新人而言的，它的残酷对于功成名就者来说，也是一视同仁。

MMJ 虽然在韩国独大了几十年，但还有更多的公司在酝酿着、积蓄着野心的力量，预备着取而代之。MMJ 最大的明星，就是韩国最大的明星——李月城。李月城早已成为 MMJ 娱乐堡垒上的一杆大旗，他在，MMJ 的士气就在；他不在，MMJ 在某种程度上来说，也就面临了土崩瓦解。要动 MMJ，必须先动李月城。开始动李月城，也就意味着，一场针对 MMJ 的大战，开始在即了。

金英子看着这看似客观公正的新闻，却已经嗅到了风暴前那种泥土涌起的腥味。

闻到这种腥味的不仅仅是金英子，还有此刻在 MMJ 大厦高层会议室里沉默的十几个人。

李月城反而是看起来最轻松的一个，他微笑着看完整篇报道说："很客观，我个人并没有觉得有什么不妥。"

MMJ 董事长并没有笑，也没有接李月城的话，他眉头紧锁："从演唱会结束到现在，已经有两个月左右的时间过去了，我们月城君的确是没有什么可以拿得出手的作品，不管是哪一方面的。"

安吉拉眉宇间也带着严肃："的确是没有好的策划，剧本方面也没有什么好的选择。虽然世纪演唱会后有一些活动策划，但显然分量不足以具有世纪演唱会这样的说服力。”

一个刚刚进入董事会不久的股东略带兴奋地说：“喂，我说大家，拍摄《王朝的公主》续集怎么样？”看着众人的一脸愕然，他兴奋得满脸通红：“20 年的时间过去了，《王朝的公主》也应该有新的剧情发展了吧？别说是普通观众，就连身在娱乐圈中的我，也很好奇大明史官和朝鲜公主的最后归宿呢！不如我们就拍摄一个……”

“啪”的一声，李月城的椅子被向前一推，狠狠地撞在了桌沿上，而他本人已经一言不发地消失在会议室的门口。出道这么多年，从来不曾失控过的李月城，从来不曾失却过微笑的李月城，走到走廊里，才丢下了一句压抑着愤怒的、冷冷的话：“不可能！”

会议室陷入了一片安静。很久以后，安吉拉站了起来：“我去看看月城君。”

等到安吉拉走出会议室，那名发言的董事才反应过来，忿忿而诧异地问：“到底是怎么回事，我有说错什么吗？”

董事长苦笑着说：“你才加入董事会，所以不知道……《王朝的公主》是月城君心里永久的禁忌啊。”

安吉拉没有去李月城的办公室，她去了那个房间。

6 楼走廊尽头的那个房间。

被 MMJ 员工传说是她与李月城秘密约会地的那个房间。

李月城的确就在这个房间里。

在这间宽敞的房间里，只摆着一个被幕布遮盖得严严实实的玻璃陈列柜。李月城站在可以看见汉江的落地窗前，沉默地看着窗下奔流不息的汉江，可他的情绪并不平静，他的胸口还在猛烈地起伏着。

门轻轻地开了，又轻轻地关上。

没有敲门声响起过，应该是安吉拉。

不，应该是说，除了安吉拉，MMJ 再没有人，敢试图进入这个房间。

李月城没有回头，他竭力控制着自己的情绪："散会了？"

安吉拉慢慢地走近他，轻声说："还没有，我放心不下，来看看你……"她凝视着他的背影，缓缓走近他，轻轻地把脸贴在他的背上，然后用双臂环拥着他的腰。她闭着眼睛喃喃低语："真的不愿意看到你难过……"

李月城轻轻却又坚决地推开安吉拉的拥抱，并没有转身，也没有说话。他只是向旁边走了两步，依然面对着窗外的汉江，许久，才慢慢地说："让我一个人静一静。"

多少年了？安吉拉看着李月城的背影，咬住了自己的嘴唇。从笑逐颜开的末位七号助理，到形影不离的首席秘书，安吉拉在 MMJ、在全心热爱的月城君身边，度过了多少年这样的时光？那个温柔的月城君，那个所有韩国女性的闪亮偶像，时刻都在她的面前，可又总是让她觉得遥不可及。

他总是这样彬彬有礼地和她保持着距离——最近也是最远的距离。

他看不出她的深情？感觉不到？这无论如何都是自欺欺人的想法。细腻的月城君怎么会一直忽略掉她持久而明显的表白呢？

他厌恶她？这更无可能，如果他厌恶她，他大可以在身边换一个人。可他没有，这些年来，无论安吉拉做出怎样过分的示爱举动，他只是礼貌地拒绝她，连呵斥都不曾有。

那么，是因为……安吉拉站在那里，呆呆地看着这房间里摆放的唯一陈设——那个盖着幕布的玻璃陈列柜。安吉拉知道，只有李月城一个人的时候，他才会取下那幕布，可此刻，刚刚经历了李月城怒而离开的一幕，安吉拉好像想到了什么，她抓住了那条幕布的一角。

李月城想阻止她，可安吉拉已经鼓足勇气，狠狠地扯下了幕布。

……

玻璃柜里，悬空铺展着一件华丽却又端庄的古代宫廷衣服，公主的衣服。

《王朝的公主》里的戏服。

安吉拉忽然间泪流满面，她挥拳砸着陈设柜的玻璃，歇斯底里地叫道："我早就知道，我一直都知道……"

李月城牢牢地抓住了她的手腕，他的脸上有罕见的恼怒："安吉拉！"

安吉拉委屈地看着李月城："你不要叫我安吉拉，我从来就不是你的天使，从来就不是！"

这么多年来，李月城眼看着安吉拉从一个毛手毛脚的小丫头，变成了优雅能干的业界强人，他实在太了解她了。其实，李月城一直知道，她在私下里对他那绵软的情愫，多年来从不曾减少过分毫，但她都处理得很好，不会越界，也不会被外人觉察。然而今天，当她意识到了他内心所隐藏的秘密，她终于控制不住情绪了。

这副伤心的表情，那双含泪的眼睛，像极了……像极了她。

就是因为她像极了她，自己就有理由留她在身边这么久吗？

这对自己是慰藉，可对她，却是折磨。

我的自私，已经伤害了……她。那么，我怎能再用我的自私，来伤害无辜的安吉拉？

李月城再不忍心苛责她，他轻轻把安吉拉抱在怀中，低声说："对不起，对不起。"

安吉拉伏在他宽阔温暖的怀中，伤心地哭着。

李月城就安静地听着，直到那哭声越来越小，慢慢地变成抽泣，慢慢地消失了。然后，他低低地说："你辞职吧……"他还没说完，安吉拉已经紧紧地抓住了他的胳膊，她小声说："不，我要留在你身边。"不等李月城再说话，安吉拉已经离开了他的怀抱。

除了发丝微乱、眼圈微红，安吉拉俨然又恢复成了那个精明强干、让人敬畏的冷美人。她看着李月城，隐去了眼神中的最后一丝哀怨，她平静地说："董事们应该还在等着我的回复，那么，月城君的意思，就是绝对不会同意重拍《王朝的公主》或者是拍摄它的续集，对吗？"她并没有等李月城回答的意思，就自顾自地说，“是的，我明白了。那么，我走了。”

只要能够在你身边，就算是种折磨，我也甘之如饴。是吗？

李月城看着她毅然离开的背影，长叹了一口气。

安吉拉真正走出门外，反手关门时，正想彻底理清思绪，却蓦然被门外的人吓了一跳。

那是一个邋里邋遢的高个子少年，带着一副丑陋的黑框眼镜。而此刻，他正牢牢地盯着安吉拉，眼镜后的眼眸中，是带着隐隐愤怒的冰冷眼神。

这个人怎么会、怎么敢守在这个门口？这个禁忌的门口？

MMJ公司的规定里，列有很明确的一条：“任何人，在任何情况下，未经预约和批准，禁止接近李月城的办公室和6楼的专用房间。”换句话说，当紧急状况发生时，你可以冲进MMJ董事长的办公室，但，不管你有任何理由，都不允许来打扰李月城。

真是毫无规矩的新人。

安吉拉眉头皱了一下，想起了眼前的少年就是东京电视台的下藤君介绍来的编剧尹承恩。她调整了一下情绪，恢复了干练冷静的表情和声调：“有什么事的话，请到我的办公室。”

尹承恩的目光已经恢复成慵懒无神了，他漫不经心地说：“我想见李月城。”

他居然直接称呼月城君为“李月城”！

眼前的新人真是越来越不像话了。

安吉拉公事公办地说：“请先到我的办公室，然后告诉我你要见月城君的理由。”

尹承恩耸了耸肩，指了指关着的那扇门，说：“他不就在那里面吗？”

真是不知天高地厚的新人。

安吉拉真的准备发火了……就在这时，李月城打开门，走了出来：

“有事吗？”

就在这时，安吉拉忽然觉得，自己仿佛在这个空间里隐身了，而这偌大的空间里，只剩下挺拔的李月城，还有比他矮不了多少的尹承恩。

安吉拉的心里，有惊骇的震动——

一个连规矩都不懂的平凡少年，怎会突然拥有能与月城君相抗衡的气场？

李月城逆光而立，尹承恩看不清他脸上的表情，甚至连五官也是模糊的。不知道为什么，看似有备而来的尹承恩忽然变得有些紧张，他张了张嘴，准备好的话却没能够说出来，他只是向着李月城的方向，递上了一张纸：“给。”

尹承恩并没有送上前去的意思，李月城居然不以为忤地走上前来，接过了那页纸。

那张让无数人疯狂、让无数人痴迷的脸庞近在咫尺了，尹承恩默默而仔细地打量着李月城修长的眉眼、挺立的鼻梁、薄薄的唇，忽然扭头看向了走廊的另一侧，尽管那里什么都没有。但他的目光，仍久久地凝望。

肯定是有什么不同寻常的事情发生了！迟钝如新晋化妆师金熙子，也觉察到了 MMJ 大厦里的异样——她觉得，转眼之间，公司的上上下下都突然紧张地忙碌成一团。

午饭时刻，当金熙子端着托盘在一向喜欢的角落里坐下时，她已经知道公司上下在忙碌些什么了——那些八卦的人啊，简直毫无控制分贝的念头，就连排队买饭的时候，都在你争我抢地阐述着自己的观点。

月城君要拍新电影了！

说起来，对于每年有几十部影片问世的 MMJ 来说，要拍摄一部电影这种事情，完全应该算不上什么新闻，但是主演若是月城君的话，那这部影片的地位和意义，就与众不同了。要知道，月城君对电影剧本的挑剔是众所周知的，所以月城君的电影两三年才出一部，他一向认为，只有勤奋和挑剔共存，才会有票房和口碑的双重保证。而在世纪演唱会之前，月城君刚有一部时装言情大片上映，并且获得了轰动的效果。怎么会在相隔这么短的时间内，又要推出新的拍摄计划呢？是今天早上那个八卦报纸含沙射影的头版内容引发的公司应对之策，还是一切早有准备、只是公布时间纯属巧合呢？

不过，这大概是幕后的高层才应该考虑的问题，和专门负责化妆的熙子我扯不上什么关系吧？！

金熙子正顾自想着，面前突然放下了一个托盘："看你出神的样子，又在酝酿着把什么恶心的东西给吐出来吧？"这刻薄的语气……

果然是尹承恩。

大前天晚上，尹承恩的突然出现和突然离开，以及中间发生的、那让金熙子脸红心跳的一切，这两天经常时而清晰、时而模糊地出现在金熙子的眼前。她的心砰砰乱跳。

眼下，这家伙若无其事、似笑非笑地坐在那里，黑框眼镜背后的眼睛里带着分量十足的戏谑："可不要像前几天那样吐在我身上，或者，你真的想吐的话，请提前和我打个招呼吧。"

金熙子完全语塞。大前天晚上在公交车上出了那么大的糗，她到现在还觉得郁闷呢，还有那没有被承恩君逼迫出来的表白，自己真的是……哎！……好像有些不一样的气场，奇怪，那是怎么回事？金熙子纳闷地张望，却发现此刻自己所坐的这张桌子，俨然已经成为气场的正中央，而大家含义复杂的目光，好像都集中在……尹承恩的身上？呃？出了什么事情，过了这么久，大家不是应该已经习惯尹承恩老土又嚣张的样子了吗？

就在这时，一个坐在邻桌的、和金熙子年龄相仿的女孩一脸崇拜地小声对尹承恩说："承恩君，你实在是了不起。我想，你应该是我学习的榜样和努力模仿的偶像呢！"

这家伙是吃多了在胡说八道吗？尹承恩居然还能和"榜样"、"偶像"

这样的词语搭上关系吗？就算是金熙子我不知不觉偷偷喜欢上的人，但我也该作出客观理智的评价呀。

让金熙子没料到的是，那个女孩子的话居然还引起了一片不大不小的点头称“是”声。

金熙子终于忘记了大前夜的尴尬，她把头低低地靠近桌子，用拿着勺子的手挡住嘴巴，小声地问：“喂，你做了什么事情，是不是……”

“不是。”尹承恩斩钉截铁地说，“虽然我不知道你要猜测些什么，但从你智商一贯不太高的表现来看，你肯定会做出一个错误的猜测。”刚说到这里，安一郎平静的声音从一旁传来：“承恩君，你真是干得非常漂亮呢！”

哎？一郎君你也知道啊！

一分钟后，金熙子瞪大了眼睛看着尹承恩：“我说，你这家伙也未免太神通广大了吧？居然仅凭一个故事的简单介绍，就能让月城君全力推举你做他的御用编剧……你知不知道……”

“我知道。”尹承恩略显不耐烦地说，“我当然知道，李月城的编剧一般是一个团队，都是些厉害的老家伙。”

安一郎看着目光深不可测的尹承恩，眉头暗暗地一锁。他觉得自己越来越琢磨不透眼前这个自己的同龄人了，虽然，他已经探知了他的“秘密”并不危险。尹承恩的眼睛里有太多与年龄不相符的东西，他的行事更是如此。险些被开除，意外转正，对下藤惠子的恶劣态度，对落魄星探朴友林的热心，甚至是瞬间成为被李月城钦点的编剧，这一连串的事件，都透露着一丝诡异，带着某种阴谋的味道。但，似乎缺少一条脉络，一条可以连起一切事件的脉络，一条可以解释一切“为什么”的脉络。

安一郎正想着，尹承恩突然说：“这是一部为李月城量身定做的世纪绝唱。”安一郎一怔，抬头去看尹承恩，却发现尹承恩正意味深长地微笑了一下。虽说“意味”深长，但这“意味”到底意味着什么，饶是聪明如安一郎，也如坠迷雾。

看得出，金熙子是由衷地在为尹承恩高兴的，她那一度郁郁寡欢的脸上涌起了幸福的红晕，目光里跳跃的波光，也是为着她的高兴而缤纷地舞蹈着。

幸福的光彩是从来不会骗人的。

真是看得让人心酸呐。安一郎心里交织着两种对抗的情感：为着金熙子的快乐而快乐，为着她的快乐并不是为自己而难过。无意间一抬头，他忽然撞上了尹承恩嘲弄的笑容。

成为月城君御用编剧的人，是无法逃过很多事情的，比如，平时眼睛高高在上的艺员们，会一反常态地簇拥过来。很多编剧甘之如饴的事情，就是红或者不红的演员找上门来，谄媚地说着好话，渴望在由月城君主演的电影中，为自己寻得一个小角色，哪怕是一句台词都不说。

何况这次，尹承恩不但是月城君的御用编剧，而且是独立担纲的人。

午饭后，这些渴望角色的艺员们已经开始在尹承恩的新办公室门外聚集了。不愧是反应最迅速、做事最讲效率的MMJ公司的成员。

尹承恩的坏脾气没有丝毫的掩饰，他大踏步地走出独立编剧室的大门，然后恶狠狠地怒视着挤满走廊的艺员们。看着这毫不客气的目光，那些艺员们还不等他的刻薄话出口，就已经知难而退了。

尹承恩关了门。可他刚回到办公桌前坐好，忽然听见门上传来“咄、咄”两声轻响。

真是不知死活的家伙们！尹承恩愤怒地走过去拉开门，一脸要发作的凶狠表情，只吓得来人“咦”地一声后退了两步。原来是金熙子。

她那张皇失措的样子，迷途小鹿般茫然的眼神，忽然触动了尹承恩内心某个敏感的地方，原本堆积在唇齿之间的刻薄话，已然不能出口。他轻轻侧身，让金熙子进了办公室。

尹承恩给她倒了一杯水，说：“该不会连你都是来要一个热门角色的吧？你应该知道，公司不会允许你露面的，否则演唱会上的事，会被重新翻出来的。”

金熙子紧张的神情放松下来，她笑笑说：“没有啊，我只是太为你高兴了，兴奋得做不下自己的事情，只好跑过来看你。而且，呃，我还有一点点的好奇心，我想知道，到底你是用了怎样的故事吸引到了不起的月城大人的？”

尹承恩脸上的笑意完全地抽离了，转身冷冷地面对着落地窗，他忽然想起李月城也有过这样望着窗外的角度，他立刻又转回过身来，看着眼前的金熙子，看着眼神好奇的她。真是个特殊的女孩子！尹承恩想：在我最急躁的时刻，你让我内心安宁；而在我万事俱备的时刻，你又来逼我清醒。

在决定做那件事之前，尹承恩早已经做过一切可能的猜测，甚至下藤惠子的意外出现，都没能乱了他的阵脚，然而眼前这个倔强而乐观的女孩子，却一直差点扰乱他原本坚定的心境。

静静地放任她一点点地蚕食自己的计划，就是最不明智的坐以待毙吧。尹承恩懂得什么叫“功败垂成”，他是不会冒这个风险的。想到这里，尹承恩嘴角突然现出一丝玩世不恭：“我还是想继续上次的话题——当我允许你选择‘介意’和‘不介意’时，你，为什么要说谎？”

真是哪壶不开提哪壶。金熙子头皮一阵发麻，傻傻地看着他，完全不知道该说什么的样子。

“回答我。”已经不再是让她远离自己计划步骤的借口了，尹承恩觉得，自己是真的想知道问题的答案，这种迫切的感觉从心底直冲而起，他甚至不自觉地挡在了金熙子可以奔逃出门的方向上。

“不介意。”金熙子被自己的声音吓了一跳，那声音听起来响亮又真诚，但距离自己又是那么的遥远，“惠子小姐应该是承恩君很亲密的人吧，不管是朋友还是恋人，看上去，她都是真心实意地对待承恩君的，作为承恩君在韩国的朋友，能看到比自己更关心承恩君的人，我是由衷地高兴的。”

该死的，明明是言不对心的谎话，为什么听起来这么流畅、这么无懈可击呢?

尹承恩缓缓地坐在沙发上,面无表情地看着她。

金熙子故作镇定地说:"喂,还是回到正题吧,我真的很想知道月城……"

"离开吧。"尹承恩脸上波澜不惊,语气里也听不出悲喜,他淡然地说,"请离开吧,我要工作了。"

哎?真的是很突然的情绪变化呢!可是,其实在那个尴尬问题形成的尴尬气氛下,金熙子也不太想得出还可以说什么了。

到底为什么要莫名其妙地跑到这个家伙这里呢?

是因为……有自己不承认的、告白的冲动吗?

那么,自己又再次错过了吗?

随后的日子里,尹承恩成了备受MMJ关注的中心人物,传奇性十足,甚至有点儿传说的味道。一是因为剧本内容已经成为MMJ最大的机密;二是因为,尹承恩再也没有出现在任何人的面前。尹承恩的独立办公室;在大厦中层的17楼,朝夕拉着厚厚的天鹅绒窗帘,隔音,无光。而整个17层的其他办公室悄无声息地处于停用状态,公司没有对其他工作人员撤离17楼给出任何书面通知或解释,但一切进行得有条不紊、整齐划一。

刻薄而又老土的尹承恩就这样遁形了。

除了17层,还有另外一层处于绝对的宁静与封闭中,那就是在大厦的第8层。那里有李月城的私人形体教室。世纪演唱会的前几个月,那里天天拉着落地窗帘。现在,又是这样。

MMJ大厦里的气氛渐渐凝重,一种大战将近的气息迫在眉睫。

而进步神速的初级化妆师金熙子,则一边努力地完成着手头的工作与练习,一边在心里反复地问自己到底是"介意"还是"不介意",可是不管用怎样的理由说服自己,她还是会情不自禁地喃喃自语:"我不介意。"

有时忙到夜色浓浓,金熙子离开公司的路上,她会忍不住回头去看 17 层那扇黑黑的窗，有几次，她已经在手机按好了尹承恩的号码，却最终没有拨出去。金熙子快乐地在心里呐喊："加油啊，承恩君。"可转瞬，她还会有一丝惆怅，说不清为什么，是因为，她和尹承恩之间的距离，越来越遥远了吗?

她从来没去想过，同样越来越忙碌的安一郎，也在做着同样的事情。

每次拍摄间隙，安一郎都会打开手机，调出金熙子的电话号码，默默地看着。然后，关机，继续拍戏。

熙子，我们之间的距离，越来越遥远了吗?

第十五章

尹承恩的横空出世与安一郎的乐极生悲

这一个月以来，尹承恩已然成为一个崭新的毛毛虫变蝴蝶的传说人物，但人们更清楚，这既是尹承恩一战成名的机会，也可能是他一蹶不振的劫数。一旦这个影片未能大获成功，哪怕是略有反响，但未一炮而红，都会影响到甚至彻底毁灭他今后的职业之路。尹承恩正处在蝶变的最后一个环节：化蝶，或者夭折。

丑陋的毛毛虫有多大的机会可以变成翩翩起舞的蝴蝶呢？也许自知天敌众多，自然界的蝴蝶妈妈才会产下大量的卵，来应付恶劣的天气、凶残的敌人和虫宝宝们自己绝望地放弃生存机会这类事件。即便是这样，侥幸存活的虫宝宝们面临着的也并非是一帆风顺，觅食的艰辛、成蛹的寂寞、蜕变的剧痛……被人赞叹的一飞冲天的背后，是多少难以言说的痛苦啊！

这一个月以来，尹承恩已然成为一个崭新的毛毛虫变蝴蝶的传说人物，但人们更清楚，这既是尹承恩一战成名的机会，也可能是他一蹶不振的劫数。一旦这个影片未能大获成功，哪怕是略有反响，但未一炮而红，都会影响到甚至彻底毁灭他今后的职业之路。尹承恩正处在蝶变的最后一个环节：化蝶，或者夭折。

一个电影的故事可以浓缩成几句话，精彩无比，但是要将这份精彩转化成每个角色到位的言谈举止，需要的功力就绝不仅仅是讲故事的本事这么简单了。编剧的灵性与敏锐的观察能力，缺一不可。

在最后一次公开会议上，董事长曾问安吉拉："安小姐，你觉得这样信赖一个还不到20岁的编剧，会不会是件冒险的事情呢？"

安吉拉淡然微笑："17岁的月城君主演《王朝的公主》时，当时在众人看来，又何尝不是一次冒险呢？"这句掷地有声的话，明显让原本面带怀疑的董事会成员们镇定了下来，开始了更细节的讨论。

李月城微笑地看着强势而精明的安吉拉，尽管安吉拉本身也是启用尹承恩这件事的反对者，但当李月城主意已定时，她就会毫不犹豫地抛开自己的怀疑，坚定地维护李月城的决定。

发生了6楼秘密房间里的那件事后，李月城并没有申请调她离开，他相信她会处理得很好。当然，还有一个原因，就是她无论是笑或者是哭，都像极了……

这时，安吉拉的目光忽然看过来，她对着李月城微微一笑。

像极了她！

李月城的手突然抖了一下，杯里的柠檬茶险些洒出杯外。他放下杯子，望向了窗外，耳边那些讨论的声音就渐渐成了模糊的背景。他忽然很想去看看尹承恩。

17层那间办公室的门外，放着工作人员送来的午餐餐盘，用保鲜膜封着的盘盘碟碟保持着原状。

怎么，他吃不下饭吗？

李月城拿起餐盘，轻轻敲了敲门，死一般寂静的里面立刻传来一声咆哮："滚开！"

李月城旋了旋把手，是开着的，于是他推门进屋。很大的办公室，弥漫着久不见阳光而微微发霉的味道。在那深邃的黑暗中，仅仅有一盏台灯投射出橘黄色的微弱的光。

蓬头垢面的尹承恩摇摇晃晃地从桌后站起来，恶狠狠的目光、扭曲的表情，都显得这个少年的面孔狰狞无比。接触到李月城的微笑的刹那，尹承恩突然更像站不稳一样，摇晃得越发剧烈。

李月城走过去，把餐盘放在桌子上，微笑着说："总要吃点东西吧，就算再苦再累，只要肚子里吃进去东西，也就没什么可怕的了。"他温暖地微笑着，柔和的眼神亲切无比。

尹承恩好像说不出话来，但他脸上的狰狞却被一种迷茫、一种顺从所替代，他温顺地坐在椅子上，双手颤抖着撕开保鲜膜，拿起半个切开的卤蛋，狼吞虎咽地吃着，随后是面包、苹果、泡菜饭团……他始终没用筷子，始终用双手抓着食物。接着，他双手抖动得越来越厉害，直到他已经抓不住手里的薯条。他从椅子上摔倒在地上，又爬起来跪倒在地上，抱着头嚎啕大哭。

李月城单膝跪倒在他的前面，温柔地抚摸着他的头："是压力太大了吗?真的不需要的,我们只是在做着一件工作而已。"他扶起尹承恩,试图去摘下他的眼镜,为他擦去泪水。

尹承恩一把推开李月城的手,靠着办公桌坐在地板上,他的表情已经恢复了镇定,虽然纵横的泪水说明他前一刻还在失控,但此刻,他内心某种奇特的控制力,已经控制住了他的失态。他疲倦地擦掉泪水,拿起一块被他推到地上的小面包,苦笑着说:"不是压力,是记忆。"他试图再笑一下,泪水却滚滚而出:"在东京的时候,只有三岁的我曾经每天蹲在面包店的垃圾桶后面,等着店主把卖剩下的快要过期的面包丢出来。等啊等啊,终于有一天,店主真的扔出来一袋变质发霉的奶油面包,我高兴地上去拿,结果却被几只流浪狗抢走了。我捂着被流浪狗咬伤的手,在路灯下哭得好伤心啊,不是因为伤口在痛,而是因为我没有吃到奶油面包,我从来没吃过的奶油面包啊……"

李月城动容地看着尹承恩:"你的父母呢? 他们遗弃了你吗? "

尹承恩眼中恨意一闪,却摇摇头,擦着泪水:"妈妈的工作很不顺利,也很忙。当时她只能托一位同住贫民区的大婶照顾我,她以为都是穷苦的邻居,大家会互相帮助。可她从来都不知道,那个老女人从来没把微薄的钱花在我身上过。我只能一边哭着喝稀饭,一边看着她的孩子在吃拿我妈妈的钱买来的饼干……"

原来,这个少年,竟然有着这样痛苦的回忆。

李月城深有感触,他慢慢地说:"我出生在一个渔民的村子里。很小的时候,父亲就在出海捕鱼时遭遇了风暴,一去不回。不久,妈妈也生病去世了。我就在村子的每一户人家之间流浪,每天都处在饥饿的感觉当中,直到 17 岁那年来到首尔……我们的经历很像啊! "

尹承恩的眼里突然燃烧起熊熊的烈火,他愤怒地大声叫喊着:"不! 不像,我们之间从来就没有任何相像的地方! "他站起身来,指着门的方向,狂怒地喊道:"滚,滚出去! "

李月城看着他,缓缓站起身来,凝视着他:"如果你需要帮助……"

尹承恩狠狠地推开李月城试图放在他肩膀上的手,声嘶力竭地吼着:“滚开,滚出去!”他蛮横无礼地推搡着李月城,一直把他推出门,而后,一声巨响,门关上了。

李月城怔怔地站在走廊里,又想抬手敲门,但,他举起的手,又轻轻地放下。在这个蔑视权威、无端发怒的少年面前,李月城的内心,波澜起伏。

室内,尹承恩背靠着门,颓然坐下,长着倔强头发的头颅埋在双膝之间,泪水奔流而下。

下午,李月城的办公室里。安吉拉为李月城遍布前胸后背的淤青涂擦着药酒,心疼而疑惑地问:“到底是怎么弄的? 这应该不是形体训练时弄的啊。”她突然问:“是不是你去看那个尹承恩时,那个古怪的家伙……”

“嘘,”李月城淡淡地说,“不要问。这应该是个秘密,我们之间的。”

安吉拉抿上了嘴唇, 却心有不甘, 忍不住说:“要不要我去教训……”

“安吉拉! ”李月城的声音忽然严肃起来,“不要去烦那个少年,他会写出一个天才的剧本的。”

安吉拉咬住了嘴唇,一声不吭地继续着手上的涂抹。

所谓巨星,就是娱乐圈宇宙中作为中心的恒星,就是见过这个体系中的很多行星和流星的人,他对人对事的看法,早已一击便中,无懈可击。果然,三天以后,在董事会的例行会议上,董事长颤抖着对李月城说:“这真是一个精彩到令人拍案叫绝的故事。”

微笑的李月城,只是看着眼前那叠厚厚的打印稿,若有所思。

尹承恩离开 17 层的那间办公室时,正在中午。不知是怎么想的,形骸几近消逝的他,在众人惊诧和敬仰的目光中,摇晃着出现在饭堂里。他对愕然看着他的金熙子展露出了一个疲倦的笑容:“我回来了。”他试图说些刻薄话,但他只是咧了咧嘴,而后就在金熙子的惊呼声中摔倒在地。

公司的两个保安毕恭毕敬地将尹承恩放在床上, 便告辞离开了,只剩下金熙子守候在尹承恩那间太过宽敞的公寓里。尹承恩的医院检查结果是没有什么问题的，只是压力过大、劳累过度、体力完全透支的结果。

金熙子呆坐在床边，看着陷入熟睡或者说昏迷的尹承恩，过了一会儿，她才突然发现，惠子并不在房间里。

要赶快通知惠子。

这时，金熙子才发现，因为太过匆忙，她的手机忘在了 MMJ 的饭堂；而她也终于想起来，因为语言不通，她根本就没存过惠子的电话。

她只好用尹承恩的电话拨打了惠子的手机，可那号码，已经停机。

那么，惠子是回日本了吧？

可在那一刹那，金熙子感到的，不是高兴，而是在深深地懊悔自己不会像惠子那样精通烹饪。她想了又想，只好决定去为承恩君做一份水果拼盘，至少……她一边不熟练地削着苹果一边孩子气地想："至少承恩君会知道，我是真心实意地希望他好起来。"

准备好果盘，她呆呆地看着尹承恩，忽然觉得他戴着眼镜睡觉可能会不舒服，于是伸手去取。谁料睡梦中的尹承恩，却条件反射般地打开了她的手。

"喂，其实你是醒着的吧？"金熙子揉着被打得很痛的手，对尹承恩说。

可是，她又很快发现，尹承恩并不是在装睡，他真的睡得很熟。

好吧，原来只是习惯了戴着眼镜睡觉而已。

真是怪人！

眼看到了平常回家的时间，金熙子给姐姐打了个电话，说是一个同事生病了，她需要照顾对方。金英子突然问："是尹承恩吗？"金熙子不知道该怎么回答，条件反射性地问："你怎么知道的？"金英子淡淡地回答："因为你会不回家而去照顾的人只有两个，而安一郎，他刚刚把你丢在公司饭堂的手机送回来。"

一郎君……金熙子的心里一阵抽紧，是的，他说午饭时会来找她的，而她，连个信息都未留，就跟着尹承恩去了医院。

金熙子心虚又内疚，老老实实地等着姐姐的训斥。谁知，金英子淡淡地说："我还在忙着协助警方给月城大人遇袭的事情结案，没什么时间陪你聊天，就这样吧。"说完，她挂了电话。

金熙子愣怔住了：姐姐居然没谴责她和尹承恩在一起，也没有逼着他回去，这，这，这？

电话的那一端，金英子温柔地笑着想：爱着你的安一郎，在调查清楚尹承恩是否安全之前，是绝不会容许你陷入可能存在的危险当中的。那么，既然他都默许了你和尹承恩的相处，我这个当姐姐的，也只有祝福你们了。虽然，姐姐替你感到惋惜，尹承恩不是安一郎……然后，她恢复了平时的严肃神情，继续认真地撰写着协助结案报告。

过了一个下午，又过了一个夜晚，当金熙子瞌睡得不行、几乎摔在尹承恩的枕头上时，她突然听见一个熟悉到不能再熟悉的声音冷冰冰地说："喂，你再怎么无耻，也不应该无耻到和一个病人抢枕头吧？"

承恩君！金熙子睡意全消，她高兴地叫了起来："你终于醒过来了……真是担心死我了。"

尹承恩摸了摸眼镜，才冷冷地说："担心吗？我只觉得你是在病人的耳朵旁边如同雷鸣一样地咆哮吧。这还真是你这缺心眼的丫头能干出的事情呢！"

随便你怎么说了，只要你是清醒的。金熙子抿嘴笑着："喂，想吃点什么？"

尹承恩眨着眼睛说："唔，速食麦片吧！"

"啊，这么简单啊，简直是太容易满足的家伙了！"

尹承恩冷冷地说："话说，除了这个，你还会弄其他的什么吗？"真是个刻薄成性的家伙，随时都在想着要挖苦别人，就连刚刚清醒的时候都不例外。

可是，此刻的金熙子完全顾不得生气呢！

她快乐地冲进了厨房："承恩君，快点起来吃呀。"

好有家庭氛围啊！这么想着，金熙子的脸上就有点儿微微的红。就算只是面对面地坐在餐桌上吃速食麦片，金熙子也有一种由衷幸福的感觉，但一感觉到尹承恩正在打量她，金熙子就不知不觉地不自在起来，她只好左顾右盼……咦？金熙子站起来，拿起壁炉架上的一张照片："好漂亮啊，这是谁？看起来，好舒服呢……"上次来时没有见过呢，是才放上去的吗……

尹承恩眼神一抖，低头吃着麦片，半天，才闷闷地说："你不认识她？"

金熙子勉强微笑着说："我应该认识吗？是我们MMJ的同事吗？啊，的确有些眼熟呢！"如果，可以把对方的照片放在家里这样显眼的位置，那么，应该不是普通的同事关系那么简单吧……这样想着，她的心里忐忑起来。

尹承恩看着她心神不宁的样子，笑了笑，刻薄话继续出击："亏你还是MMJ这个娱乐航母中的一员呢，居然连她都不认识。她叫姜珍娜，是二十年前韩国最红的女明星。"他用调羹翻动着碗里的速食麦片，补充说："我的偶像！"

姜珍娜？好熟悉的名字……啊，怪不得那么眼熟，太久没看到了，所以一时没想起来，那不就是最有名的王……金熙子刚想说什么，厨房里的开水壶忽然叫了起来，她就急急忙忙地跑去厨房了。

尹承恩拿过相框，认真仔细地看着，而后，将那相框放进了餐桌的抽屉里。他看着金熙子在厨房里灌开水瓶的背影，想：她来了这么久才发现这张照片，那么，她是所有的时间都守在他的床边了……他的心里有一丝暖意，但很快，他让心底涌起的寒意，完全地淹没了那丝暖意。

这时，金熙子忽然发现厨房的垃圾筒里好像有一张照片，她好奇地捡起来展开："咦？"那的确是一张照片，一张撕烂又用胶带粘起，最后揉成一团的照片，照片上的人居然是……李月城。

金熙子忍不住嚷嚷着问尹承恩："承恩哥，你为什么要这么对月城大人的照片啊？”

尹承恩端着吃完的空碗走过来，他看着她说：“如果你也为他量身定做了一个剧本，你也会想干同样的事情的。”

呼呼，这家伙果然给累坏了呢！

尹承恩看着她：“好啦，上班去吧。”

可以一起去上班呢！这又是让金熙子开心无比的事情。看着金熙子在自己的身侧毫不掩饰地笑着，尹承恩觉得，藏在心底的，那种他刻意制造出来的寒意，有些没那么坚定了。

可是，就在他们快要走到公司大门时，尹承恩突然敏锐地感觉到，金熙子是在有意地和他拉开了距离。

见尹承恩正诧异地看看她，金熙子有些不好意思地说：“现在你是公司的国宝级人物，我还是……”

要做一个男人背后默默的小女人吗？尹承恩的眼中有一丝厌恶，又有一丝同情，而后，是更为复杂的情绪，但随后，他用力拉住了金熙子的手，迎着无数人瞠目结舌的表情，走进了 MMJ 大厦。

“哗，这算不算是时来运转？垃圾男瞬间变黑马……”“555，是啊，明明是匹黑马呀，当时的我怎么就没看出来？熙子这家伙，眼光真厉害！”

尹承恩这家伙，可能是被窃窃私语惯了，居然可以坦然自若，完全对大家的目光和议论视若无睹。

“不得不说，金熙子那家伙的眼光，还真是厉害得不行呢，据说经常陪着她的一郎君也……”“咦？什么？出演新电影当中和月城大人有对手戏的男二号吗?！那不就是说，MMJ 正式确认他接班人的地位了？”

本来在众目睽睽下，金熙子一直害羞地低着头，可她听到这句话时，不由自主地抬起头来，惊喜地喊着：“真的吗？真的是一郎君他！”

尹承恩看着她惊喜的笑容，唇角掠过了一丝不明含义的笑容。

他一直送她到办公室门口，又凝视了她好一会儿，这才转身离开。

看着他的背影，金熙子忽然想：惠子呢？惠子是暂时返回日本呢，还是……他们之间发生了什么？如果，他们没有分开，那么自己，又算是什么呢？自己应不应该陷入不能持久的甜蜜呢？

整整半个上午，金熙子都捧着那只被尹承恩紧紧拉过的手，想得入神，她甚至忘记了给安一郎打一个祝贺的电话。

爱情到来时，女主角就是这样的，胡思乱想，就是她的整个世界。

然而，就在这时，大厦里忽然起了一阵喧哗，一个和金熙子很要好的同事气喘吁吁地冲进了化妆组的办公室："喂，喂，熙子，快去看看吧！一郎君在公司的三号摄影棚被匪徒袭击了，据说断了几根肋骨……"

什么？金熙子脸色刹那变得苍白，她随着那个同事飞快地跑着，脑海却是一片空白……

一郎！

第十六章

重返人间的恶魔

事发相当突然。当时安一郎正结束了一场戏的拍摄，手持剧本坐在拍摄现场后面的夹道上（非大牌明星是没有椅子可以坐的，事实上，整个现场只有被叫做导演的那个家伙有的坐。）背台词，突然，一道黑影风驰电掣般地从夹道的一端飞奔而至，当安一郎听到异常的脚步声而抬头时，已经看到一柄长长的日本剑道木剑夹带着凌厉的风声扑面而来……

金熙子跌跌撞撞地跑到事发地点时，安一郎已经被救护车带去了附近的骨科医院。整个现场一片狼藉，几个面带惊恐之色的工作人员正一边整理一边嘀嘀咕咕。

事发相当突然，当时安一郎正结束了一场戏的拍摄，手持剧本坐在拍摄现场后面的夹道上（非大牌明星是没有椅子可以坐的，事实上，整个现场只有被叫做导演的那个家伙有的坐）背台词。突然，一道黑影风驰电掣般地从夹道的一端飞奔而至，当安一郎听到异常的脚步声而抬头时，已经看到一柄长长的日本剑道木剑夹带着凌厉的风声扑面而来……

“多亏了一郎君有很不错的身手啊，换个人的话肯定就血溅当场了，”一个工作人员惊魂未定地说，“你们在现场的话就可以看到，那个歹徒身手那样快，又是在那样狭窄的过道里，可一郎君居然还是躲开了。不过，那个蒙面的家伙真的是相当歹毒啊，马上就又发动了新一轮的攻击……”

金熙子手脚冰凉地站在夹道里，看着四处散布着的、都有破损痕迹的道具，看着背景墙上的点点血迹——那惊心动魄的场面仿佛历历在目。她来不及听那个工作人员讲述事发经过了，转头挤开围观的人群，向摄影棚外跑去。

“扑”地一声，金熙子一跑出摄影棚，就一头撞在了一个人的身上。她晕头转向地抬起头来，却看见尹承恩正捂着胸口、呲牙咧嘴地看着她：“走路可以低着头不用眼睛的吗？”

金熙子带着哭腔说：“一郎君他被暴徒袭击了，据说断了肋骨呢，我正要到医院去看他……”话还没说完，尹承恩已经没好气地说：“你要是再用力一点，我也就顺便进骨科医院了呢！我也是刚听说的，正准备去探望安一郎，我们一起去吧。”

首尔骨科医院的急诊部A室，已经被安家火速派来的保镖们把守了起来，就连MMJ公司的工作人员都被隔在了门外。直到看见匆匆赶来的金熙子，训练有素、面容平静的安管家才在眼中露出一丝泪光，但她依然保持着声调的平静：“少爷刚做完检查，情况很稳定。”

雪白的病房中，刚刚做完X光检查的安一郎躺在病床上，俊朗的脸上一片苍白，右脸上一道深深的红印分外醒目。他那漆黑的眼睛正安静地看着病房的天花板。

听见门响，安一郎微微地侧过头来，看见金熙子和尹承恩，他微笑着抬起胳膊招呼他们：“嗨！来看我？”

安一郎的唇角明明还有一丝来不及完全擦拭干净的血痕，可他的神情却平静得很，以至于尹承恩有片刻的错愕。他推了推眼镜惊诧地说：“我说，你这家伙看起来完全没事啊，该不是为了上娱乐新闻的头条而故意搞出什么袭击案之类的事情吧？真是的话，事先总该和我们通个气吧？害得我们白担心一场。”

听他这么一说，正准备哭着走过去的金熙子也止住了泪水，略带疑惑地看着安一郎。

安一郎苦笑着说：“唉，怎么会没事啊，肋骨断了两三根呢。”他自嘲地说：“没办法，家教实在是太严格了，越是疼痛或者难受的时刻越是不允许有丝毫的失态。我实在是痛啊，以至于只好面无表情、顺便笑一笑咯。”

豪门果然是毫无人性的地方呢！

金熙子这才走近床边，抽抽搭搭地说：“你到底是得罪了哪些人啊？会不会是有人觊觎你家的财产，想来绑架你啊？你应该一直带保镖才对的呀。”

安一郎被她的话逗得忍不住笑了起来：“拜托啊，有没有绑匪会在绑到人质和索取赎金之前就对人质痛下杀手的？而且，会有人独自跑进 MMJ 这种人山人海的地方来绑架人质吗？你也未免太过异想天开了吧？”

尹承恩若有所思：“那么说，就只剩下是寻仇的可能了？”

金熙子哭得抽抽噎噎的：“可是，这么好脾气又没架子的一郎君，怎么会和谁结仇啊？那个坏人下手那么狠，真是没有人性。”

虽然，深深地喜欢着眼前这个哭哭啼啼的家伙，可是，还是不想看到这家伙伤心难过的眼泪啊……安一郎心里淡淡地想。然后，他打起精神，微笑着说：“不用太担心了，反正进公司以来，几乎就没怎么好好休息过，这下就当是我给自己放了一个大年假好了。”

同时，安一郎却在心里黯然地说：“对不起，熙子，我错过了与你最喜欢的月城君演对手戏的机会，对不起……这个最后向你证明、向你表白的机会……”

知道他是在故作轻松，金熙子的心里就更难过了，可没再等她说话，主治医生和几个前来会诊的医生就走进了病房。于是，金熙子和尹承恩就被客客气气地请出了病房。

“熙子小姐，请不要太担心了吧。应该不会有太大的问题的。”安管家关切地说，“哪怕是稍微有些棘手，这家医院也肯定会建议我们转院到国家医院的。既然他们没有提起，那肯定是胸有成竹吧。而且，老爷和夫人也正在回国的路上，他们还带来了几个国外的专家，请放心吧。”

告别了安管家，走出医院，金熙子忧伤地抬头看了看天，独自嘀咕着：“怎么会有人和这么好的人结仇呢？好人是应该有好报的呀！”

走在她前面、已经走下台阶的尹承恩突然回过头来，一双眼睛在镜片后闪烁着促狭的光芒：“好人就应该有好报吗？你未免太过天真了。”他脸上的表情阴晴未定，额前的碎发在风中轻轻飞舞，他猛地指着头顶的天说：“你问问它吧，它会告诉你好人不长寿，会告诉你好心遭雷劈。”说完，尹承恩转回身，迈开大步走出医院，身影很快就消失了。

“奇怪，承恩他……什么时候和一郎君成了这么好的朋友了？竟然还会为了一郎君去指责老天爷呢！”金熙子愣愣地看着他消失的方向，不解地摇了摇头。

金熙子追出大门，却分辨不出尹承恩去了哪里，她拨打尹承恩的手机，是关机。

金熙子呆呆地站了一会儿，只好去公司上完了下午的班，然后回家了。

在疾驰的巴士上，金熙子再次拨打尹承恩的电话，还是关机。

他去了哪里呢？

金熙子想问问安一郎的情况，可安一郎的手机居然也是关机。

搞什么啊?!

不过，安管家说一郎的伤并不严重，而且一郎的爸妈已经回来了，应该是一切都很好，只是和家人在安静地相处吧？

“我回来啦！”

回到家里，还没来得及换下鞋子，金熙子已经觉察出，今天家里的气氛很不对呢。除了月城君遇袭事件结案之前的那段时间外，英子姐可是从来没有耽误过准备晚餐。不管金熙子是晚上几点回来，家里都会有好闻的大酱汤的味道，一眼就可以看见的餐桌上也会放着英子姐姐新做的美味家常点心，可是今天……

换好拖鞋的金熙子从玄关跑进来，才看见金英子正紧皱着眉头盘腿坐在客厅的沙发上，面前的茶几已经被白花花的一堆文件纸堆满。奇怪，月城君的事不是已经结案了吗？难道又有什么棘手的事件发生了？

金熙子好奇地问：“英子姐，发生什么事情了吗？”

金英子这才恍然发觉金熙子已经回家了，正坐在电脑前的她问：“去看过一郎君了吧？”

哎？英子姐这么快就知道消息了吗？金熙子反倒一时语塞。

金英子看了她一眼，说：“警方已经把相关资料发给我了，因为他们怀疑,这次安一郎的遇袭事件与上次李月城演唱会上发生的枪击事件,是同一个人做的。”她没理会金熙子的瞠目结舌,只是把一张传真纸递给她:“你也算是受过特别训练的内部人员了,而且这次又涉及到一郎……你看看资料,这两个事件中的疑犯,身高等外形条件都很接近,而且从上次和这次的工作人员目击报告来看,疑犯的心理素质、现场把控能力和行动敏捷程度如出一辙,最重要的是……”金英子略带疲惫地扯出第二张纸,递给金熙子说:“两个疑犯对现场的熟悉程度都达到了令人发指的程度。”

金熙子呆呆地捏着两张纸,简直完全来不及反应。这时,金英子已经按了一下电脑键盘上的暂停键,静止待机的屏保图案立刻变成一组开始播放的录像内容,正是一个黑衣人手持日本剑道木剑飞快地冲入摄影棚的那一段。几十秒的空白画面之后,是黑衣人飞速而出的镜头,紧接着,是几个工作人员追过来后茫然四顾的画面。

金英子问:“这是摄影棚临时加装的防失窃摄像头拍下来的……你能从这段画面看出什么?”

金熙子疑惑地看看姐姐:“这能看出什么啊?连行凶的现场都没有拍到呢!”

金英子笑了笑,就立刻收住笑容:“你想想,这个凶手出现的方向……他来与去的方向……是MMJ的什么地方……”

金熙子转念一想,失声大叫道:“是MMJ的大楼呢!”

金英子严肃起来:“是的,一郎君遇袭的摄影棚夹道是贯通的,无论是智商再怎么低的凶手,也应该是往可以逃出MMJ的方向逃跑吧?但是这个凶手居然在来路很可能被大批工作人员堵住的情况下,选择了原路返回……”

金熙子全神贯注地看着姐姐:“所以,可以说……”

金英子点头说:“是的。第一,凶手熟悉MMJ的地形,他从那个方向出现不是偶然的;第二,凶手熟悉MMJ员工的作息规律,他知道那个时候,很少会有员工在自己工作岗位之外的位置出现;再加上警方和我调看了 MMJ 大厦附近所有的监控录像，上面都没有拍摄到什么所谓的黑衣人，而这个唯一拍到他的摄像头，又是临时加装的，所以可以推论出第三点，他对摄像头的位置了如指掌，并巧妙地避开了它们；同时可以间接推论出可能性很大的一点，那就是，这个人，很可能是以另一种样子出现在所有原有摄像头之下的。”

金熙子失声叫道：“那么说，凶手不就是……MMJ 的内部员工吗？”

金英子说：“是的，几乎可以断定了。尤其是结合李月城演唱会上的疑点……要知道，如果没有舞台设计的图纸和安保措施的详细方案，是不可能预先携带危险物品并藏在体育场各处的。尤其是开枪的刹那就是烟火炸响的时刻，这绝对不是巧合，而是因为，疑犯对一切了如指掌。”

想到试图伤害月城大人和已经伤害了一郎君的凶手，居然就是同在一个公司的员工，金熙子不寒而栗：“可是，英子姐，他……这个疑犯，为什么要袭击月城君和一郎君呢？”

金英子皱着眉头，咬着右手大拇指说：“动机！这恰恰是我疑惑的地方。如果说是后辈明星为了快些走红，这完全说不过去——没有哪个后辈会傻到以为自己能取代月城君吧？何况他用的还是那种没有实际杀伤力的铅头橡皮子弹，就算能让月城君出丑，之后又能怎么样呢？而且，这次他对一郎君下的狠手也有问题，不管怎么说，在演员这一行，想把对方取而代之的话，毁掉对方的脸总比打断对方的肋骨有效得多吧！可一郎君脸上留下的印子，居然是一郎君在躲闪时不小心碰上去的。而且，为什么要用剑道木剑这样并没有太大杀伤力的武器呢——即使被打断肋骨，安一郎还是会复原的啊。更何况，有能力的后辈演员也不止安一郎一个人啊，即便疑犯袭击安一郎得手，也不见得就是他取代安一郎啊？而如果疑犯的能力仅次于安一郎的话，那么岂不是一下子就暴露了自己的身份？……疑犯两次使用的犯罪工具，固然都很奇特；但疑犯两次行事的动机，更是扑朔迷离啊！”

英子姐说的对，怎么看起来，这两次袭击事件的动机都是莫名其妙的啊！

金熙子不自觉地让一句愤怒的话脱口而出：“那个不可理喻的家伙，一定是个恶魔！”

自从尹承恩写出这个让 MMJ 的高层们眉开眼笑的优秀剧本以后，MMJ 几乎一直被欢乐的气氛笼罩着——虽然除了高层们，谁也不知道剧本的故事内容，但是，能让高层们集体眉开眼笑的，肯定是个优秀的故事吧。所以，是的，这个优秀的故事，一定会让那些质疑月城大人不再红的家伙们瞠目结舌的。

然而，乐极生悲，这句中国的古话果然是没错。

这一天的高层例会上，一片愁云惨雾的哀叹声。

董事长看着面前的茶杯发呆：“那么，换句话说，我们现在，已经没有合适的配角来参与这次演出了？”他的目光转向了安吉拉，安吉拉耸了耸肩膀，一副不置可否的表情，表明关于合适的人选，她也没什么特别的想法。当然，这也就意味着，李月城的态度，也是如此。

一切完全看高层的安排了。

董事长悠长地叹了口气。

没想到，一个光芒四射的未来新星，竟然会因为他的优秀，而给 MMJ 带来让人头痛的麻烦！

董事长的目光转向了坐在长条桌子最尾端位置上的那个邋遢少年：“承恩君的看法呢？”

MMJ 董事长这样级别的长辈，对这么一个年青的家伙用敬语，还真是罕见啊！对一个刚入行、初展露头角的家伙来说，这绝对是莫大的荣耀呢。

可尹承恩的脸上却波澜不惊，连头都没有抬。他摆弄着面前的水果盘，漫不经心地说：“可选择的范围还是有那么大的啊，公司中年龄符合这个配角设定的演员，至少有几百位吧？既然，公司不会为了一个配角而等上两三个月——因为那样会错过影片在新年上映的档期，那么就请大家放下架子，忘记安一郎有多么出色，耐心地花上几天时间，认真地筛选是不是还有合适的人吧。”

一行老家伙顿时对尹承恩更加刮目相看。尽管这次董事会的真正内容，其实就是要举行这样一次公司内部的角色选举。但这些话，是由尹承恩这个绝对的新人毫无怯懦地说出来，单凭这点，就证明，他们提拔他、选择他，是做对了的。

李月城看着尹承恩平静的样子，唇角突然绽开了一个若有若无的微笑。

会议结束后，这个决定很快就公布给全公司的演艺人员，并立刻拟定专人负责“海选”。

尹承恩从洗手间出来，看见李月城正微笑着站在走廊里看着他，似乎在等他。尹承恩不动声色地自顾自地洗手，并没有打算搭理这位到处都会引起尖叫的巨星，他甚至有洗手完毕就自行溜走的意思，可是，李月城开口了：“有时间吗？有时间的话，一起散个步吧。”

尹承恩迟疑了一下，他盯着李月城的眼睛：“为什么？你不是已经看过完整剧本并且表示不用修改了吗？”他的语调和内容都充满着咄咄逼人的距离感甚至敌意。

“这并不是一次主演与编剧之间的散步，”李月城依然微笑，“是你和我之间的散步。”

尹承恩原本迟疑的目光突然坚定起来：“你和我之间永远只会有一种关系，那就是主演与编剧的关系。”

李月城凝视着尹承恩，没有说话。

尹承恩却忽然激动起来，他说：“是的，永远只会有这一种关系。而这种关系，”他盯着李月城说：“这种关系是不可调和的。或许你这个级别的主演，可以要求编剧为他改剧本、改台词，但我这个编剧，不会！绝对不会。”他大踏步地从李月城身边走开，却听见李月城一句轻声的话语:“相信我,这个电影,我不会修改任何一个字。”不知为什么,尹承恩的眼睛里忽然起了一丝泪光,但,很快,这丝泪光,就被他冷酷地压回眼底。

李月城站在原地,看着急急离开的少年的背影,用几不可闻的声音重复着那句话:“相信我,这个电影,我不会修改任何一个字。”

化妆组巨大的办公室中,金熙子正忙得不可开交,她对刚刚进门的尹承恩嚷嚷着:“喂,我已经给很多人化过妆啦!你到底是写了一个什么样的故事啊?怎么会需要这么多的角色?居然还都是一个模子里刻出来的样子,穿一样的衣服,化一样的妆……”

尹承恩冷笑着说:“就算你没有读过大学,小学总应该是顺利毕业了的吧?你懂不懂得海选到底是什么意思啊?”

“哎?这么说的话,是海选一个角色啊?那么,就是……”金熙子的手上根本来不及停,眼睛却好奇地朝那张通知单看去,“果然就是一郎君的那个角色呢。刚才我刚拿到通知单,还没来得及看,就一大堆人冲进来,忙得我连和前辈们交谈的时间都没有,我怎么会联想到是海选啊?”她神情又一下子沮丧起来:“唉,如果不是因为一郎君的受伤缺席,哪里还用海选这么夸张。”

尹承恩饶有兴致地看着她:“你对安一郎的出色就那么自信?”

金熙子说:“当然啦,如果不是一郎君太出色,怎么会有变态凶手来袭击他呢?我姐姐说啊……”

尹承恩说:“英子姐说什么?”

金熙子看了看熙来攘往的人群,示意尹承恩把耳朵凑过来,她才用很小很小的声音说:“我姐姐说啊,这次袭击一郎君的家伙,和上次在月城大人演唱会上捣乱的家伙,是同一个变态呢。”

尹承恩猛地挺直了身子,呆呆地看着金熙子:“啊?会有这样的事情?英子姐她还说什么?”

“喂,我说,你小点儿声啊!”金熙子急忙示意他不要乱说话。再次让他把耳朵靠过来,她才说:“而且,我姐姐说,虽然两次事件的动机都还不清楚，但已经可以判断，这个变态，就是我们公司的员工……”她突然发现尹承恩的脸上有一种很奇怪的表情：“呃，怎么啦？”

尹承恩保持着脸上奇怪的表情，忽然用很大的声音说：“难道你不知道对着男人的耳朵轻轻吹气，是一种勾引男人的手段吗？你确定你不是在勾引我吗？”

原本容纳着几十个吵吵嚷嚷的人的空间突然死一般寂静，化妆师们和演员们都无比惊讶地看着满脸愤怒的尹承恩和完全石化的金熙子。然后，轰然大笑。

金熙子半晌才反应过来，结结巴巴地说：“我，我，我从来就没有想勾引你的意思。我的确不是在勾引你，你要相信我啊！”

尹承恩已经很冷静地恢复了正常音量：“废话，有哪个白痴女人会在这种人山人海的公共场合勾引男人呢？但是你这种行为实在是太恶劣了，我必须用让你印象深刻的方式给你提个醒。”

金熙子顿时思维脱线中，好半天才怯生生地说：“好吧……”

尹承恩说：“嗯，只要你以后不要再做出这么白痴的举动就可以。”他看了看已经恢复工作常态的化妆办公室，说：“本来想和你一起吃午饭的，可是看起来你也很忙的样子，就算了吧。”

可是……金熙子的心忽然一紧，她在心里小声地说：“我，也想，和承恩你，一起吃午饭啊！”似乎，自从安一郎突然离开她身边之后，尹承恩已经不知不觉地被金熙子当成是 MMJ 大厦里那个唯一可以依赖的人了。或者，或者金熙子可以勇敢一点地承认，尹承恩，一直就是那个她……喜欢的人，那个她在每天午饭时，等待见到的人。她抬起眼睛，企盼地看着尹承恩。

尹承恩冷笑着说：“看吧，马上就换了一种勾引男人的手段。不过，”他一边转身离开，一边慢悠悠地说：“就陪你吃午饭吧，不过，请你不要再愣着神浪费时间了，你要快点忙完手头的工作，才有空闲去吃午饭吧？”

这个……这个说话永远那么刻薄的家伙。

却永远能看穿我的内心。

……

目送尹承恩离开后，金熙子顾不上理会周围同事们的轻声打趣，她只是脸色微微羞红地低下头，忙着手头的化妆工作。托一直以来主动当模特的安一郎那家伙的福，她早就变成一个技术娴熟的专业化妆师了。一郎君……

“喂，熙子，”旁边一个化妆师小声地问，“你这家伙是不是有什么秘制的药水，怎么未来的大明星安一郎刚刚从你身边消失，新晋金牌编剧尹承恩又对你大献殷勤啊？你这家伙的桃花运，未免太多太正点了点儿吧？”这番话虽然引起了附近几个人会意的笑声，但他们显然不是笑笑而已，他们是真的很关心背后的原因呢。

金熙子完全语塞：“呃……”是啊，总不能说一个是幼儿园就萌生的孽缘，一个是公司派去接机接出来的感情吧？因为这样说的话，更会让人感觉她的运气是十几年如一日的好啊！那不是更要被人羡慕嫉妒恨吗？

于是，金熙子做了件很聪明的事——置若罔闻，完全闭嘴。

谣言不光止于智者，谣言还止于无回应。谢天谢地，阿弥陀佛！

午饭时间，由于持续化妆，金熙子的手已经哆嗦到快要抽筋了。她走到饭堂门口，却看见尹承恩正站在门口的台阶上等她：“果然好晚啊，是你这个笨手笨脚的丫头拖了大家的后腿吧？”

金熙子觉得自己不是笨手笨脚的，而是笨嘴笨舌的，对尹承恩的刻薄话越来越没有反驳的能力了，好在“刻薄王”总算换了个话题：“工作顺利吗？新的超级新人王诞生了吗？”

金熙子终于找回了反驳尹承恩的机会：“看看周围同事的脸色和气色就知道了嘛，顺利的话，大家应该是兴高采烈地议论纷纷的吧！你没看见大家都是蔫蔫儿的吗？没常识。”

尹承恩似笑非笑地看着金熙子，好一会儿，突然说：“你知道吗，看到你会这样反驳或者说反击，我有多高兴。我不喜欢以前那种被人奚落、被人误解、被人戏弄而不懂得还击的你，那种，那种善良到让人欺负你都于心不忍的态度，让我很不舒服。现在，你总算有点儿以牙还牙、以眼还眼的意思了。”

真是让人费解的话呢。

喜欢我学会反击？不喜欢我善良？

不过，金熙子觉得，重点不在这里，重点在于，承恩君说“我不喜欢以前那种”，也就是说“喜欢现在这种”咯？金熙子觉得心里像有只小鹿在蹦跳着舞蹈，她的脸红了。

这是，这是她进入到MMJ后最愉快的一顿午餐，尽管，他们几乎没再说其他的什么话。

接下来的两天，严格而又仔细的筛选依然在有条不紊地快速进行着。但是，依然没有好消息出现，连好消息出现的征兆都没有。

金熙子和她的同事们的手都已经抖得很厉害了，毕竟，每天要给几十个人化妆，而且都是化男二号那种不可能马马虎虎的妆，他们要尽自己的最大可能来寻找每个人的优点。可惜的是，看起来这份努力完全是在做无用功了呢。

对于MMJ的高层们来说，“屋漏偏逢连夜雨”这句话的意思，就是这个：独一无二的一郎君不能出现在这部剧中了，而其他的艺员又完全不行。

好吧，这个大麻烦只是让金熙子们手痛，可它实实在在地让MMJ的高层们头痛啊！

第三天傍晚下班时，实在太累的金熙子独自休息了好一会儿，才拿起电话，给安一郎打电话。

“一郎君，我可以过来看你吗？”

安一郎微笑着说：“这两天那么忙，回去好好休息吧。我已经准备出院，在家里静养，到时，来家里看我吧！”

“这样呀……嗯，那好吧！你好好休息！”

安一郎放下电话,却看见安管家正看着他。

明明想念她,却为什么拒绝见她?

安一郎躲开了安管家的目光,他想:大概,我是太需要时间,来思考,他安静地闭上了眼睛。来思考,到底该不该留在你的世界,并不爱我的你的世界……他的眉头间,涌起忧伤与疼痛。

金熙子没精打采地在空无一人的办公室里整理着自己的包。这时,门突然传来开启的吱呀声,金熙子以为是来检查办公室的安保人员,头都懒得回,只是打起精神说:“马上就离开了,请您稍等一下。”MMJ 的上下班规矩可是相当严格的,没有特批的情况,是绝对不允许员工在下班后逗留的。一是保证员工不会工作拖沓,二是保证公司大楼内不会因为有人独自停留而出现什么突发的异常状况。尤其是最近一段时间,袭击安一郎的真凶还没抓到,公司高层相当担心还会有员工遇到危险。

可是,脚步声却一点一点清晰地靠近了。

真是非常时期,安保人员有够尽职尽责呢。金熙子叹了口气,拎起包包说:“马上好!”她一转身,却吓了一跳,尹承恩的下巴几乎已经触碰到她的额头了。金熙子的脸腾地就红了,她结结巴巴地说:“是你啊!”

尹承恩退后了一步,微笑着说:“本来想吓唬你一下的,比如,我可以装成那个还没落网的凶手,劫持你,你肯定会当场吓死的。”

金熙子撇了撇嘴说:“那个凶手的动作才不会这么慢呢,而且哪里会有脚步声?不过,就算是那个恶魔出现了,我也不怕,英子姐给我做过特训的,是那种真人 CS 的特训哦,而且你忘记了?后来我还参加过公司的封闭特训呢。哼,相信一般的小毛贼才不是我的对手呢!”

尹承恩冷笑着说:“据说一郎君也是从小练就的功夫高手啊,还不是被凶手一击而中?”

金熙子认真地说:“因为那是偷袭啊!如果光明正大地一对一的打,一郎君未必……”

突然之间，尹承恩牢牢地抓住她的手，紧盯着她说：“我不愿意听到你为他辩解。”

“我不愿意听到你为他辩解。”这句话听起来，是那么的生硬冰冷。可在这生硬和冰冷的表象之下，透露出的是一系列热切的情感：霸道的表白、心扉的占有……一贯冰冷的尹承恩，就连如此清晰的表白，也不肯褪却那冰冷的味道吗？

金熙子的脸颊绯红而火热起来，她试图挣开他的手，却挣不开。她颤抖着低下了头。

尹承恩慢慢地说：“熙子，我愿意看到，你变成和我一样的人。不，我们本来就是同一类人。是的，我们不需要那么善良，不需要那么宽容，这个世界欠我们的实在是太多了！我们要拿回来，把欠我们的，都拿回来……”他轻轻托起金熙子发烧的脸颊，他的唇，缓缓而来……

不，不对！几乎在尹承恩的热情中燃烧起来的金熙子，突然清醒过来，她觉得自己似乎从尹承恩的话中，嗅出了一丝危险的味道。她推开尹承恩，认真地问：“你说什么？什么‘世界欠我们的实在太多了’？”

这完全是不解风情的行为吧？尹承恩不悦地看着她：“拜托你不要打断我们该做的一切。”他近似粗鲁地抓住金熙子的肩膀，狠狠地吻了下去……

是自己真心喜欢着的人啊！是自己真心想得到的吻啊！金熙子感受着尹承恩近在咫尺的鼻息，心脏如瀑布下洄游的鲤鱼般疯狂弹跳，这一刻，她幸福而紧张地战栗着，她只想让自己沉沦进巨大的爱情漩涡，忘记整个世界，忘掉惠子……

惠子！

“不！”金熙子猛然清醒，她急促地挣扎起来，手臂狂乱地飞舞着。忽然，“啪”地一声脆响，金熙子的手无知觉却又狠狠地挥在了尹承恩的耳边。尹承恩一怔，与此同时，他那副巨大的黑框眼镜已经飞了出去，而后，“咔哒”一声落在了地上。

金熙子惊讶地张大了嘴，一双眼睛不敢相信般地忽然睁大。

这次,金熙子真的忘记了整个世界。包括惠子。

清晰如画的剑眉、清澈乌黑的双瞳、挺拔的鼻子……那曾被掩藏在丑陋眼镜和邋遢外表之下的脸,猝然间在金熙子面前暴露无遗。那是一张足以与安一郎甚至与李月城相媲美、足以让人惊叹和尖叫的脸,那无疑是造物主最神奇和最精致的作品。

气氛与空气一同凝固着,金熙子觉得喉头发紧、呼吸困难,她梦游般地紧盯着尹承恩的脸,根本无法闭拢嘴——这是尹承恩吗?这是她认真喜欢着的尹承恩吗?!为什么,为什么让她觉得如此陌生?!她的手指,不受控制地、颤抖着摸上了尹承恩的脸颊,却又在即将触碰到的刹那,怕烫似的,猛地缩回自己的手。

"承恩君,是……你吗?"金熙子喃喃地说。

尹承恩长长的睫毛在灯光下微微颤动着,他握住她的手,深深地望着她,目光流转:"是我,熙子,是我。"他拉着她的手,慢慢放在自己的脸上:"是我,尹承恩。"

尹承恩引导着金熙子的手指,让她发抖的指尖,在他的脸颊上,细致地抚摸。

两人久久地凝望着彼此,尹承恩轻轻地拥抱住金熙子,垂头看着她。他的脸慢慢地靠向目眩神迷的金熙子,金熙子羞红着脸低下了头,尹承恩温柔而又坚决地托起了她的下颌……门突然被推动,一个安保人员的大嗓门在外面响起:"还有人在?可以下班了吗?"

金熙子猛然惊醒,一把推开尹承恩,脸烧得通红通红:"是,马上就下班了呢。"说完,她抓起背包,逃也似的飞奔出门外,急促混乱的脚步声在走廊里响起,而后很快伴随着电梯门的开启声消失了。

如同被猎豹追逐着的羚羊,慌不择路地逃掉了吗?

尹承恩保持着原来背对着门口的姿势稍站一会儿,这才在保安人员的催促下,准备离开。他缓缓弯下腰,捡起了那副黑框眼镜,戴上。他对安保人员笑笑,慢慢走到门口,顺手关了灯。

在关灯的刹那,在黑暗迅速袭来的刹那,尹承恩的嘴角涌起了一丝微笑，一丝一切尽在掌握的微笑、一丝冰冷而……残忍的微笑。

我为什么要逃啊？我在躲什么啊？

直到手脚冰冷地搭上了回家的公车，金熙子才舒了一口气，缓过神来，却觉得心脏还是扑通扑通地撞击着胸口。真是，真是一场不可思议的冒险呢！那竟然是承恩君真实的模样吗？想到尹承恩，她忽然想起他那张慢慢靠近的英俊的脸、温柔的眼神……她怕羞地摇了摇头，但小小的甜蜜感立刻像虫子一样爬上了心头，然后，密密麻麻地覆盖了她的全部身心。

金熙子把手提包紧紧地抱在怀里，快乐得像要飞了起来。

还有小小的后悔……是的，和那海浪一样汹涌而来的快乐相比，真的只有小小的一点！

回到家里，依旧是没有饭菜的香味，金熙子生怕姐姐看出端倪，忐忑地说："我回来了。"

金英子正皱着眉头，咬着手指甲，反复地看着电脑里的各种监控录像，一遍又一遍。听到金熙子进门的招呼声，她说："外卖的便当在餐桌上，刚刚送来的呢。"说着话，她头也没回一下，否则，一向细心的她会立刻发现妹妹那散乱的头发、娇羞的表情和小心翼翼的举止。

呼，幸好英子姐没有回头，否则，一定会被她看出破绽。

金熙子拿着外卖便当，一路小跑着回到了房间，却根本不曾有吃饭的心思。

她呆呆地紧抱着枕头躺在床上胡思乱想。恋爱的感觉，这才是恋爱的感觉呢！不是安一郎给她的温暖、给她的保护，也不是自己对安一郎的那种依赖和关切，而是一种酥酥痒痒的甜蜜。她忍不住笑出了声，又急忙轻轻咬住了嘴唇。

只那瞬间的片段，金熙子幸福地回想了一遍又一遍，直到迷迷糊糊地睡着。

凌晨时分，金熙子忽然醒来，她看着枕边毫无动静的手机——尹承恩没有联络她呢，哪怕只是一则短信。然而，金熙子在短暂的失望之后,心里有了一丝冲动,她小心翼翼地拨了一个号码,尹承恩的号码,她记得牢牢的尹承恩的号码。她好想偷偷地告诉他,她是真的真的爱上他了。

可是,关机。尹承恩关了手机。

是前阶段写剧本实在是太费神了吧。金熙子恋恋不舍地挂了电话,若有所失。

第二天,繁忙的工作、坏脾气的同事……一切都还是照常进行着,只是,金熙子觉得自己有些什么已经不一样了,做什么都比以前更有精气神了呢。她像平时一样,在门口清脆地向大家问着好,可真正走进办公室,才发现气氛不对——一个公司高层正在训着几个组里的前辈,包括负责管理化妆组的主管。高层声色俱厉,大概意思就是,化妆组的家伙怎么可以工作那么不努力,竟然无法寻找出一个勉强可以凑数过关的人。他口沫横飞:"没有哪家公司的演员海选结果居然会是零的吧?更别说是演员多得吓死人的 MMJ 了。还不是因为你们工作太不上心了吗?"

实在是"安一郎"这个标准太高了,别说是那精湛成熟的演技,就是俊朗挺拔的外形,又哪里有人可以轻松地越过他那条标杆呢?金熙子有些为前辈们鸣不平。忽然,她眼睛一亮:"哎,对了!"她的声线突然高亢起来,她高声叫着:"我这里有一个再合适不过的人选啦!"

十分钟之后,在独立编剧室的门口,全体化妆师面对着不情不愿地摘了黑框眼镜的尹承恩集体发呆。终于,一个前辈认真地对金熙子耳语道:"我觉得,你肯定有什么秘制的药水,如果不是幸运药水,那就是可以让帅哥对你神魂颠倒、死心塌地的爱情药水!"

尹承恩目光冷冷地拒绝着那个公司高层:"我是编剧,我没有出镜的爱好。"他冷冷的目光也在盯着金熙子,仿佛在指责她的"出卖"。

金熙子有片刻的心虚,但她立刻就坦然了。是啊,她是公司的化妆师,她有权做任何人的伯乐,何况现在 MMJ 的员工们正为了人选而集体在火上煎熬?怎么想,"出卖"尹承恩都是她唯一的选择。这是她的敬业精神使然，这是她为人处世的原则使然。

和态度坚决、据理力争的高层“僵持”了很久，极端不耐烦的尹承恩似乎有些无可奈何，神色慢慢缓和下来。终于，他淡淡地说：“就算我同意，演技方面，你们对我有信心吗？信心的来源，又在哪里呢？我觉得，你们还是放弃这个念头吧。”

“我对你有信心。”一个清晰的声音，从人群背后传来，大家惊讶地回过头去。

金熙子有些惊喜、有些激动又有些担心地叫出声来：“一郎君！”

安一郎被安管家和一个保镖牢牢地扶住，他神态虚弱却语气坚定地说：“尹承恩，我对你有信心！”

尹承恩与安一郎对视良久。忽然，尹承恩点了点头：“好的，那我相信你的直觉！”

人群欢呼起来，不知道为什么，所有人都觉得，尹承恩的身边，仿佛涌起了一阵气场，一阵王者降临、唯我独尊的气场！！！

金熙子也感觉到了，同时，她立刻回想起，尹承恩与安一郎第一次发生对峙时，尹承恩身边，就曾涌起过类似的气场。

承恩，你拥有着太多的神秘。遇到你，将是我这辈子最大的冒险！

安吉拉把这件事情告知给李月城。背对着她的李月城没有转过身子，他仅仅语气平淡地说：“我知道了。”安吉拉等着他说要去“面试”一下那个“邋遢少年”，毕竟，这个横空出世的帅哥是由一个让众人反感的“邋遢少年”突然间变成的啊！而且重点是，他还根本不是一个演员！可是，她什么都没等到，李月城面对窗口站立的身体，始终没有转过来。

李月城默默地看着奔流不息的汉江。

而楼下欢呼的人群中，金熙子微笑着看着尹承恩，那个神奇地成为众人的焦点、神情却不卑不亢的尹承恩，那个她……深深爱着的尹承恩。

她完全没有注意到安一郎安静地注视着她的目光，也没有注意到安一郎诀别般的神情，更没有注意到，安一郎悄悄地消失在人群中，他那颀长挺拔的身影，仿佛要，一去不回。

别了，熙子，为了能尽快找到你，我才选择了演员这个能让更多人看见我的职业。现在，我已经找到了你，可你，无法再爱我了！

别了，这一切！

第十七章

巨星背后的女人?

最先说话的娱记说:“不过,说到想象力,大家觉得最有冲击力的是什么?就是那种可以让读者一下子瞪大眼睛的那种。”他不等旁边的人说完,就抢先说:“我倒是想到了一个,就是——这家伙看起来和月城君有那么一点点像呢,要么是月城君钦点的这家伙继承他的衣钵,要么……”他眼珠一转:“嘿嘿,这家伙就是月城君的私生子。”

一个横空出世的、可以胜任编剧和演员两种身份的大帅哥是绝对罕见的，而这个大帅哥居然还出现在一个影视公司最需要一个这样的人的时候，那么，这个公司的高层是绝对有理由笑逐颜开的。时下，MMJ 的董事长就是这样的心情，他完全笑得合不拢嘴地对着全国最资深的几位娱乐记者否认："没有的事，我们 MMJ 光明正大，从来就没有过什么暗地里进行的、培训后备力量的秘密基地和秘密计划。"

娱记们立刻半是玩笑半是认真地纷纷抗议。一个和 MMJ 始终保持着密切联系的资深记者说："月城君得到了一个新编剧为他量身定做的精彩剧本、安一郎遇袭受伤后出国、MMJ 大范围展开针对单一角色的海选、尹承恩的轰动效应……这些可是瞒不过任何人的哟，何况是在圈里很多年的我们。大家都是再熟悉不过的老朋友了，董事长可不要小看我们探听消息的功夫呢！"娱记们都出声表示赞同。

董事长笑眯眯地摆了摆手："诸位不要误会，我并不是否认有尹承恩这个瞬间闪闪发光的大热门的存在。我说的是，承恩君他可不是我们公司刻意去培养的，我们完全没有对他进行过编剧或是表演类别的训练。从某种程度来说，承恩君是从天上掉下来的呢！"

"是吗？怪不得是董事长亲自接受我们的访问呢！MMJ 真是讲究事实、从不自夸啊！"娱记们的眼睛都闪闪放光，纷纷拉开倾听与提问的架势。开玩笑，这是一个太需要传奇人物的时代了，尤其是具有传奇性质的草根新人，简直就是报刊热卖的最好素材——由丑小鸭变种而来的白天鹅，当然比天生就是白天鹅的"白天鹅"更吸引读者，越是过程曲折离奇就越有卖点呢！

翌日清晨，尹承恩一手端着咖啡一手拿着晨报站在公寓里的阳台上。报纸上的标题简直有点儿耸人听闻的味道——草根帅哥一飞冲天,才华俊朗不似自人间。他冷冷一笑,顺手把报纸丢在一旁的小桌上,寒意满满的眸子盯着楼下奔腾而过的汉江水。

许久,他踱步到餐桌前,放下咖啡杯,拿起一直放在餐桌上的相框,他凝视着相框中那个含笑的女孩子。此时的尹承恩,目光温柔明亮,他喃喃自语:"我会让你的微笑更由衷的……"

相框里的女孩子一成不变地微笑着。

尹承恩把相框轻轻放在了原来的位置上,凝神片刻,他扣上衬衫的领口,走向了公寓的大门。电梯里,他凝视着金属物反光中的那个英俊少年,微微一笑——丑陋的黑框眼镜,已经完成了它所有的使命,此时,大概已经静静地停留在某个垃圾处理厂里了。

步行到可以看见 MMJ 公司大楼的街角,尹承恩的眉头已经皱了起来——几个年轻娱记远远地迎了上来,恐怕这就是每个演艺圈的人没法子逃离的处境了。一旦有读者或者观众对这个艺人感兴趣,那么,这个艺人的一切——喜怒哀乐,婚丧嫁娶——就再也不是个人的事情了。让艺人爱的是狂热的粉丝,让艺人恨的,同样也是这些狂热的粉丝。而这些娱记,简直就是那些粉丝派来"刺探军情"的。

短暂的问候后,娱记们的问题都很直接:"进入娱乐圈之后,你最理想的位置是什么? 取代月城君吗? ""你有计划如何与媒体合作来炒红自己吗? ""几个月的时间,你的身份就在一向态度稳重的 MMJ 公司来了个三级跳,你是有什么样的背景吗? ""你是来自日本东京电视台的实习生,是不是说,这意味着东京电视台和 MMJ 联合捧你的原因,就是说这是一个跨国合作计划的开始? "

换作其他新人,突然遭遇到这样的抬举,应该会受宠若惊、拼命为自己赚取媒体的印象分吧?可是尹承恩只是笑笑,没做任何回应。他的眼里,似乎只有眼前的路。

娱记们紧跟不舍:"据说月城君很看重你的才华, 他是你的伯乐吗? "

尹承恩略微低头，继续着自己的路，他想：对于我要实现的理想来说，你们的存在并不重要，李月城的存在也并不重要，谁的存在都不重要。我自己已经做好了一切的准备了。这样想着，他的唇角流露出一丝冷笑。可就在进入大门的刹那，尹承恩看见了前面一个斜背着书包的小小身影，他的心里突然紧了一下，眼神就有了些许的迟疑。他忍不住在心里问自己："她呢？她也不重要吗？"

娱记们连一个答案都未得到，就无奈地被挡在了 MMJ 大门之外。他们表情都很奇怪，一个年轻娱记突然充满了崇拜地说："怪不得前辈他根本没打算来采访这家伙，他早就说这个人是不会做出任何回答的。他告诉我只要不离谱，就在文章里自己发挥想象力就够了。我当时还觉得，他的工作态度很不积极、很不负责，原来前辈到底是前辈啊！看人真准。"谁料他刚一说完，另几家报刊的记者们也纷纷点头："是啊，我们的前辈也是这样说的。""可不是嘛，前辈他说，一个人既然可以对自己的相貌不在意到那种程度，才不会因为别人的欣赏就受宠若惊呢。"

最先说话的娱记说："不过，说到想象力，大家觉得最有冲击力的是什么？就是那种可以让读者一下子瞪大眼睛的那种。"他不等旁边的人说完，就抢先说："我倒是想到了一个，就是——这家伙看起来和月城君有那么一点点像呢，要么是月城君钦点的这家伙继承他的衣钵，要么……"他眼珠一转："嘿嘿，这家伙就是月城君的私生子。"

连一旁的 MMJ 门卫都被这句话给逗笑了，记者们更是大笑："的确是想象力丰富的家伙啊，干脆你也申请到 MMJ 当编剧好啦，说不定会红起来呢。"说完，他们收拾好相机、录音笔之类的东西，准备去吃早点了。

尹承恩并没有听见他们并不算小声的话，因为，他的注意力完全集中在前面的那个背影上。跳动的辫子，轻快的脚步，就算是连日来的忙碌工作，也没有改变这家伙积极快乐的状态吗？真是充满了斗志的家伙。

似乎真有心有灵犀这回事,已经跳上大楼台阶的金熙子突然转过身来,当她第一眼看见尹承恩的刹那,脸有些微微的红,但她很快就笑容灿烂地说:“早。”

尹承恩慢慢走到她的身旁,本来想说的刻薄话,突然就被这笑容压在了唇下。自己这是怎么了?怎么就改变了对她的态度?尹承恩居然觉得,自己有点儿手足无措。

其实金熙子的情况也没有比他好很多,她和他就那样一起走上台阶,走向大厅的自动门前,彼此间始终保持着一个拳头的间隙。彼此的心意,应该都很明了吧,为什么反而矜持起来了呢?

金熙子,你已经错过了一次又一次表白的机会,请你不要再错过了!

金熙子想着,鼓起了勇气,她绯红着脸轻轻地叫着:“承恩,承恩哥……”

猝然间,下藤惠子那张带着泪水和哀怨的脸出现在尹承恩的眼前,还有他自己粗暴的吼叫声:“不要叫我承恩哥,叫我承恩君!”他神情一恍,却看清了金熙子脸颊上的红晕和期待的眼神,他的心忽然就软了一下,软得疼痛,他轻轻拉住了金熙子的手。

就在这时,他们走近了门前,自动门开了。顿时,一阵被封住的惊呼声从大厅里爆了出来——该死,竟然忘了这是上班的高峰期,电梯门前堪称是人山人海呢!金熙子瞬间紧张起来,脸涨红得如同熟透了的苹果。她马上抽出手来,飞也似的冲进了楼梯间。

尹承恩拉了一下没拉住,便也跟着她,紧随着她冲进了楼梯间,只留下身后的一片笑声和尖叫声。

很多女孩子一起叫着:“熙子,请你空下来,一定教教我们怎么让帅哥动心哟!”

这帮唯恐天下不乱的家伙!

金熙子才跳上两三级楼梯,就被尹承恩一把拉进怀中。她站立不稳,却又连连挣扎:“不要啦,可能会有人来看的啦!”她好像一只可爱的小鹿，天真而仓皇地看着犹自摇晃的楼梯间的门。

看着她的样子，尹承恩恍惚起来，他温柔地说："我才不在乎是不是有人来看，我就是想让全世界都知道，你是我的……"他明亮的眼睛，就那样带着柔和的笑容，慢慢地，离金熙子越来越近……

10 厘米，8 厘米，5 厘米，3 厘米……已经能感觉得到他渐渐急促的呼吸了，金熙子羞涩地想躲，下巴却已经被眼前这风度翩翩的少年霸道地捏在手指间，她只有放弃了在他的力道下堪称无谓的挣扎。她胸脯起伏、紧闭双眼，身体瘫软而微微颤抖着，等待着那薄唇的入侵……

就在这时，大厅里忽然传来一阵问候声："月城君早！""月城君……"接着是李月城磁性而亲和的声音："大家早！"

宛若被点中穴道一般，尹承恩的全身绷紧僵直起来，他的动作就那样僵硬了几秒钟。而后，他慢慢地放开了金熙子，接着，他慢慢地，慢慢地靠墙滑落下去，而后，表情古怪地背靠着墙壁，坐在了楼梯上。

几乎已经碰触到了的嘴唇突然间失去了霸道的入侵者，温暖而紧紧的怀抱也忽然撤离，金熙子用了好长时间，才舍得睁开眼睛。她看到，尹承恩坐在楼梯上，眼睛却出神地盯着面前的某块空气。

金熙子几乎被吓到了，她慌忙半蹲半跪下去，慌乱地摸着尹承恩的额头和脉搏："承恩哥?！承恩哥你怎么了，不要吓唬我啊！"

尹承恩神情恍惚地看着她，然而，几秒钟之后，他的目光恢复了正常，而后，冰冷。他抿了抿唇，冷冷地说："时间不早了，我还有个培训课程，走吧。"说完，他一个鲤鱼打挺站起来，快步地迈上楼梯，一步就是两三节。很快，他一转弯，背影消失了，渐渐的，脚步声也消失了。

金熙子呆呆地看着他离开，听着他远去，觉得莫名其妙，心里却又充满了委屈。是我做错了什么吗？到底，是我做错了什么呢？她就那样站在那里发呆，直到一个清洁工提着水桶和拖布走进了楼梯间，她才恍然大悟，飞奔上楼。

平时，一旦开始工作，金熙子就不再允许自己想其他的事情了，可是今天,她始终不能全神贯注,时不时的,不是拿错了梳子,就是碰掉了粉扑。该死,到底是怎么回事?

一旁的前辈却心知肚明般地对她不加以责怪,反倒是看似漫不经心,其实别有深意地讲起了其他人的故事:“……那个谁呀,在红之前,和我们化妆组的那个谁呀,好得和什么似的。后来红了,当了偶像了,偶像怎么可以有女朋友,而且就算是有,又怎么可以做着这么平凡的工作呢? 后来,就突然分手了……”

是因为这个原因吗?是因为承恩哥他开始嫌弃,嫌弃平凡的我吗?不,一定不是的!

前辈还在喋喋不休:“……野心这东西呐,在你平凡的时候是不会显现出来的,可一旦你有了可以滋生野心的基础,比如金钱啦,地位啦,名望啦……野心,它就会像杰克的魔豆(欧洲民间传说)那样,一下子就生根发芽,长到天上去了……”

金熙子咬着嘴唇,低头忙着梳理手中的假发。不会的,承恩哥不会的。她突然想,就算承恩哥真的是这样的,可是,只要承恩哥可以做好自己想做的事情,自己也就心满意足了……想到这里,她的心忽然安定了起来,她微笑着,努力地忙着手头的事情。

可是,似乎真的被前辈说中了什么,接下来的几天里,尹承恩都没有来找金熙子吃午饭、陪她下班,甚至,电话也没有一个。不忙时,金熙子会愣愣地看着手机,会偷偷地、一遍又一遍地检查它是不是坏了、是不是没电了,然而,她又竭力控制着自己想打电话过去的感觉。她喃喃自语:“不能打扰承恩哥呢,他要安心工作的啊,现在正是关键的时刻……”即使是这样内心充满了对尹承恩的理解和对自己的安慰,她还是很快地瘦了下去。

终于有一天,金英子从面前堆积如山的案件侦查资料里抬起头来,也发现了妹妹的容颜消瘦。

金英子看着对面无精打采地吃着便当的金熙子,充满愧疚地说:“都是姐姐不好,一直在忙工作,害得你天天吃便当,都瘦成这样了。等这两个案子告破了，姐姐一定好好地犒劳你一下。”

金熙子笑了笑，很快低下头，认真地吃着她根本吃不出味道的便当。她的心，不在这里呢！

又是几天，一切还是那样，尹承恩踪影全无，金熙子安静地工作、吃饭、上下班，一个人。那些前辈和办公室里的其他人，时不时地看着她的背影，嘀嘀咕咕，看她的眼光，也开始充满了怜悯。

此时，整个 MMJ 大楼，陷入一种异常的平静，仿佛每个人都在踮起脚尖走路。当然，这不是因为小小的金熙子那么孤单，而是因为，李月城和尹承恩已经正式开始了，这部被 MMJ 高层视作“世纪之作”的电影的拍摄。

第十八章

真相！你就是我的天使！

安一郎刚才所说的话，响在了金熙子的耳边。

“熙子啊，尹承恩他是有野心的，他私下里去找过月城君当年的表演课培训人，就是那个朴友林，但这件事，他瞒过了我们。甚至在公司要求他来代替我的时候，他依然说自己不会表演。熙子，或许是我的胡乱猜测，但我却有这种感觉，袭击我的人，就是他。”

日子一天天地过去，一批批报刊杂志和电视台的记者们潮水般涌来又散去，MMJ 董事长一直都是笑眯眯地说："哎呀，这是下面的人在负责的事情，详细情况我真的不太清楚。"明知道他是在敷衍搪塞，可面对着几百个直接负责项目拍摄的"下面的人"，记者们也的确无计可施，总不能一个个地去问吧？更何况问了人家也不会说的——所有 MMJ 的人，都憋着口气要给那些等着看 MMJ 笑话的公司们一记重拳呢。

其实，影视圈从来就不是一个适合"捂"的圈子，绝大多数的影视作品，都会从上马拍摄的第一时间起，大量制造或真或假的新闻，毕竟，有关注度才能保证以后的收视率。然而，这次 MMJ 显然是对这部影片胸有成竹了，有关此片的一切情况，包括剧情、服装、除了李月城和尹承恩之外的参演人员名单……一切的一切都是秘而不宣的。

诚然，天皇巨星李月城是当之无愧的票房号召，但这部影片毕竟是一个初出茅庐的新人编剧的，如此低调神秘，只有一个解释，那就是，这是一部肯定会对市场和观众一击就中的电影。这就更加刺激了焦急的媒体和其他如坐针毡的影视公司，同时，对这部影片剧情的猜测，已经成为首尔人茶余饭后最感兴趣的话题。

这天清晨，睡不着的金熙子呆呆地蜷坐在飘窗上，看着一本休闲杂志。其中某一页，她突然看见了尹承恩的整版照片，照片显然是偷拍的，而且从下面的文字说明来看，尹承恩已经一举成为首尔女孩子的新任白马王子了。偷拍的女摄影师，竟然也是他的疯狂粉丝中的一个。杂志的记者有些忿忿又不失幽默地写道：居然有人可以在进入演艺圈后，一部戏都还没拍，就已经大红大紫到这种程度了。

金熙子伸出手指，轻轻地抚着他微微皱起的眉、睫毛长长的眼、挺拔的鼻和抿起的唇，神情有些怅然。承恩哥……如果还可以这么叫的话……你还好吗？你有没有想起过我呢？她忽然觉得，眼前这个面目俊朗、打扮入时的男孩子，和她之间的距离好遥远，其实她熟悉的、习惯的，从来都是那个戴着大大的黑框眼镜、面目平凡、言辞刻薄的人。

就在这时，她的手机响起了。会是承恩哥吗？金熙子丢下杂志，取过了手机，却是一个陌生的号码。她有些失望，却又强打起精神接了电话："喂？"

一个熟悉的声音在那端响起："熙子。"

是一郎，安一郎！金熙子高兴而又急切地叫着："一郎君，你终于来电话了。那天你离开MMJ后，我打你的电话就再也不通了，我去你家探望你，可安管家说你已经出国了，也不肯说你的联系方式。虽然知道你康复得很好，但是，还是惦念你啊！你现在在哪里？身体怎么样了？"

安一郎觉得眼睛有些湿润，他拉开阳台的窗子，一股腥咸的海风吹到他脸上，他定了定神说："我在日本的北海道，我很好……"他几乎忍不住想告诉她，她那清脆悦耳的声音，这半个多月来令他朝思暮想，他多想就这样聊下去，一辈子都不停止……

这时，大片的海浪摔碎在窗子下的礁石上，一些冰冷的碎末随风扑上了安一郎的脸，他忽然清醒过来，定了定神，说，"熙子，有些事情，我想告诉给你……"

良久，金熙子颤抖着放下了电话，她是那样的出神、震惊，以至于她没有和安一郎说一句告别的话。她双手冰凉地蜷在窗子旁，耳边一遍又一遍地回放着安一郎所说的话……

遥远的北海道，安一郎看着手中的手机，苦笑着。她还好吗？她现在会是怎样呢？虽然经过了这么多天的辗转思考，但自己对她说出那件事，是正确的吗？这样的事，会对她产生怎样的影响呢？一只洁白的海鸥掠过窗前，长长地吟叫了一声。安一郎一惊，尔后，他忽然皱了一下眉，下了决心一样再次看看手机，然后，用力一扬手臂。那支昂贵的手机就在空中滑出一道银白色的曲线，无声无息地落入大海。

虽然,虽然她的号码已经根深蒂固地刻入了他的脑海之中,但,至少这样可以让她无法找到自己了,无法用一句最普通不过的问候来扰乱他的心弦。多少天来,他强迫自己冷静,强迫自己忘却她,忘却这个自己爱了多年却偏偏不爱他的她,他甚至以为自己真的冷静下来了,可以把她当做路人了,所以,他真的是自信满满地打了这个电话。可是,刚才,就在听到她的声音的刹那,自己多想瞬间回到首尔,回到她的身旁,哪怕,哪怕她今生今世,也不会再爱上他……

他的心绪此起彼伏,英俊的脸上烦恼与苦涩交织着,终于,他发出了一声撕心裂肺的呐喊,这呐喊声,冲破了北海道碧绿的海浪、蔚蓝的长天……

房间里,金熙子依旧呆呆地坐在那里,忽然,金英子打开了她的房门,神情复杂地说:"熙子,你到客厅里来一下,有些东西我想让你看。"

金熙子木然地跟着姐姐来到楼下,坐在了沙发上。

金英子反复打量她很多次,才下定决心般地按下了电脑视频的播放键。

画面是金熙子再熟悉不过的了,就是金英子这20多天来一直在看的东西——由警方提供的李月城演唱会现场监控录像和安一郎被袭击现场的监控录像,由于特殊的播放制作技巧,此刻,两个事件的画面是同时出现在屏幕上的。

金熙子还没来得及看清什么,金英子已经按了慢放按键,等播放速度到了最慢的倍数时,她的左手和右手分别指着两个画面的某个部位:"仔细看!"

金熙子的瞳孔骤然放大,她在两个画面上同时看到了一个熟悉的身影,一个她牵挂着的身影——尹承恩!她猛地看向金英子:"英子姐,怎么回事?你为什么……"

金英子冷静地说:"左边这个,是李月城演唱会上尹承恩离开座位的场景,之后,直到演唱会结束他都没有回到座位上……事实上,他是出现在正对舞台的那一侧的厕所门口,但没有他出来的录像片段。当然，四个出口的监控录像也都没有他离开场馆的记录。二十分钟后，一个保安从厕所里出来，而我调看了这个厕所门口的录像，从来就没有一个安保人员进去过。而且，熙子你应该还记得吧，有安保人员目击的那个疑似狙击者，就是穿着安保制服……你注意看这里，他体侧的制服……"

金熙子呆若木鸡，愣愣地看着屏幕，英子姐的声音并不大，可她的话让她觉得声若洪钟。

金英子顿了顿，又指了指右边的画面："这个，就更有意思了，这是最靠近安一郎遇袭的摄影棚的摄像头拍摄的。在安一郎遇袭的前后，尹承恩走向了那个摄影棚，又走了回来，但摄影棚里临时加装的那个摄像头拍摄的监控录像里，没有他的影子。换句话说，在摄影棚的监控摄像头和这个监控摄像头中间有一个空白地带，尹承恩消失，黑衣人出现，黑衣人消失，尹承恩出现，每个画面的时间间隔，都是十几秒钟。"

安一郎刚才所说的话，响在了金熙子的耳边。

"熙子啊，尹承恩他是有野心的，他私下里去找过月城君当年的表演课培训人，就是那个朴友林。但这件事，他瞒过了我们，甚至在公司要求他来代替我的时候，他依然说自己不会表演。熙子，或许是我的胡乱猜测，但我却有这种感觉，袭击我的人，就是他。"

金熙子呆呆地想着，忽然转向了姐姐："你想和我说什么？"

金英子慢慢地说："我已经给警方打了电话，警方已经开始向检察院申请拘捕令了。"她仿佛还没从震惊里走出来："真的想不到，竟然是他。原来人的直觉真的很灵敏，从他第一次到我们家时，我就觉得他背后有密布的阴霾……"

金熙子愣怔在了原地。

这时，金英子看着金熙子，疲惫而难过地说："对不起，熙子，尹承恩，真的不是一个适合……做朋友的人。对不起，熙子，姐姐没有坚决阻止你们来往。"

可是，没用的，就算姐姐你坚决阻止，我还是喜欢上了他，还是爱上了他！金熙子在波涛汹涌的心里呐喊着，可脸上却没有任何表情。

金英子搂住金熙子的肩膀，心疼地说："对不起，熙子，姐姐没有尽到保护好你的责任。"

金熙子突然说："我想去见见他。"

金英子说："熙子！"

金熙子说："姐，我只是想去见见他。"

金熙子看着她认真的眼睛，很久很久，慢慢地点了点头。

金熙子站起身，尽量平静地向外走去，直到出了家门口，金熙子的心才如刀刺油炸般地痛楚起来，她心如刀绞又心急火燎地招手拦了一辆的士。

的士向 MMJ 公司飞速疾行，金熙子拨打了尹承恩的手机，关机；家里的电话，无人接听；办公室里的电话，工作人员礼貌而冰冷地说，他在拍摄。

金熙子咬着嘴唇，半晌，她拨打了那个特意讲故事来提醒她的前辈的电话——只有资深如她，才有资格知道李月城他们到底在哪个摄影棚拍摄吧。金熙子一贯积极的好表现和乖巧可爱的好人缘帮了她，前辈再三犹豫，偷偷地告诉了她那个地址。"反正他和月城君的重头戏就在今天杀青，随后公司就要对外界发布消息了，告诉你应该也不打紧的。"前辈补充说。

金熙子放下电话，再次想起了安一郎最后那句诚恳的肺腑之言。

"……你要小心啊，熙子，尹承恩的心掩藏得太深了，我们是看不透的……"

可是，目的呢？承恩哥枪击月城君和袭击一郎君的目的又是什么呢？不是连姐姐也找不出合理的动机吗？这时，前辈曾经说过的话又回响在她耳边："野心这东西呐……"是的，野心，和一郎君说的一样："尹承恩他是有野心的"。尹承恩不动声色地以一个平凡少年的面目，从日本来到韩国，一步步地走着，稳稳地走着，新晋编剧，新晋红编剧，新晋红编剧加新人王……安一郎是他野心的障碍，李月城更是他野心的障碍！还有比这更明确的目的吗？还有比这更合理的动机吗？

那么自己呢？在尹承恩的野心之路上，自己是什么？

突然之间，金熙子骤然睁大了眼睛……

往事一幕幕地在她的眼前重现：机场回来后尹承恩对她的邀请的冷淡；她拿到了世纪演唱会的内部资料后尹承恩突然说要到她家做客，那本在他那里过了一夜的资料；安一郎出现后尹承恩与他们的形影不离？甚至……金熙子痛苦地闭上了眼睛——甚至安一郎被袭击、公司海选失利后，自己"凑巧"打落了那副遮住尹承恩真面目的黑框眼镜……

原来，以为是两相情悦的你我，看来，只不过是被野心家利用的工具。

痴情的金熙子为尹承恩的野心，不断地添砖加瓦，扫平道路。

金熙子的手紧紧地攥在一起，指甲深深地刺进了肉中。

就在这时，金熙子忽然从车窗里，看到前面的人行路旁，有一群人正围着一个满头是血、大喊大叫着的人，当出租车驶近并一闪而过时，金熙子发现，那张脸孔，她认得。

朴友林。

安一郎提到过的朴友林。

闪念之间，金熙子急忙对司机说："大叔，麻烦您开回去一点……"

金熙子慢慢摇下车窗，却听见朴友林在喊叫着："那家伙真是莫名其妙啊，我只不过是看他的演技太好了，就夸奖他一句，'你很像当年的李月城啊'。谁知道那家伙拎起啤酒瓶就砸中了我的头，还拳打脚踢地、恶狠狠地说，'叫你说我像李月城那个混蛋'。哎呀呀，真是好歹不分的家伙。再说了，就算野心再大，也不应该针对那么好的月城君啊……"

杂货店的店主大叔对周围的行人笑着解释说："没关系没关系，这家伙就是这样的，总疯疯癫癫地说自己是发掘了李月城的人，现在疯得更厉害了，居然说尹承恩也是他发掘的。"

朴友林哭丧着脸喊着："喂，报警啊，你们这群没心肝的冷血人，我都说了快一个小时了，我被尹承恩袭击了啊，为什么你们不报警啊？"

店主说："你还是先去医院包扎一下吧，再嚷下去，你的血都快流干了……"

朴友林跳着脚喊道："先报警啊，尹承恩那家伙很危险的，谁都不会知道接下来他要干什么的……"但他的话，只激起了围观的人的笑声，店主说："算了算了，你大概真的是把头撞坏了，我陪你去医院吧。"

金熙子无需再去询问朴友林什么，她的心，已经沉到绝望的谷底。

出租车继续向 MMJ 奔驰而去。

承恩哥，你的野心究竟大到什么程度？你究竟想要干什么？

可是……金熙子的心里，忽然有一丝残存的信任，坚强地复活了——不会的，不是仅仅是野心那么简单，这一切，一定另有原因。

果然，就像前辈说的那样，MMJ 宣布，在今天的重头戏拍摄后，就会正式对外公布消息了。金熙子一进公司大门，就看见平时很注重仪表风纪的安保人员，正拿着一个工作用的剧本簇拥在一起，如饥似渴地阅读着，连金熙子从他们旁边经过，他们也没抬下头——应该就是承恩哥写的这个剧本吧？看来真是精彩绝伦的好故事呢！

金熙子的心里百般滋味，不知是该为尹承恩绝顶高明的编剧手段赞叹，还是应该……她甚至不知道自己到底是为质问尹承恩而来，还是为了……对了，她是来通知尹承恩尽快做个准备的，不管是什么原因，警方已经要拘捕他了。

其实，她的心里一直有个充满侥幸的希望，那就是，英子姐弄错了……可是，警方全力信任和全权委托的英子姐，真的会弄错吗？难道英子姐弄错了，一郎君也弄错了，就连朴友林都弄错了吗？

金熙子咬着嘴唇，朝着前辈所说的那个摄影棚奋力跑去。

摄影棚的大门紧紧地关闭着，里面落了锁，看来重头戏的拍摄正在进行。

“两代帅哥的精彩对手戏，错过了简直是罪过！”

金熙子这才发现，摄影棚门外，不但有等着庆祝的工作人员，居然还有此时应该正在摄影棚里的工作人员。

真正的全封闭拍摄。

金熙子听到周围的工作人员正在议论，原来，这是尹承恩提出、李月城支持的要求，据说除了摄影师和导演以外，全体工作人员都撤出来了。

“看来，半个多月的合作，让月城君对尹承恩信任有加了。”“是啊，竟然这么没道理的要求，月城君都会支持。”

只有耐心等待了，好在金熙子也算熟悉警方的办案流程，她知道，拘捕令最快也要几小时才能拿到。虽然她心急如焚，有很多话要说，有很多问题要问，但此刻，她也只能等待了。

啊，请快点，请快点杀青啊！

周围的工作人员又开始议论已经在内部流传开来的剧本。

故事开始于一对男女演员之间，一个是当红的花旦，一个是当红的小生，这两个穷苦人家出身的孩子，在纷乱的娱乐圈里相识相知、相亲相爱，但因为后来不属同家公司，他们的秘密恋情遇到了阻力。花旦决定放弃演艺事业，而她所属的公司则向她索取了巨额赔偿，即使如此，花旦还是宁愿倾家荡产也要恢复自由身。后来，身无分文的她独自出国。为了宣传、掩盖这一段秘密恋情，在公司的迅速安排下，留在国内的小生必须和另一个新晋花旦传出绯闻，以转移传媒和民众的注意力，结果两人弄假成真。而这时，她发现自己已有身孕，她不愿与负心的他再联系，于是，她在国外秘密诞下一子。为了生活，她不得不隐姓埋名地重返演艺圈，但国外的观众并没有发现她的演技，花旦只能做最辛苦、最廉价的龙套演员。在生活和情感的双重压力下，花旦在一场武打戏时意外坠楼身亡。而后，她的一位友人收养了她幼小的儿子，十几年后，她的儿子知道了事情的真相，他发誓，要让害死他母亲的凶手血债血偿；他发誓，要用最完美的手段报仇血恨……

金熙子在旁边听得入神，这个故事真的太精彩了！可是，再听下去，金熙子情不自禁地皱起了眉头……

结尾实在是太血腥了！

——儿子编写了剧本，请既是他的骨肉父亲、又是他的杀母仇人的昔日小生来共同主演，剧本内容是在拍摄枪战对决戏时，儿子用真正的子弹调换了空包弹，在镜头前亲手射杀了父亲！儿子用这样一个精心设计的“意外”，用负心的父亲的血，祭奠了母亲的在天之灵！

一个年龄很大的工作人员嘀咕着：“这么阴暗的戏份，真不知道年纪轻轻的尹承恩是怎么想出来的……”一个工作人员接口：“肯定有原型的啦！”年长的工作人员忽然眼睛一眯：“这么让你一说，我好像突然想起来，好像当年月城君和姜珍娜因为《王朝的公主》传过绯闻，后来姜珍娜就闹着要和公司解约，解约之后就不知所踪了……这么说来，尹承恩很可能是以这桩陈年旧事做背景的吧！”

姜珍娜！好熟悉的名字。是的，我知道，是在《王朝的公主》中与月城君演对手戏的女主演，可这种熟悉的印象不是来自于这里，是来自于……最近好像在哪里听到过这名字！突然间，金熙子的手变得冰冷而僵硬，她忽然想起了尹承恩家里的那张照片，那张被尹承恩称为“偶像姜珍娜”的照片……为什么这一切的细节，都给金熙子带来这么熟悉的感觉？啊，这不就是刚刚听到的剧情吗？是什么阴谋在蓬勃地酝酿呢？为什么她的心里开始恐慌？为什么，当把姜珍娜的面容和李月城的面容联系在一起后，会有一些什么共同点在尹承恩的身上呼应？姜珍娜，那发黄照片上的姜珍娜，真的是尹承恩的偶像吗？还是……就是他从不愿提起的单身妈妈？是一直在工作着的单亲妈妈，还是……已经去世的，单亲妈妈？

刻意遮盖面容的尹承恩……撕碎的李月城的照片……因为朴友林一句“你很像当年的李月城啊”，就让他血溅当场的尹承恩……承恩哥，你对面容这样的嫌恶和敏感，是不是因为……

突然，一个巨大的声音在她的内心咆哮起来——是因为他根本不想看见，有李月城基因的那张脸！天哪，一切扑朔迷离的细节都连缀在了一起，一切解不开的谜团都解开了！里面正在拍摄的，那根本不是什么尹承恩的剧本，那是充满了血腥的复仇脚本，那是尹承恩疯狂复仇和最终杀戮的犯罪蓝图！

承恩哥，CS场地里专打别人眉心的你，李月城演唱会上发射那恶意铅弹的你，袭击安一郎好取而代之参演这部戏的你……你就是在等待这最后的重头戏，你就是在等待着按照剧本、扣动决杀的扳机！

金熙子全身发软，喉咙里卡了块腥咸的东西。怪不得，怪不得尹承恩憎恨被人欺负而不肯还击的她；怪不得，怪不得尹承恩告诉她应该亲手拿回"这世界欠我们的"；怪不得，怪不得尹承恩……不，不能，不能再想下去了，不能让这一切发生！

金熙子突然扑到摄影棚的门前，用尽全力拍打着大门，大声哭叫着："承恩哥，不行！"

一声沉重的枪响阴冷地传出，余音袅袅。

金熙子绝望地坐倒在地板上……

片刻的沉寂，突然，大门打开了，导演惊慌失措地从里面冲了出来，他的手上鲜血淋漓。他极度惊骇地叫喊道："快叫救护车！月城大人被枪击中了……真是中邪了，和剧本里写的竟然一模一样……怎么会是真的子弹？"

金熙子浑身发软，她无法站立，也无法出声。她看见，一队荷枪实弹的警察冲进了摄影棚，她看见，金英子痛惜地向她奔跑过来……

她没能亲眼看见尹承恩。

——她昏倒在地。

穿着橘黄色囚衣的尹承恩，冷冷地看着金熙子，恰逢夕阳西斜，淡淡余晖映入接见室，这使隔离栏的栏杆在尹承恩的脸上投下了很多光影斑驳的影子。他慢慢地说："我从不后悔！要亲手杀死辜负了妈妈的人，这就是我的计划！妈妈去世前，她什么都没和我说过，直到去年生日时，妈妈的故交、收养我的下藤伯伯才告诉我这一切，并给了我一笔巨款。在那时，我就等待着复仇的时机，不，是努力创造着复仇的时机。”

金熙子的脸上满是泪水：“难道你没有想过吗，你的妈妈不告诉你这些，或许就是因为，她不希望你活得这么痛苦，不希望你有什么复仇的举动。你不觉得，她宁愿你什么都不知道，就是希望你能够快乐地生活下去吗？”

尹承恩对她的话置若罔闻，他突然仇恨地抬起头来：“你知道吗，这个该死的人，这个该死的人在我开枪的瞬间，居然笑了。他是在蔑视我的仇恨，蔑视我的存在！”

“又或者……”金英子的声音从门口传来。

她的声音并不大，可她所说的内容，振聋发聩。

她淡淡地说：“……那是因为，他早已经知道了你是谁。尽管，他一定从来不知道有你的存在。”

是的，那些故事，如果不是当事人和知情者，是不会知道得那么详细的。从看到剧本的瞬间，李月城就知道了这个少年是谁，也知道他的目的就是来复仇。于是，他心平气和、不动声色地帮尹承恩——他的儿子——实现着复仇计划，他一步步地、微笑着迎接他的枪口。

当他等待已久的子弹终于穿过他的身体时，他如释重负。

就在这时，就在金英子这句话出口的刹那间，一直神情冷冷的尹承恩，突然伏在桌子上嚎啕大哭：“为了顺利复仇，我参加过最严酷的专业射击训练。演唱会上，我要让他在世界面前丢脸，顺便检验一下自己的枪法和胆量，射出铅弹的那一刻，我很高兴，我以为我能毫不手软地做到了。可我没想到，没想到真的和李月城近在咫尺时，我居然会打偏！我辜负了妈妈，我没能为她报仇！”

尹承恩扣动扳机的刹那，李月城的微笑如莲花般绽放，于是，那颗子弹，从微微一抖的枪膛里飞出，击穿了李月城的脸颊，飞向一旁……

金英子叹了口气说：“我从来不是一个多嘴的人，可是，我愿意为你分析一下李月城。”她的视线，飞向窗外的树荫。“年少的轻狂让他背弃了最真的爱人，后来，他单身了那么多年，苦苦寻找了那么多年，痛苦了那么多年，终于明白自己可以解脱了。他愿意兑现诺言，去追随早已不在人间的爱人，用生命的代价去平复苦涩的负疚。”她盯着尹承恩，“他的情与义，对你的妈妈来说，足够了；对你来说，不够么？”

尹承恩泣不成声……

金熙子隔着栏杆，抓住了他颤抖的手，用力地握着。她流着泪说：“承恩哥，其实，你自己也在犹豫不是么？否则你怎么会在计划的一开始，差点被 MMJ 开除了？你也曾经想放弃过不是么？”

尹承恩摔开她的手，怒吼道：“你走开，我们不是一个世界的人……”

金熙子再次紧握住他的手，勇敢地大声说：“那就让我去你的世界！”

尹承恩愣住了。

……

首尔某家私人医院的病房中，安吉拉流着泪，望着李月城，恨恨地说：“为什么要撤销起诉？为什么要停止调查？演唱会那次根本不是什么恶作剧，这次也根本不可能是什么意外，这分明是蓄谋已久的谋杀！”

李月城微笑着望着窗外。“不，这是重生。”他轻轻闭上眼睛，“他到底是她的孩子，不管怎样努力扭曲自己的性格，始终，无法抹去善良的天使本性……”

安吉拉听不懂他的话：“月城君？”

李月城睁开眼睛，温柔地看着她。“安吉拉，”他轻轻地说，“很多年了，你的心，我不是不懂。可是，”他微笑着说：“我的心里，住着一个天使，再也容不下其他人了。”

安吉拉神色黯然，但她努力地微微一笑：“是，月城君。”她在心里默默地说：“那么，我能要的，就是一直能看见你，一直停留在，你的身边！”

”李月城看着窗外，陷入了深深的回忆……

每次演唱会前，都要看一遍她写的情书；每次登台时，都要隐晦地提到她的存在；每次想到她，都要去那个秘密房间看她最美的那身戏服……

《王朝的公主》里的爱情打动了所有的人，那是因为，那情先打动了姜珍娜与李月城。

很多人都以为，这是一段开始于华服丽裳映衬下的爱情，不，不是，这是一段开始于幕后的爱情——一个热爱电影的打杂小姑娘，在脏乱阴暗的服装仓库旁边，鼓励着一个同样热爱电影的龙套演员。她的眼睛闪闪发亮，她开朗地笑着，说：“坚持下去啊，你一定会成为最了不起的巨星的。我叫姜珍娜，你叫什么？”

他说：“我叫李月城。”

后来，他和她都成了大明星，他们心心相映，幸福而秘密地恋爱着——那是最快乐的几年时光。直到她自愿放弃演艺生涯，辗转出国；直到 MMJ 把他“保护”起来，为他制造了所有人都相信了的绯闻；直到他再也联系不到，今生唯一爱过的那个人……

他到处寻找她的下落，他也知道她伤透了心会避而不见，但他还是疯狂地到处寻找。

直到，他在报上看到，她在日本惨死的消息。

——她宁愿去做辱没她才华的龙套演员，也不愿意用她出国前他给她的那笔巨款。

她的自爱与倔强，至死不变！

李月城想到这里，眼眶有微微的湿润。他不愿再想下去了，他收住情绪，平静地说：“那个朴友林的事，解决了吗？”

安吉拉点了点头。“按照月城君的吩咐，给了他一大笔钱，他同意撤诉，可是，”安吉拉有些忿忿地说，“可是月城君，明明那只是一个骗子，为什么要对他那么客气？他口口声声说是他发掘了你和尹承恩，真是太无耻了！”

李月城笑了，他没有解释。

亲爱的承恩，也许你最终都不明白，你扮中年人就像中年人，你演戏得心应手，并不是因为这个所谓的星探、真正的骗子，而是因为，你的一切都继承自李月城和姜珍娜，你是这两个韩国最伟大的男女演员的骨肉血亲！

珍娜，谢谢你，给我带来了承恩，尽管过去的十几年中，我从不知道他的存在；尽管接下来，我恐怕还是要尊重他的意见，继续保守他的存在这个秘密。但，珍娜，谢谢你！

……

几天后，首尔机场，尹承恩没有看金熙子，他说：“我欺骗你，利用你，你还是为我这样的人动感情么？”

金熙子的笑容灿烂而温暖。“是的。你知道，我很有耐心的，我要等你的心变暖，等你学会真正爱我，我也要让你知道，我愿意为你，守候一辈子。你一定要相信，”她璀璨地笑着，“天使会为你守护的。”

尹承恩的眼中，感动的泪几乎流出，但他扭过头去，冷冷地说：“没有你这么丑的天使。”

金熙子大胆地抱住他：“那又如何？我还是要一辈子为你守候着。”

下藤惠子那怯生生的样子出现在尹承恩的眼前，一闪而过。但仅仅是一闪而过。尹承恩毫不犹豫地丢下手里的行李，紧紧地抱住了金熙子。

他的泪，无声地流下来：“从一开始，你就是我的意外……我不知道为什么会接近你，会一直想接近你……现在我懂了，因为，你有着自然而然地吸引着我的力量，就像当年我的母亲吸引了我的父亲。”

金熙子同样泪流满面，她说：“这是因为，即使是心里揣着仇恨的人，还是会忍不住向往着光明简单的生活——这世界上，没有什么是爱和希望化解不了的。”

尹承恩紧紧地抱着她，泣不成声：“熙子，你是我人生中的节外生枝，你是我人生中最幸运也是最幸福的节外生枝。”

金熙子说：“留下来，做 MMJ 的大明星，做韩国的大明星，做我的……大明星！”

尹承恩用力地点点头：“嗯！”

……

安一郎坐在北海道那一望无际的海边，白色的长裤已经被涨潮的海水拍打得湿漉漉的，时日已多，他的心，渐渐宁静。他清晰地记着金熙子，但他的心，已经不再疼痛，看着蔚蓝的大海，他深深地呼出一口气。就在这时，他听见一个略带惊喜的、熟悉的声音：“你怎么会在这里，一郎君？”

他猛地回头，身后的沙滩上，一个带着柔和微笑的白裙少女，正用明亮漆黑的眼眸看着他。

他也惊喜地微笑：“惠子！”

（全文完）

后记

这个故事的创意，诞生于2006年。初时，我想把他做成电影剧本，却由于时间问题，一直搁置下来。

两年后，合作了很久的一位编辑朋友邀我写一篇“不太一样”的故事，我就把这个创意的内核、放在青春故事的外壳下，写成了一个6000字的短篇交给了他。不料刊登不久，他忽然对我说：“改写成长篇吧，主编决定在刊物上开始连载。”

于是连载，跨度又是两年。

这两年间，刊物给了我最大限度的自由。这使我有足够的时间去思考故事的情节和脉络，始终保持积极的心态去实践故事的结构和写法。就这样，这个初始创意，慢慢地丰富饱满起来，他就像一个从缥缈夜雾中走到皎洁月光下的美少年，俊朗的五官渐渐清晰地出现在我的面前。

对这本书里的故事来说，这真的是很幸运的事情。因为最近我在写我的第一部电影作品时，才深刻地体会到，一个不错的创意，要变成一个好的电影剧本，要遇到多少挫折，要付出多少心血——就我个人而言，不夸张地说，所耗精力至少三到五倍于电视剧剧本。六年前，如果我直接将他写成电影剧本、发现会面对这样可怕的挑战与压力时，我想，那时的我，肯定没有坚持下去的耐心和毅力。

由于在杂志上连载，他逃脱了在绝望中被我放弃的命运。

由于连载，他不但被挽救，而且风度翩翩，日渐迷人。

连载结束后，故事却并没结束。过了两年，当我认为他是时候成为单行本面世时，你猜奇妙的际遇将谁带给了我？是的，我那个原杂志社的编辑朋友。此时，他已经是出版社的策划编辑。奇妙的际遇还带给我另一个人——当年的杂志主编，那个看了6000字的故事、就认定他是可以变成十几万字的长篇连载的人，这次，他恰巧又是负责选题策划的人。

如果这本书会说话，他一定会说："这真的是我最好的归宿。"

这本书，在我之前出版和之后将出版的书中，都有着不可替代的位置，他是、也将是我唯一一部完全以外国为背景、以外国人为主角的小说，更不要提他那随心所欲、天马行空般的文字状态了。要特别交代的是，选择韩国作为故事发生地，是因为我觉得这个娱乐圈的故事适合发生在那里，仅此而已。我不希望这本书会变成我喜欢韩国的证据，更不希望我解释的这句话会变成我不喜欢韩国的证据。

同时，在我个人的心中，他也有着特殊的地位和特殊的意义：他轻松，他坦然，他以最平实的讲述态度，展示着我始终放在每一部作品中的词语——慈悲、牺牲、爱与宽容。

在出版之前，我一次又一次地要求编辑给我多一点、再多一点的时间去修改他，去调整他，去找出他不符合逻辑的桥段，去找出他没有表达清楚的地方。他就像我即将远征的情人，我不知他的此去吉凶，也不在乎他的前途是否光明，我只想多一点、再多一点时间地陪在他的身旁，整整他的戎装，一遍又一遍地看着他的眉眼。

我用了比写他多一倍的时间来修改他，却几乎无功而返，那是因为，我时常遇到同样的情况：在某个地方反复修改了几次之后，不得不把那个地方还原成他原来的模样。

是的，我发现我无法更改他的结构，我无法更改他的气质，无论我怎样努力，他的每一处标点、每一个词语、每一段后面的句子，都泰然自若地对我微笑，以他本来的样子。

——尽管你已经长大、你已经成熟、你已经自信满满、你已经能力足足，但你怎么可能有办法，时光穿梭，去改变那个你曾经爱上过的人?

那我还能怎么办呢?

爱他如我，只能恋恋不舍地放弃了彻底改造他的想法。

就让他是他该是的样子吧。

宇宙自有它慈爱的安排。

凤青钗 2012 年 6 月于成都